ullstein

Das Buch

Ann ist Mitte dreißig und fällt ständig auf die falschen Männer rein. Für ihre beste Freundin Caro, selbst glücklich liiert, ist die Sache klar: Sie muss für Ann einen passenden Mann finden. Und sie hat da auch schon jemanden im Auge: Anns Kumpel Tim. Caro ist überzeugt, dass er der perfekte Partner für ihre bezaubernd chaotische Freundin wäre. Tim ist schon lange heimlich in Ann verliebt und versucht, mit Caros Hilfe, ihr Herz zu erobern. Dumm nur, dass Ann ihrem Hang zu Männern mit Arschloch-Faktor treu geblieben ist und bereits mit dem notorischen Klugscheißer Yves angebandelt hat. Doch so schnell gibt Caro nicht auf. Sie ist überzeugt, den richtigen Therapieansatz gefunden zu haben …

Die Autorin

Käthe Lachmann ist Hamburgerin mit schwäbischem Migrationshintergrund und abgebrochenem Philosophiestudium. Weil sie gerne ausschläft, macht sie Comedy und ist seit 1995 bundesweit mit ihren selbstgeschriebenen Programmen unterwegs. Sie gewann unter anderem den Prix Pantheon, den Deutschen Kabarettpreis (Förderpreis) und den NDR-2-Comedypreis.

KÄTHE LACHMANN

Ich bin nur noch hier, weil du auf mir liegst

Roman

Ullstein

Besuchen Sie uns im Internet:
www.ullstein-taschenbuch.de

MIX
Papier aus verantwortungsvollen Quellen
FSC® C083411

Originalausgabe im Ullstein Taschenbuch
1. Auflage Oktober 2013

Umschlaggestaltung: ZERO Werbeagentur, München
nach einer Vorlage von Thorsten Saleina
Titelabbildung: © Jim Lacy
Satz: Pinkuin Satz und Datentechnik, Berlin
Gesetzt aus der Berkeley Old style
Papier: Pamo Super von Arctic Paper Mochenwangen GmbH
Druck und Bindearbeiten: GGP Media GmbH, Pößneck
Printed in Germany
ISBN 978-3-548-28563-4

Ich bin hier, und du liegst drunter

»Ich hätte es wissen müssen, als du darauf bestanden hast, dass wir uns auf dem Kiez treffen. Das ist so oberpeinlich!«

Obwohl ich eigentlich total sauer war, nahm ich den von meinen Mädels selbstgebastelten Haarreif ganz vorsichtig vom Kopf. Sie hatten sich wirklich Mühe gegeben, und, ja, der Barbie-Mann sah – nicht zuletzt wegen des Dieter-Bohlen-Stickerei-Hemdes – meinem letzten Exfreund Dominic sehr ähnlich. Die Puppe auf dem Haarreif war so auf eine andere weibliche Puppe geklebt, dass es ohne Kleidung sehr unanständig ausgesehen hätte. Dazu passte der Schriftzug auf unseren T-Shirts: »Ich bin nur noch hier, weil du auf mir liegst«. Sabine, meine Chefin, hatte überzeugende Argumente für mich, das Oberteil anzuziehen: Sie hatte mir angedroht, keine neue Kaffeemaschine für die Agentur zu kaufen, wenn ich mich weigerte, das T-Shirt zu tragen.

Allerdings war mir die Kaffeemaschine egal, wenn es darum ging, Kleiner Feigling und Kondome aus einem extra für mich angefertigten Bauchladen zu verkaufen. Und zwar hier, im Nieselregen, Samstagabend, halb zehn, auf der noch nicht sehr belebten Reeperbahn.

»Ich HASSE Junggesellinnenabschiede, es gibt nichts, was ich mehr hasse als Junggesellinnen- und Junggesellenabschiede, außer vielleicht Fenchel, und sollte ich jemals heir…«

Weiter kam ich nicht.

»Das ist doch kein Junggesellinnenabschied. Es ist das Gegenteil!«, fuhr mir meine – bis dahin jedenfalls – beste Freundin Caro ins Wort und blies sich eine Strähne ihrer feuerroten Locken aus dem Gesicht. »Wir feiern, dass du endlich wieder Single bist, nach diesem dämlichen Dominic! Und den ganzen anderen Arschgeigen davor. Du bist frei! Du hast sie überstanden, diese Monate der Demütigung, der Missachtung, mit diesem egozentrischen, hirnlosen, von seiner Exfrau noch nicht abgenabelten Langweiler!« Sie drückte mir einen dicken Schmatzer auf die Wange. »Hoch lebe das Singleleben, genieß es, hab One-Night-Stands und wirf dich nicht gleich wieder in die nächste Beziehung! Und dass du jetzt frei bist, bis endlich der Richtige kommt, das feiern wir!«

Wir? Eigentlich waren von uns vieren nur Caro, meine wirklich allerbeste Freundin, mit der ich schon im Sandkasten die besten Sandkuchen gebacken hatte und die mehr über mich wusste als mein Tagebuch, ihre ältere Schwester Bela, die gerade aus München zu Besuch war, und Sabine, meine Chefin, in Feierlaune. Sie hatten sich wohl schon mit Prosecco etwas in Stimmung gebracht, bevor ich dazugestoßen war.

»Na, nicht jetzt doch auch einen Schluck?«, fragte Sabine kichernd. Mit ihrer zarten, geradezu knabenhaften Gestalt vertrug sie überhaupt nichts. Das konnte ein interessanter Abend werden. Aber um ihn halbwegs gut zu überstehen, sollte ich wohl versuchen, mich auf das Niveau meiner Freundinnen zu begeben.

»Habt ihr auch Bier? Oder Wodka?«

»Kleinen Feigling hätten wir im Angebot. Aber trink nicht so viele davon, schließlich sollst du auch was verdienen!«

Von Bela hätte ich eigentlich mehr Stil erwartet. Ich kannte sie natürlich auch schon seit vielen Jahren und mochte die ruhige Innenarchitektin mit den großen, blauen Augen und den weiblichen Rundungen. Anscheinend hatte sie sich vorgenommen, dieses Wochenende ohne Kinder und Mann in vollen Zügen zu genießen, und zwar nur unter Zuhilfenahme vergorener Getränke.

»Wenn das das Gegenteil von einem Junggesellinnenabschied sein soll, dann müsste ich ja wohl eher Gemüsesaft und Schnuller verkaufen, und wir sollten in der Oper sitzen und uns nicht auf der sündigen Meile rumtreiben!«, sagte ich, stolz auf meinen intelligenten Einwand.

»Ach was, ich finde Caros Idee großartig!« Bela nahm mir den Haarreif aus der Hand und drückte ihn mir wieder auf den Kopf, wo er meine wilde, straßenköterblonde Mähne im Zaum hielt, und wo er ihrem Blick nach zu urteilen auch bleiben sollte. »Mut zur Prolligkeit! Und es ist nun wirklich ein Grund zum Feiern, dass du dieses Arschloch los bist!«

»Ja«, stimmte Sabine ein, »einen Mann, der sich ›aus steuerlichen Gründen‹ nicht scheiden lässt, immer in dem Haus seiner Frau abhängt und nie wirklich zu dir steht – so einen braucht niemand! Ich bin gottfroh, dass er sich von dir getrennt hat, du hättest das bestimmt noch 'ne ganze Weile mitgemacht, so verknallt, wie du warst!«

»Es war nicht alles schlecht an Dominic«, verteidigte ich meinen Exfreund lahm.

Caro schüttelte den Kopf. »O nein, so nicht, nicht die ›Er hat mich immerhin nicht geschlagen‹-Nummer! Er hat nicht mal eine Autobahn gebaut! Und erinnere dich bitte daran, wie er dich hat aussteigen lassen!«

Wenn ich an diesen Sonntag im September dachte, wurde ich tatsächlich sauer. Dominic hatte einen kleinen

Sohn mit seiner Frau, mit dem wir öfter etwas unternommen hatten. Einmal hatten wir den kleinen Nic (er hieß bestimmt so wegen DomiNIC, das würde ich diesem narzisstischen Schönling zutrauen) aus dem ehemals gemeinsamen Haus, in dem Dominics Frau jetzt noch mit dem Jungen wohnte, abholen wollen, und mein »fester Freund Dominic Seipert«, wie er sich selbst immer nannte, hatte mich gebeten, schon an der Kreuzung auszusteigen, damit seine Frau oder die Nachbarn mich nicht sähen. Ähnlich gedemütigt konnte sich wohl nur ein Nationalspieler fühlen, der die gesamte WM inklusive Finale auf der Ersatzbank verbringen musste.

Und statt einfach sitzen zu bleiben und dann diesen Vollpfosten in die Wüste zu schicken, hatte ich, komplett verdutzt und verknallt, dieses Spiel mitgespielt, todtraurig über die mangelnde Loyalität des Mannes, der mir noch wenige Wochen zuvor seine Liebe erklärt und versichert hatte, seine Exfrau würde sich für ihn freuen, weil er nun mich hatte. Nun, die ganze Liaison hatte nur wenige Monate gedauert, aber irgendwie hatte ich mir mit ihm tatsächlich eine Zukunft vorstellen können.

Als hätte sie meine Gedanken gelesen, nahm Caro mich in den Arm, und ich roch ihren säuerlichen Prosecco-Atem, als sie sagte: »Wir fanden den ja anfangs alle gut. Aber eigentlich war ziemlich schnell klar, dass er noch an seiner Ex hing. Selbst wenn er bei ihr ausgezogen ist und ihr von dir erzählt hat. Echt, es ist an der Zeit, dass du mal einen vernünftigen Mann findest. Einfach einen lieben, loyalen, sympathischen, schlauen Mann, der zu dir passt. So wie mein Buchhändler, Piet. Der ist treu und liebevoll. Aber den willste ja auch nicht.«

Piet. Eine Zeitlang hatte sich Caro ständig Bücher bestellt und mich dann gebeten, sie für sie abzuholen. Bei

Piet. Angeblich, weil sein Laden näher an meiner Wohnung lag. Piet war natürlich nett und lieb und bestimmt ein toller Ehemann, aber so langweilig und ruhig, dass ich ihn manchmal zwischen den Büchern gar nicht entdeckte. Nein, Piet war nicht mein Typ.

Genauso wenig wie Caros Nachbar Franko, den sie mal »zufällig« mit mir zusammen zum Essen eingeladen hatte. Wie Franko sein Geld verdiente, wusste niemand so genau, aber er wirkte wie ein Zuhälter, und zwar so authentisch, dass ich wirklich böse auf Caro war, weil sie auf die Idee gekommen war, mir so jemanden andrehen zu wollen. Da sie zu der Zeit ebenfalls noch Single war, hatte ich erst gedacht, sie hätte selbst ein Auge auf ihn geworfen, und war darüber schon entsetzt gewesen. Beim Essen hatte ich immer versucht, ihr in Zeichensprache zu verstehen zu geben, dass ich ihn buchstäblich zum Kotzen fand. Sie hatte das – was auf ihr geringes Selbstbewusstsein als Köchin schließen ließ – auf ihre Lasagne bezogen. Es war ein mäßig schöner Abend gewesen. Franko hatte eimerweise Pomade im schwarzen Haar, trug mehrere goldene Ringe und erzählte in einer Tour frauenfeindliche Witze. Außerdem hatte er einen Goldzahn und war ein Angeber mit dickem Bauch. Natürlich war ich auch kompliziert bei der Männerwahl, aber ich war noch lange nicht so verzweifelt, dass ich alles nehmen musste, was zwei Beine hatte und einigermaßen aufrecht ging.

Caro riss mich aus meinen Gedanken: »Und die Typen vor Dominic, vor allem die aus dem Internet, die waren ja auch nicht viel besser.«

»Das stimmt!« Sabine nickte. »Dieser eine, der immer nur Party machen wollte, ständig besoffen und permanent pleite war und darüber hinaus keinen Sex wollte – als Mann!«

»Ja, hat er nicht mal gesagt, sein Lümmel müsse sich mindestens eine Woche lang erholen, bis er wieder startklar sei? Und das mit Ende zwanzig!« Caro schüttelte den Kopf.

»Dafür sah er gut aus!«, wagte ich einzuwerfen, was Caro einfach überging, indem sie mit der nächsten Geschichte aufwartete: »Oder der, der nur eine Affäre wollte, dir aber immer gesagt hat, wie sehr er dich liebt! Der sich trotzdem nie von seiner Frau getrennt hätte! Und das auch noch vollkommen o. k. fand!«

Caro und Sabine wollten sich anscheinend übertreffen in ihren »Ann und die Männer«-Geschichten, und mir wurde etwas flau im Magen, als ich mir darüber klar wurde, dass ich wirklich, was Männer betraf, bisher nicht gerade vom Glück verfolgt worden war, und das anscheinend auch immer nachhaltig kommuniziert hatte.

»Ach, Ann, weißt du, du findest ihn schon noch, deinen Björn …« Für Caro war alles ganz anders, seit sie ihren Prinzen gefunden hatte. Sie hatten sich ganz klassisch im Flugzeug kennengelernt, als sie auf dem Weg zu einer juristischen Fachtagung war. Noch vor Ort hatten sie Handynummern getauscht, und zack – seit anderthalb Jahren waren sie ein Paar und sehr glücklich. Caro war der lebende Beweis dafür, dass es möglich war, auch mit über dreißig noch sein Soulmate zu finden. Toll! Und, ja, ich würde meinen eigenen »Björn« auch noch finden, und ich hoffte, er würde anders heißen.

Ehe du dich's versiehst

Inzwischen hatten wir uns einer Gruppe junger Männer genähert. Grund genug für Sabine, loszuposaunen: »Los jetzt, Kundschaft! Vertick mal ein paar von den Kleinen Feiglingen, unser Prosecco ist bald alle, wir brauchen Geld für 'ne neue Flasche!«

»Prosecco, Mädels, das ist so Klischee … Wir trinken doch sonst auch nie Prosecco!«, versuchte ich abzulenken. Dämlicher konnte man sich überhaupt nicht vorkommen, wie als Teil einer dieser Gruppen, deretwegen allein ich in den letzten Jahren immer einen großen Bogen um die Reeperbahn gemacht hatte.

Wie um mir weiteren Grund dafür zu geben, mich fehl am Platz zu fühlen, bemerkte ich jetzt, dass die Männer vor uns auch alle das gleiche T-Shirt trugen. Das Motiv: ein abgeknickter Penis, darunter der Schriftzug »Internationales Zeichen für Ehe«.

»Hihi, die feiern Junggesellenabschied!«, kreischte Sabine, deren Alkoholpegel bald ernsthaft gesundheitsgefährdend zu sein schien. Beim Versuch, sich vorsichtig um die fröhlichen jungen Herren herumzubugsieren, kippte sie gegen einen von ihnen, und sofort standen wir im Mittelpunkt des Interesses: »Hey, wollt ihr einen Kleinen Feigling? Oder ein Gummi?«

»Mist, die waren schneller.« Caro schien wirklich verärgert und zog so an meinem Bauchladen, dass ich fast vornüberkippte. »Wir verkaufen auch! Und zwar den Guten! Nicht diesen Billigfusel wie ihr!«

Die Jungs sahen sie mit ihren glasigen Augen verdutzt an.

»Na, was soll eurer denn kosten?«

Caro war in ihrem Element, und es half auch nichts, dass ich sie beschwichtigend am Arm fasste.

»Caro, es gibt, glaub ich, nur die eine Marke, die so heißt …«

»Das ist mir egal! Unserer ist besser!«

Ich hatte inzwischen Blickkontakt mit einem attraktiven Kerl mit großem Mund und runden braunen Kulleraugen aufgenommen. Er zeigte auf meine Brüste, die ich heute mit einem Turbo-Push-up auf Melonengröße gepimpt hatte, na ja, zumindest auf Galiamelonengröße – es gibt ja auch sehr kleine Galiamelonen –, und grinste mich an: »Netter Spruch!«

»Danke! Eure T-Shirts sind auch …« Ich hielt inne, weil ich zum Glück noch rechtzeitig merkte, dass mir beim besten Willen nichts Positives zu ihren T-Shirts einfiel, und so bekam ich gerade noch die Kurve und sagte, während ich ihn anstrahlte: »Schön, also, ich mag die Farbe …«

Caro war unterdessen tatsächlich in ernsthafte Geschäftsverhandlungen mit den Jungs eingestiegen, was sie aber nicht davon abhielt, mir zuzuzischen: »Der ist viel zu jung für dich! Außerdem willst du ja wohl keinen auf der Reeperbahn akquirieren! Ich bitte dich! Du brauchst jetzt mal endlich einen anständigen Kerl!«

Anscheinend war ihr mein Erstkontakt mit dem Teddyauge also nicht entgangen. Manchmal war es schon lästig, mit seiner besten Freundin so im Gleichklang zu sein. Aber vielleicht hatte sie recht. Der letzte Typ, den ich beim Tanzengehen auf dem Kiez kennengelernt hatte, war ein ungarischer Architekt gewesen, der mich vom Fleck weg heiraten wollte und mich von unserem ersten Treffen an mit SMS bombardiert hatte, und der außerdem unter einem ausgeprägten Kontrollzwang zu leiden schien. Bei unserem zweiten Treffen hatte er fast vier Stunden zu früh vor meiner Tür gestanden und mich ausgefragt, wo ich denn gewesen sei (Beim Sport!), warum (Weil das ab dreißig angezeigt war.) und mit wem (Alleine! Aber ich hatte Zeugen!). Meine Freunde hatte er von vornherein blöd gefunden. Er war krankhaft eifersüchtig auf Caro gewesen, vor allem aber auf Paul, denn er hatte überhaupt nicht verstehen können, wie ich mit einem Mann »nur befreundet« sein konnte. Weil alle Männer »bloß mit mir ins Bett« wollten – eine Ansicht, die mich natürlich auch ehrte, sprach das doch für eine gewisse Attraktivität meinerseits.

Dieser Typ war ja Gott sei Dank Geschichte. Aber ob das mit dem Kiez zu tun hatte, da war ich mir nicht so sicher. Psychos gab es bestimmt auch auf dem Wochenmarkt oder im Philosophischen Seminar. O ja, gab es. Diese Drei-Wochen-Affäre Marcus zum Beispiel. Der Sex nur ohne Küssen wollte, und am liebsten mit möglichst vielen Klamotten an und nur ganz schnell. Wenn er dann wenigstens auch bezahlt hätte, hätte ich das vielleicht noch ein Weilchen länger mitgemacht.

»Dreißig Stück für zehn Euro!« Caro riss mich aus meinen Gedanken, indem sie strahlend einen Karton mit Kleinen Feiglingen vor meinem Gesicht hin- und herschwenkte. »Was für ein Deal! Und die denken, SIE hätten ein Geschäft gemacht!«

»Wie – du hast ihnen was abgekauft?«

»Ja! Dreißig Stück für zehn Euro!«, wiederholte sie stolz. »Also, los jetzt!«

»Das darf doch nicht wahr sein! Ich dachte, wir wollen die Dinger loswerden! Jetzt haben wir noch mal so viel!«

Aber Caro hatte sich schon einer Gruppe Rentner zugewandt, die sich gerade vor dem Schmidt-Theater für ein Gruppenfoto formiert hatten. »Kondome, Kleiner Feigling?«

Ein Herr in grauer Survivalweste und mit Heide-Park-Schirmmütze auf dem Kopf musste sie missverstanden haben.

»Unverschämtheit! Nur weil ich keine Kondome kaufe, bin ich doch kein Feigling!«, polterte er los. »Und überhaupt bin ich hier mit meiner Frau! Roswitha, wir brauchen keine Kondome, ne, bei uns klappt das auch so noch ganz gut! Ihr jungen Dinger, was erlaubt ihr euch eigentlich! Seid noch nicht verheiratet und macht euch lustig über glückliche Ehepaare! Über fünfundvierzig Jahre sind wir schon zusammen, das schafft heutzutage doch keiner mehr von euch!«

Sabine zog Caro ein paar Schritte zur Seite. Dort kamen uns rosa gewandete Mädels entgegen. Auf ihren T-Shirts stand: »Germanys Next Top-Wife«.

»Witzig«, sagte ich trocken.

Sie verkauften, wie ich schnell bemerkte, zusätzlich zum traditionellen Wodka-Mischgetränk und den Verhütungsmitteln auch noch kleine Schokoladenherzen.

»Kreisch!«, kreischte eine Mitte zwanzigjährige, überschminkte Blondine, die zu ihrer rosa Kleidung türkisfarbene Highheels trug. »Witziger Spruch! Hey, Tanni, guck mal, was die auf dem T-Shirt stehen haben!«

»Hä?«, machte eine brünette, schlanke Frau an ihrer Seite, die einen Hut mit Brüsten – ja, auch wenn ich noch so sehr suchte, es gab tatsächlich nur Brüste auf diesem Hut, zwei pralle Gummibrüste, um genau zu sein – aufhatte. Außerdem hatte sie als Einzige noch den Vermerk »Braut, die sich traut« auf dem Shirt.

»Ich kann das nicht lesen!«, sagte die glückliche Braut, wobei sie guckte, als würde sie demnächst einnicken. Sie hatte wohl auch schon die ein oder andere C_2H_5OH-Verbindung im Blut.

»Ich bin hier und du liegst drauf!«, übersetzte ihr die Blonde.

Tanni schien kurz aufzuwachen und schrie: »Total witzig! Das mach ich bei meinem nächsten Junggesellinnenabschied!«

Ob sie das mit dem Heiraten richtig verstanden hatte? Wenn Junggesellenabschiede zusammen mit dem Partner gefeiert würden, gäbe es sicher wesentlich weniger Scheidungen, weil es gar nicht erst zur Eheschließung käme … Wahrscheinlich hatte der Heide-Park-Rentner recht, sinnierte ich und begann frustriert, unseren Wodka-Feige-Bestand zu minimieren, auch wenn das Zeug scheußlich schmeckte.

Wie vielen Prä-Hochzeitsgesellschaften wir noch begegneten, wusste ich nicht mehr. Mir fiel nur auf, dass die Aufschriften auf den meist dunklen, grauen oder schwarzen Herrenshirts von ausgesprochenem Pessimismus geprägt waren (»Letzter Tag als Freiwild«, »Das war's«, »Thorstens letztes Abenteuer«, »Bereit für die kleinsten Ketten der Welt« oder »Game Over«), während die Damen zumeist in Rosa oder Pink ihre positiven Slogans (»Deutschland sucht die Superbraut«, »Ich will, und er hat zu wollen«, »Rainer ist jetzt meiner«) von Schmetterlingen und Blümchen eingerahmt auf der Brust trugen. Wieso sagte dann überhaupt ein Mann »ja« vor dem Traualtar?

»Mädels, wir müssen zu den Chippendales!«, rief Bela plötzlich aus und strahlte uns an wie damals Gerhard

Schröder, als er die Wahl gegen Frau Merkel verloren hatte und das nicht wahrhaben wollte. Mir schwante Fürchterliches. Sabine versuchte, den letzten Tropfen Wodka-Feige aus ihrem Fläschchen zu pressen, was bei Glas schwierig war, bevor sie antwortete: »Sind die in der Stadt?«

Ich stöhnte.

»Mädels, das ist nicht euer Ernst. Männer-Strip? Zusammen mit betrunkenen Krankenschwestern und kreischenden Wechseljahr-Opfern? Ich dachte, das hier ist das Gegenteil von einem Junggesellinnenabschied! Wir müssten eher Männern beim Anziehen zugucken!«

»Ja!« Caro warf ihre rote Löwenmähne in den Nacken. »Lasst uns zu Globetrotter gehen! In die Outdoorjackenabteilung!«

»Gibt's nicht auf dem Kiez. Und außerdem wollen wir heute mal richtig auf die Kacke hauen. Ann soll ja sehen, dass genügend andere Söhne auch schöne Väter haben. Oder so. Also, wo strippt der gemeine Mann auf der Reeperbahn?«

Sabine sah richtig nüchtern aus, wenn sie ihre Stirn so in Falten legte.

Caro hatte anscheinend eine Art Erleuchtung: »Also, ein Männerstriplokal kenne ich auch nicht, aber was Besseres …«

Nackte Fakten

Das Safari war meines Wissens der einzige Club auf dem Kiez, in dem tatsächlich Live-Sex auf der Bühne praktiziert wurde. Und zwar von einem einzigen alternden Typen mit Backenbart und Hängebauch, der in den verschiedensten Kostümen zahlreiche »Stars« aus der Weltgeschichte begattete. Die Bühne war klein, der Zuschauerraum so schummrig und plüschig, wie sich das für einen Laden in diesem Metier gehörte. Rot war die vorherrschende Farbe, natürlich war alles ein wenig schmuddelig und angeranzt, aber das schien die zahlreichen Gäste nicht zu stören.

Bisher hatten wir Marilyn Monroe, Biene Maja, eine namenlose Prinzessin, Mona Lisa und eine Mischung aus Angela Merkel und Margaret Thatcher gesehen. Der Sexarbeiter verrichtete seinen Dienst geduldig wie ein alter Esel an der Leine. Wen dieses mechanische Rein-raus-Spiel anturnte, der musste entweder etwas genommen haben oder schon sehr, sehr lange verheiratet sein.

»Pass auf, jetzt kommt Lady Gaga!«, flüsterte Caro mir zu.

»Und er ist weiterhin Albert Einstein?«, fragte ich mäßig begeistert. »Das passt zeitlich nicht!«

»Ist doch egal. Ich find's jedenfalls super. Und wie sie die ganzen Stars imitieren! Toll!«

Manchmal machte mir meine beste Freundin etwas Angst.

»Na ja, Stars … Biene Maja und Star …«, wagte ich zu bedenken, während ich an meiner 25-Euro-Cola nippte. Dafür bezahlte man hier keinen Eintritt.

»Weltberühmt ist sie auf jeden Fall – schau, da ist Lady Gaga!«

»Wird die jetzt von Willi rangenommen? Oder von Napoleon, oder von wem? Ich will lieber tanzen gehen. Ich finde das öde. Und der Typ ist ja auch eher ein Weggucker.«

»Ja, Ann hat recht«, unterstützte mich Bela. »Das ist doch mehr was für Männer. Gut, es ist wirklich beachtlich, wie lang die Erektion von Willi-Charlie-Chaplin-Elvis-Presley-Spiderman-Albert-Einstein-Frankensteins-Monster jetzt schon anhält, aber allein wegen der Getränkepreise bin ich dafür, dass wir noch anderswo hingehen.«

»Ach, jetzt habt euch nicht so, noch fünf Minuten, o. k.?«

»Na gut«, brummelten wir zustimmend.

Ich sah mich im Publikum um. Es bestand zumeist aus alleinsitzenden Herren, aber das ein oder andere Paar war auch darunter. Wahrscheinlich wollten sie ihr Liebesleben etwas aufpeppen. Ob das der richtige Weg war? Es gab doch bestimmt auch wahnsinnig ästhetische Pornos. Solche, die auch Frauen gefielen. Mit Handlung. Also, mit richtiger Handlung. Nicht wie hier: Willi fliegt umher, sieht Maja und stürzt sich auf sie mit seinem Stachel. Konnte das irgendjemandem wirklich gefallen? Ich sah mich um. Und stutzte.

Zwar konnte ich im Halbdunkel nicht viel erkennen, aber die beiden, die da ganz vorn an der Bühne saßen, sahen original so aus wie mein Frauenarzt und seine Sprechstundenhilfe. Witzig.

Das Stöhnen von der Bühne klang eher gequält als lustvoll. Schon eigenartig, dass das von der Natur so eingerichtet war, dass man es aus der Ferne kaum unterscheiden konnte. Bestimmt wurde sich begattenden Paaren häufig fälschlicherweise zu Hilfe geeilt. Von Nachbarn oder gar von der Polizei. Während ich so nachdachte, schweifte mein Blick noch mal zu dem Paar am Bühnenrand, das sich gerade innig küsste. Iiih. Bei Livesex auf der Bühne. Als sie sich voneinander lösten, bestätigte sich, was ich befürchtet hatte: Das waren tatsächlich mein Frauenarzt und seine Sprechstundenhilfe! Aber er war doch verheiratet? Und nicht mit ihr … Nachtigall, ick hör dir trapsen.

Die fünf Minuten waren um, also drängelte ich: »Ich fänd's wirklich gut, wenn wir jetzt tanzen gehen würden.« Schon allein, weil ich auf keinen Fall wollte, dass Dr. Frielinghaus mich bemerkte.

Irgendwie stieß ich damit aber nicht auf Gegenliebe. Es lag etwas in der Luft, das ich nicht fassen konnte, eine freudige Erregung bei meinen Mädels, die nichts mit dem zu tun hatte, was die zahlreichen Herren im Publikum wohl gerade empfanden, als der Kaiser der Franzosen ein etwas dickliches Lady-Gaga-Double routiniert von hinten nahm.

Angewidert drehte ich den Kopf zur Seite, und jetzt bemerkte ich, was meine Freundinnen wohl schon vor mir gesehen hatten: Am rechten Bühnenrand war ein muskulöser junger Mann mit einer Wahnsinnsfigur in einem etwas zu engen Batman-Kostüm auf der Bühne erschienen. Die Musik änderte sich.

Caro strahlte ihn an und knuffte mich in die Seite. »Na, das ist doch jetzt was für dich!«

»Oh«, machte ich überrascht und von dem Anblick angetan, gleichzeitig war ich aber auch etwas irritiert. Ja, ich war Batman-Fan, ja, ich fand die Filme spannend, und ja, ich war froh, dass sich der Esel nun zurückgezogen hatte, um Platz zu machen für den Superhelden, aber warum um alles in der Welt leuchtete der Verfolger-Scheinwerfer jetzt in unsere Richtung, und wieso kam Batman auf mich zu? Ich trug ja zu allem Überfluss auch noch diesen dämlichen Haarreif – so sollte er mich nicht sehen. Als ich mir mit einer, wie ich fand, ziemlich unauffälligen Bewegung meinen Schmuck vom Kopf riss, hatte ich auch gleich ein großes Haarbüschel in der Hand.

Der Einsatz hatte sich leider nicht gelohnt, denn Batman stand schon direkt vor mir. Und nicht nur das, er schnappte sich zu meinem Entsetzen meine Hände und führte sie gekonnt an seinen Fledermaushintern, der, was ich bei dieser Gelegenheit mit Grausen deutlich spüren konnte, eines der wenigen Körperteile war, die nicht von gummiartigem Kostümstoff umhüllt waren. Kurz: Ich fasste ihn an sein nacktes Hinterteil. In einem anderen Kontext hätte sich das ziemlich sicher sehr gut angefühlt. So aber verspürte ich nichts außer dem dringenden Wunsch, wieder frei über meine Hände verfügen zu können. Der Versuch, sie zu befreien, scheiterte am stahlharten Griff des Superhelden. Ich musste mit ihm reden.

»Entschuldigen Sie, ich möchte das hier nicht«, sagte ich mit fester Stimme, und als er nicht reagierte, fuhr ich anderssprachig fort, vielleicht hatte er mich ja einfach nicht verstanden: »I don't want this, je ne veux pas.«

Nach kurzem Überlegen fügte ich, nicht zuletzt wegen seiner schwarzen Augen und der dunklen Haare, die aus dem Batcap quollen, ein »non voglio« hinzu, was unter Umständen auch »ich fliege nicht« heißen konnte, ich erinnerte mich in dieser heiklen Situation leider nicht mehr so genau an den Italienischkurs bei Giuseppe in der Volkshochschule. Dann kam mir glücklicherweise noch das international anerkannte Zeichen für »Nein!« in den Sinn, und ich schüttelte wie wild den Kopf.

Das schien meine Mädels nur anzufeuern, denn sie kreischten wie Sekretärinnen bei den Chippendales, während der Verfolger meinen Superhelden und mich wie in einem gleißend hellen Licht erstrahlen ließ. Konnte es eine unangenehmere Situation geben als diese? Mir fiel keine ein.

Warum rettete mich denn keiner? Es war eher das Gegenteil der Fall: Die Herren im Halbdunkel um uns herum applaudierten und pfiffen, Batman entledigte sich zu meinem Leidwesen nach und nach seiner einzelnen Kostümteile, während er sich an sämtlichen meiner Körperregionen rieb. Wie konnte ich mich nur aus dieser Situation befreien? Gott, er war ja nicht hässlich, im Gegenteil, und frisch gewaschen schien er auch zu sein, aber für diese Art von Freizeitbeschäftigung war mir für gewöhnlich ein intimerer Rahmen wesentlich willkommener.

Hilfesuchend schaute ich mich nach meinen Freundinnen um. Vielleicht konnte ich ihn ja an Caro, die mit ihrem Handy eifrig Aufnahmen machte, loswerden. Doch er schien sich auf mich eingeschossen zu haben. Ich kam gar nicht dazu, weiter an einen Befreiungsschlag zu denken, denn nun begann Batman, auch noch seine restlichen Klamotten abzuwerfen. Währenddessen tanzte er geschmeidig wie eine Wildkatze zur Batman-Titelmelodie, packte immer wieder meine Arme, die ich ihm zu entreißen versuchte, und presste sie an die denkbar unschicklichsten Stellen an seinem Körper.

Als ich ihm in einem glücklichen Moment endlich meine oberen Gliedmaßen mit einem gewaltsamen Ruck entreißen konnte, setzte sich der muskulöse Gotham-City-Beschützer schließlich auf meinen Schoß und rieb seinen nackten und, wie ich trotz meiner verzweifelten Abwehrversuche wohlmeinend registrierte, glattrasierten, glänzenden Sixpack an meinem T-Shirt. Obschon ich nun wirklich vollauf mit Schämen und Unwohlfühlen beschäftigt war, konnte ich dennoch erkennen, dass mein Frauenarzt und seine Assistentin sich zu uns umgedreht hatten, und anscheinend war auch ich von ihm erkannt worden, denn er versuchte nun, sich mit Frau Lüders unauffällig in Richtung Ausgang zu bewegen. Als er einmal den Kopf ein wenig zur Seite drehte, um Frau Lüders etwas zuzuflüstern, hatten wir für einen Moment Blickkontakt, und ich merkte, dass er gesehen hatte, dass ich ihn erkannt hatte. Wem das nun peinlicher war, ihm oder mir – ich hatte keine Ahnung.

»Das ist Doktor Frielinghaus!«, zischte ich Caro zu, während ich damit beschäftigt war, mir ein Haar aus der inzwischen freigelegten schwarzen Lockenmähne meines Superhelden aus dem Mund zu wischen.

Caro hörte kurz auf, Fotos von meiner misslichen Lage zu machen, und fragte laut zurück: »Wie, dein Frauenarzt? Krass!«, nur um dann wieder ihr iPhone auf die riesige Beule im superknappen String vor meinem Gesicht zu halten.

»Die Fotos poste ich auf Dominics Facebookseite!«, freute sie sich.

»Auf keinen Fall!«, wollte ich protestieren, aber das ging in Belas und Sabines zustimmendem Jubel unter.

*

»Mir hat als T-Shirt-Aufdruck am besten ›Ich Depp hab auch noch ja gesagt‹ gefallen«, kicherte Caro in der U-Bahn. Bela und Sabine hatten es sich auf ihrem Sitz bequem gemacht und schliefen friedlich neben uns. Es war halb sechs, und draußen wurde es langsam hell. Auch auf dem Weg zur U-Bahn waren uns noch diverse Junggesellenabschiede begegnet.

»Lenk nicht ab! Warum habt ihr mich nicht gerettet?«

Ich wollte mich gerade richtig echauffieren, als mich ein sichtlich angeschlagener junger Mann mit Pali-Tuch und Free-Tibet-Button an der Cordjacke annuschelte: »Wie spät ist es?«

Als ich es ihm sagte, überlegte er kurz und fragte dann: »Fünf Uhr dreißig oder siebzehn Uhr dreißig?«

»Respekt!«, sagte Caro. »Goldene Jugend!«

In der Bahn roch es nach Alkohol und Zigarettenrauch, und nur noch einzelne Pistengänger hingen verschlafen in den Sitzen.

»Du sollst beim Thema bleiben! Das war der absolute Horror mit dem Typen! Und statt mir zu helfen, habt ihr Fotos gemacht!« Noch während ich sprach, merkte ich, dass ich zu müde war, um richtig wütend zu sein, versuchte aber dennoch, meinem Unmut Luft zu machen.

»Hey, wir haben ihn von dir gepflückt, vergiss das nicht! Sonst säße er jetzt noch auf dir.« Caro giggelte: »Der hat eben den Spruch auf unseren T-Shirts wörtlich genommen.«

»Toll! Runtergepflückt! Allerdings erst nach einer gefühlten Ewigkeit, nachdem ihr gute Fotos hattet!«

»Ja, aber hey, das war doch wirklich lustig.«

»Ich hätte es bestimmt auch lustig gefunden, wenn er auf dir gesessen hätte und dir sein riesiges Geschlechtsteil ins Gesicht gehalten hätte! Es ist immer eine Frage der Perspektive ...« Es schüttelte mich, als ich daran dachte. Gut, er hatte noch einen hauchdünnen Stringtanga an, aber trotzdem ... »Meinst du, der hatte da noch irgendwas in der Hose? So groß ist doch sonst nur ein Pferdepenis ... Apropos – was mach ich bloß mit meinem Frauenarzt?

Der hat was mit seiner Sprechstundenhilfe! Gut, kann ich verstehen, Frau Lüders ist ein heißer Feger und bestimmt zwanzig Jahre jünger als er, aber ich hab Dienstag einen Termin bei dem! Kann ich da überhaupt hin?«

»Ad eins: Pferdepenis, ich weiß nicht. Ich fand den gar nicht sooo groß. Also, um ehrlich zu sein, fand ich ihn eigentlich ziemlich normal. Ich weiß ja nicht, mit welchen Gürkchen du bisher vorliebnehmen musstest, aber Björn –«

»Stopp!«, unterbrach ich sie, »zu viel Information. Also, zu zweitens: Kann ich Dienstag zu Doktor Frielinghaus?«

Caro gähnte. »Natürlich! Und jetzt hast du was gegen ihn in der Hand. Du kannst alle teuren Untersuchungen umsonst bekommen. Alle.«

»Welche zum Beispiel? Sag mir nur eine, die die Kasse nicht zahlt und die ich brauchen könnte. Ich bin gesund!«

Caro überlegte. »Na, dann eben Tabletten. Die Pille! Oder so.«

»Ja, oder so. Du als Anwältin rätst mir zu Erpressung? Sehr witzig.« Ich schüttelte genervt den Kopf und seufzte: »Mir wird ganz anders, wenn ich an den Termin denke. Aber deshalb den Arzt wechseln? Ich bin da seit so vielen Jahren und war immer so zufrieden, und es ist bei mir um die Ecke …«

Caro brauste auf: »Ich finde das super eklig! Wenn das dein Zahnarzt wäre, o.k. Aber es geht ja um das andere Ende …« Ihre Stimme verschwamm mit einem ausführlichen Gähnen, sie schüttelte sich kurz und fügte dann hinzu: »Klar, geh da hin!«

»Was denn nun? Eklig oder hingehen?«

»Mit Ekelgefühl hingehen. Und wir überlegen uns bis Dienstag noch, wie du auf ihn reagierst.«

»Der ist verheiratet! Und zwar nicht mit seiner Sprechstundenhilfe!«

»Und du musst dich da nicht einmischen. Du bist nicht verantwortlich für die Schlechtigkeit der Welt.«

»Nein. Aber ich würde sie gern ein wenig besser machen.«

Caro rollte mit den Augen und war im nächsten Moment eingenickt.

Eine Hand wäscht die andere

Prinz Albert von Monaco und seine Charlene hatten ein süßes Geheimnis, Madonna einen neuen, achtzehnjährigen Lover, und Florian Silbereisen bekam eine neue Fernsehshow. Obschon das alles natürlich wahnsinnig aufregende Neuigkeiten waren, konnte ich mich auf die Artikel in der Regenbogenpresse nicht richtig konzentrieren. Ich knibbelte mit dem Zeigefinger an meinem Daumennagel. Mit mir saßen noch zwei junge Mädchen im Wartezimmer und ein Mann, was ungewöhnlich war. Was machte ein Mann alleine im Wartezimmer eines Frauenarztes? Er schien auch nirgends dazuzugehören. Hm. Vielleicht war er ein Jungmann und holte sich nun Tipps für seine erste Freundin? Nein, dafür war er zu alt. Und zu gutaussehend. So ein George-Clooney-Typ hatte bestimmt keine Frauenprobleme. Wahrscheinlich war er ein Kumpel von Doktor Frielinghaus, und sie hatten keinen anderen Termin für ein Treffen gefunden? Ich würde es wohl nie erfahren.

Das war das eine, was mich beschäftigte. Das andere, was mich noch viel mehr umtrieb, war: Wie würde Dr. Frielinghaus sich gleich verhalten? Frau Lüders war heute nicht am Empfangstresen gewesen, und ich fragte mich, ob das mit meiner Person zu tun hatte. Bestimmt hatte sie gelesen, dass ich heute einen Termin hatte, hatte Dr. Frielinghaus angerufen und mit tränenerstickter Stimme gesagt: »Arno, wann sagst du es endlich deiner Frau?

Ich halte das nicht mehr aus! Jetzt kommt auch noch diese Frau Winkler am Dienstag, und sie hat uns gesehen. Arno, was ist, wenn sie es deiner Frau erzählt? Ich kann das nicht mehr!«

In meinen Gedanken saß eine total verheulte Frau Lüders auf dem Bett in ihrer Zweizimmerwohnung in Hamburg-Lurup, das blondierte, halblange Haar umrandete ihr herzförmiges Gesicht in unordentlichen Strähnen, und die Wimperntusche hatte sich lange schon verabschiedet und auf ihren Wangenknochen ein neues Zuhause gefunden. Voraussetzung für diesen Gesprächsverlauf war natürlich auch, dass das »A.« in »Dr. A. Frielinghaus« für Arno stand. Irgendwie sah er wie ein Arno aus. Ich musste mal im Netz gucken.

»Hallo? Frau Winkler?«

Ich schreckte aus meinen Gedanken. Dr. Frielinghaus musste mich schon mehrfach aufgerufen haben.

»Frau Winkler? Ist Ihnen nicht gut?«

»Doch, doch, alles bestens!«

»Dann kommen Sie bitte mit.«

So, wie mein Arzt vor mir herging, hocherhobenen Hauptes und als wäre nichts gewesen, kam er mir wesentlich souveräner vor, als ich mich fühlte. Vielleicht hatte ich mich doch verguckt? Und er war das gar nicht gewesen im Safari?

»Was führt Sie zu mir?«, fragte Dr. Frielinghaus, und wenn ich ehrlich war, fragte er das immer, schließlich war er mein Frauenarzt und wollte einfach wissen, ob ich irgendwelche Probleme hatte, wegen derer ich ihn aufsuchte. Und dennoch meinte ich heute eine gewisse Anspannung in seiner Stimme zu hören.

Ich sah ihm fest in die Augen, als ich sagte: »Nur die Vorsorgeuntersuchung.«

»Ja, dann – machen Sie sich bitte frei.«

Vergeblich suchte ich in seinem Gesicht nach irgendeiner für einen Frauenarzt unangemessenen Gefühlsregung. Während ich mich auszog und auf den Untersuchungsstuhl kletterte, hörte ich das leise Klicken seiner Finger auf der Tastatur. Vielleicht sollte ich einfach eine launige Bemerkung machen? Aber, wie konnte die aussehen? »Ach, Herr Frielinghaus, da war ja ganz schön was los, Freitag auf dem Kiez, nicht wahr?! Fast wie in Ihrer Sprechstunde!« Oder: »Na, Fortbildung gehabt am Wochenende?«

Während ich noch über kompromittierende Sprüche, die eigentlich gar nicht zu mir passten, nachdachte, hatte Dr. Frielinghaus schon seine Sprechstundenhilfe Frau Yildirim hereingerufen. Jetzt konnte ich erst recht nichts mehr sagen.

*

Nachdem ich mich angezogen hatte, bat mich Dr. Frielinghaus an seinen Tisch.

»Sie sind vollkommen gesund – alles bestens«, sagte er. Und fuhr nach einem kurzen Zögern fort: »Sie arbeiten doch in dieser … Veranstaltungsagentur, nicht?«

»Ja, bei Sabine-von-Lössner-Events.«

»Ich werde gelegentlich auf Sie zukommen. Wegen unseres Praxisausflugs. Wir haben da mal was anderes vor. Ich war …«, er sah mir tief in die Augen und senkte seine Stimme, als wolle er mich hypnotisieren, »mit Frau Lüders unterwegs, neulich, auf der Suche nach einem Ort dafür, aber was wir gefunden haben, das war absolut unpassend …« Er hob den Kopf. »Wenn Sie verstehen, was ich meine?«

Und ob ich verstand. Ha! Männer, ey. Wir richten seinen Betriebsausflug aus, dafür halte ich die Klappe. Davon hatte ich doch nichts! Wir konnten uns vor Aufträgen ja ohnehin kaum retten. Wenn schon bestechen, dann richtig! Und überhaupt, was war das für eine mafiöse Art! Und wieso glaubten eigentlich alle, dass ich korrupt war? Erst Sabine mit ihrer Kaffeemaschine – gut, sie hatte recht behalten, und die Kaffeemaschine war einfach auch super, aber jetzt sogar mein Frauenarzt …

»Ach ja, und meinen herzlichsten Glückwunsch!« Er zwinkerte mir zu.

»Wofür? Also, wozu?«

»Na, zur Hochzeit! Wann ist denn der große Tag?«

Jetzt kapierte ich es.

»Ach so, nein, das war kein Junggesellinnenabschied, das war einfach so, Spaß haben …«

Er zog die Augenbrauen hoch, und nun war es an mir, sich schlecht zu fühlen. Verdammt, jetzt dachte er, dass ich aus Spaß mit meinen Freundinnen am Wochenende ins Safari ging! Frustriert, weil wir keinen abkriegten, damit wir wenigstens mal bei Geschlechtsverkehr zugucken konnten, um nicht zu verlernen, wie das ging, oder was?

»Das war nicht, was Sie denken, es war eher, ja, so was WIE ein Junggesellinnenabschied, aber eher das Gegenteil davon.«

Das gab es doch nicht, dass ich jetzt in Erklärungsnot kam! Ich! Ausgerechnet! Die ich ja nun weiß Gott am unschuldigsten von allen war. Ich wurde ganz ruhig und startete einen weiteren Versuch: »Meine beste Freundin – sie ist selbst in einer glücklichen Beziehung, mit einem Mann natürlich –, sie wollte mit mir feiern, dass ich endlich meinen letzten Freund los bin. Ja, und dann waren wir eben auch im Safari. Obwohl ich da gar nicht hinwollte!«

Er grinste mich an. »Ach ja, wenn man einen kleinen Schwips hat, macht man manchmal Sachen … Ich kenne das aus meiner Jugend.«

Jugend? O Mann. Er ging hier hocherhobenen Hauptes aus der Nummer, und ich? Das konnte ja wohl nicht wahr sein.

Er reichte mir die Hand. »Also, Frau Winkler, ich komme dann auf Sie zu. Haben Sie eine Karte dabei?«

»Natürlich.« Ich gab ihm die Karte und die Hand.

»Na dann, alles Gute!« Er zwinkerte mir noch mal zu.

Mist. Das war ja alles andere als cool gelaufen.

Neuland

Es gab einige Dinge, die ich in meinem Leben mal machen wollte. Zum Beispiel wollte ich mal nach Neuseeland. Was bei meiner Flugangst zwar schwierig, aber nicht unbedingt unmöglich war. Bestimmt konnte ich auch irgendwie anders dorthin kommen. Ich musste mir das mal auf der Karte ansehen. Und, ja, an einem Kochkurs teilnehmen – warum nicht.

»Warum nicht?«, sagte ich also auch zu Sabine, die vor mir stand mit einem Prospekt der Cooking-Academy, deren Claim »Koch dich glücklich« mir etwas übertrieben vorkam. Außerdem hätten sie ja konsequent bei ihren Anglizismen bleiben können, allerdings klang »Cook yourself happy« nicht nur irgendwie sperrig, sondern außerdem nach masochistischen Kannibalen. Wahrscheinlich war das der Grund für die deutsche Schreibweise.

Sabine strahlte. »Das wäre echt super. Ich hab dermaßen viele Abendtermine in den nächsten Wochen, und ich möchte, dass sich das mal eine von uns anguckt, bevor wir es für unsere besten Kunden anbieten. Welchen möchtest du denn ausprobieren?« Sie blätterte. »Karibik-Feelings?«

Entsetzt winkte ich ab. »Nein, da wird bestimmt mit Heuschrecken und Kriechtieren gearbeitet – ist das Dschungelcamp nicht immer in der Karibik? Das muss ich nicht haben.«

Ich nahm mir den Prospekt. Vielleicht hier, »Gutbürgerliche Küche« – ach nee, das war mit Eisbein und so. Dann schon lieber »Süße Träume« – Dessertküche. Ja, das war genau mein Ding!

»Endlich mal was anderes als Pêche Melba und Tiramisu! Das mache ich! Am Donnerstag!«

»Du kannst Tiramisu? Respekt! Lass mich mal gucken.« Sabine griff sich den Prospekt. »Hmm, mal sehen … Süße Träume? Das ist zwar ein Kurs für Paare, aber du kannst ja deinen Freund Paul fragen. Oder Caro, ihr könnt ja so tun, als wärt ihr lesbisch …«

»Danke, Sabine. Sehr nett, dass du mich dezent auf mein Singledasein hinweist«, fauchte ich. Seit meine Chefin auf einem Burnout-Präventionsseminar diesen Investmentbanker André kennengelernt hatte, schien sie unsere Singlefrauen-Solidarität vollkommen über den Haufen geschmissen zu haben.

»Der Richtige kommt schon noch!« Sabine tätschelte meine Hand – überheblich, wie ich fand. »Also, mach doch den Dessertkurs! Ich melde dich da plus eins an. Für diesen Donnerstag? Du schaust dir das alles ganz genau an, und dann sehen wir, ob wir zusammenarbeiten können. Die Frau macht jedenfalls einen ganz vernünftigen Eindruck.«

Super Idee, statt der üblichen Firmenfeier mit Alleinunterhalter und Besäufnis »einen Abend lang gemeinsam kochen« mit Besäufnis anzubieten. Aber angucken würde ich mir das schon gern. Wenn ich dabei sogar noch etwas lernen konnte – warum nicht?

Ich sollte tatsächlich Paul anrufen. Wenn ich schon einen besten männlichen Freund hatte, musste ich das ausnutzen. Es war halb eins, also Mittagspausenzeit, der perfekte Zeitpunkt, um ihn in der Klinik auf dem Handy zu erreichen. Ich ließ es klingeln.

Komisch, normalerweise ging er doch viel schneller dran.

»Meierhof, hallo?«, keuchte Paul, total außer Atem.

»Mensch, Paul«, lachte ich. »Wo hole ich dich denn gerade her?«

Er atmete immer noch ganz schnell und flach. Dann geschahen drei Dinge gleichzeitig: Ich hörte ihn sagen: »Wir reanimieren gerade«, brüllte »Omeingottestutmirleid!!!« ins Telefon und legte sofort auf. Zitternd saß ich vor meinem Handy. Was, wenn ich jetzt schuld war am Tod eines Menschen? Ich sah die BILD-Schlagzeile schon vor mir: »Anruf tötet Familienvater – Fluch und Segen der Fernsprechtechnik«. Begriffe wie »lebenslänglich«, »Knasttränen« und »Hofgang«, die mir bisher nur aus drittklassigen RTL-Serien bekannt waren, konnten schon sehr bald sehr viel mit mir zu tun haben. Vielleicht sollte ich schon recht zeitnah meine Neuseeland-Pläne verwirklichen. Scheiß auf die Flugangst.

»Hast du Maschinenbau-Meyer die Rechnung schon geschickt? Ich kann sie nirgends find… Was ist denn mit dir los? Du siehst aus, als hättest du gerade eine Teufelsaustreibung durchlebt!«

Ich hatte gar nicht bemerkt, dass Sabine wieder reingekommen war. Sie schüttelte mich.

»Hallo! Was ist denn?«

»Ich … ich habe vielleicht ein Menschenleben auf dem Gewissen!«, stammelte ich.

»Was? Du hast doch nur telefoniert! Mit wem? Was ist los?«

Mir war irgendwie schwindelig. Ich schluckte.

»Ich hab Paul angerufen. In der Klinik. Und er, er war total außer Atem. Er hat gerade reanimiert!«

Sabine setzte sich seufzend vor mir auf die Tischkante.

»Ann, denk doch mal nach. Wenn es die Situation nicht

erlaubt hätte, wäre er doch nicht ans Telefon gegangen! So weit sind wir in unserer Zeit der ständigen Erreichbarkeit hoffentlich noch nicht, dass ein Arzt lieber seinen Patienten sterben lässt, als einen Anruf zu verpassen! Er wird sich bestimmt gleich bei dir melden und das aufklären.« Sie tätschelte meinen Arm und stand auf. »Und jetzt guck mal bitte, ob diese Rechnung raus ist. Und dann mailst du sie mir bitte noch mal. Damit ich sie abheften kann. Wir sind eine ordentliche Eventagentur.«

In dem Moment, in dem sie zur Tür raus war, klingelte mein Handy. Paul.

»Es tut mir leid, wirklich, ich wollte nicht …«, schoss es aus mir heraus.

»Ann! Beruhige dich doch.« Er hatte wieder die beängstigend sanfte Therapeutenstimme, die mich manchmal an seinem Verstand zweifeln ließ, beziehungsweise mich verunsicherte, weil ich mich fragte, ob er sich damit meines gesunden Geisteszustandes vergewissern wollte. »Ann, ich war kurz draußen. Wir haben zu fünft reanimiert. Reihum. Und ich war kurz vor der Tür und hab mich erholt. Das ist wahnsinnig anstrengend. Das mache ich nicht alleine. Und ja, wir haben sie wiedergeholt.«

Er wurde immer ruhiger, als spräche er mit einem Kind. Oder wie mit einer erwachsenen Frau, die, zumindest vorübergehend, mit dem Gehirn eines Kleinkindes ausgestattet war.

Ich sah ihn direkt vor mir, wie er, eine blonde Locke hinters Ohr gesteckt, konzentriert mit seinen durchdringenden blaugrauen Augen und zusammengekniffenen Augenbrauen irgendwohin starrte, als er fragte: »Warum hast du denn angerufen?«

»Kommst du mit zum Kochkurs ›Süße Träume‹? Desserts?«, piepste ich.

»Süße Träume?« Pauls ganze Anspannung entlud sich in einem Lachkrampf. »Oh, Ann!« Er schniefte und schien sich zu krümmen vor Lachen. »Ja, ich komme mit! Natürlich! Ahhh«, er schnäuzte sich. »Wann denn?«

»Donnerstag«, hauchte ich kleinlaut.

»Donnerstag? Kann ich nicht. Da bin ich verabredet.«

Aha, Paul hatte ein Date.

»Wow, ein Date!«, sagte ich.

»Ja, mit dieser rattenscharfen Krankenschwester!«

Ich war schon etwas neidisch, gönnte es ihm aber natürlich auch. Und vor allem wünschte ich ihm, dass er endlich mal die Frau fürs Leben fände. Wir kannten uns schon so lange ... Er hatte damals in einer WG mit einer befreundeten Kommilitonin gewohnt, zu der ich heute keinen Kontakt mehr hatte, aber die Freundschaft mit Paul war geblieben, und ich hatte weiß Gott schon viele Frauen in seinem Leben kommen und gehen sehen.

»Die mit den tollen Haaren? Ich freu mich für dich!«, sagte ich und meinte es auch so. »Weißt du, wir wollen vielleicht in Zukunft auch diese Kochevents anbieten, und deshalb will ich das mal ausprobieren, und dummerweise hab ich mir einen Paarkurs ausgesucht, es geht um Desserts, und ich liebe nun einmal Desserts ...«

»Frag doch Tim.«

»Tim? Ich weiß nicht, ich hab ihn ewig nicht gesehen, und ...«

»Dann ist das doch noch ein Grund mehr! Eine schöne Gelegenheit, ihn wiederzusehen! Er freut sich bestimmt. Ich finde den cool.«

»Meinst du? Na ja. Hoffentlich sieht er das nicht als Anbaggern ...«

Natürlich hatte ich auch schon an Tim gedacht. Ich mochte ihn und seine jungenhafte Art, den Job als freier

Journalist beim Radio, und natürlich fand ich toll, dass er Gitarre in einer Crossover-Band spielte. Außerdem sah er ganz gut aus. Seit er mich mal in der Videothek angesprochen und um einen Filmtipp gebeten hatte, und wir festgestellt hatten, dass wir quasi Nachbarn waren, hatten wir manchen spaßigen Abend miteinander verbracht. Er war einfach ein witziger Typ, der gute Laune verbreitete. Bestimmt würde ein Kochkurs mit ihm auch lustig werden.

»Du hast recht, fragen kann ich ihn ja. Dann reanimier mal weiter!«

»Warte, ich guck mal.« Er machte eine Pause, als müsse er sich kurz umsehen, und sagte dann: »Nee, gibt gerade nichts zu reanimieren! Und du, lern schön Desserts machen und verwöhn mich mal mit einem!«

Tim. Ja, natürlich. Es war gut, mal wieder einen Grund zu haben, ihn anzurufen. Und dass wir dann etwas zu tun hatten, wenn wir uns sahen. Bei manchen Freunden oder Bekannten war es gut, sich zu treffen, um miteinander etwas zu unternehmen. Es gab diese Freunde, mit denen ich alles machen konnte, auf ein Konzert gehen oder ins Kino, oder einfach nur zum Reden treffen, wie meine Caro oder eben Paul, und dann gab es Freunde, mit denen ich lieber etwas unternahm, wie Tim. Den wollte ich nicht einfach nur so treffen. Manchmal war es wirklich hilfreich, wenn man zusammen etwas tat, man konnte sich dann über das Tun unterhalten, also, in dem Fall etwa über die Konsistenz der zu schmelzenden Schokolade, über Desserts und Vorlieben. Bei Desserts natürlich.

Komisch, was machte ich mir denn solche Gedanken? Das ist doch nur Tim, grübelte ich, während ich die Meyer-Rechnung in meinem Computer suchte, fand und Sabine mailte. Jedenfalls freute ich mich, ihn wiederzusehen. Falls er überhaupt Zeit hatte.

Seit meinem letzten Telefonat war erst eine halbe Stunde vergangen, also war noch Mittagspausenzeit, und die Chancen standen gut, dass ich Tim auf dem Handy erwischte, ohne ihn bei lebensrettenden Maßnahmen zu stören.

»Marie, ich hab doch gesagt, ich ruf gleich zurück, ich muss da doch erst mal fragen!« Tims Stimme klang etwas unwirsch am anderen Ende der Leitung.

»Oh, hast du einen anderen Anruf erwartet? Hi, hier ist Ann!« Verdammt, warum war das Telefonieren heute denn so schwierig?

»Oh, sorry, tut mir leid, entschuldige, ich dachte, das wäre … Hey, Ann! Du bist das! Welche Freude, schön, dass du anrufst! Pass auf, das ist gerade blöd, kann ich gleich zurückrufen? Um was geht's denn?«

Obwohl ich wusste, dass er mich nicht sehen konnte, winkte ich ab, während ich sprach.

»Ach, nichts Wichtiges, ich kann dich heute Abend noch mal anrufen, oder du mich.«

»Nein, rück schon raus, 'ne Minute hab ich für dich. Bin nur eigentlich gerade im Meeting …« Er klang richtig fröhlich.

»O. k., ich spreche ganz schnell: Hast du Donnerstag Zeit und Lust, mit mir einen Dessertkochkurs zu machen? Von sieben bis zehn oder so?«

Tim räusperte sich. Er schien überlegen zu müssen. »Ja klar, warum nicht. Ich hol dich ab, und wir fahren da zusammen hin. Bin um halb sieben bei dir! Freu mich! So long!«

Ups, der war aber mal spontan. Ja, das mochte ich an ihm. Seine unkomplizierte, lockere Art. Neugierig auf Neues, einfach mal was ausprobieren. Jetzt hatte ich ihm aber gar nicht gesagt, dass das ein Pärchenkurs war … War ja irgendwie auch egal.

Koch dich glücklich

Der Kochkurs fand in einer ehemaligen Brauerei statt. Ich mochte die hohen Decken, die Backsteinwände und die nachträglich eingesetzten, fast bodentiefen Glasscheiben. Von draußen musste das toll aussehen, wenn man hier hereinblickte und eifrigen Pärchen beim Kochen zusah. Eifrigen Pärchen und einer einzelnen Frau und einem Mann.

»Hat die Köchin eben gesagt: Willkommen beim Kochkurs für Paare?«, flüsterte Tim grinsend, während Rosa Minster fortfuhr: »Also, wir machen heute Tonka-Topfen-Mousse auf Blutorangenragout mit frittierten Karamell-Wan-Tan und ein Schokoladenmalheur mit Bananen-Physalis-Ragout, außerdem Eisbömbchen auf Rhabarberspiegel.«

Ich nickte. »Erklär ich dir gleich.«

Rosa guckte in die Runde. »Stellt euch doch mal kurz vor, ihr bekommt dann von meiner Assistentin Susanne ein Namensschild. Wenn es o. k. ist, dass wir uns alle duzen?!«

Die anderen murmelten beifällig und stellten sich nacheinander kurz vor, hielten sich an den Händen, küssten sich und sahen sich verliebt an.

Mein Gott, man kann sich doch auch mal einen Moment zusammenreißen, dachte ich und sagte, als wir an die Reihe kamen: »Ich bin Ann, das ist Tim, wir sind nicht zusammen, wir sind …« Ich stockte und überlegte, ob ich

»nur Freunde« oder einfach nur »Freunde« sagen sollte, schließlich konnte er das »nur« als eine Art Enttäuschtsein meinerseits auffassen, und so war es ja nun wirklich nicht. Da mich alle erwartungsvoll ansahen, inklusive Tim, grübelte ich nicht länger nach, sondern fuhr fort, selbst gespannt darauf, was ich denn nun sagen würde: »… Freunde, bisher jedenfalls noch, wir haben nämlich noch nie gemeinsam gekocht!«

Ich erntete einen großen Lacher. Irrte ich mich, oder guckte Tim tatsächlich ein wenig enttäuscht?

»Entschuldige«, flüsterte ich ihm zu, während wir die Schürzen entgegennahmen und umbanden. »Ich dachte, es wäre dir unangenehm, mit mir als Paar zu gelten, und schließlich sind wir das ja auch nicht, und –«

»Du wirst rot!«, unterbrach er mich lachend. »Ist schon in Ordnung. Aber warum schleppst du mich zu einem Paarkochkurs?«

Nachdem ich es ihm erklärt hatte, seufzte er. Er wollte gerade etwas sagen, da brummte sein Handy.

»SMS«, sagte er, las und runzelte die Stirn, schrieb kurz etwas und steckte das Telefon in die Hosentasche seiner Jeans.

»Na, dann wollen wir uns mal dem Schokoladendesaster zuwenden!«

»Malheur«, sagte ich vorsichtig. Irgendwie fühlte ich mich in seiner Gegenwart unsicherer, als ich das in Erinnerung hatte. Er sah aber auch einfach total gut aus. Sein Teint schien von der Sonne verwöhnt zu sein, das Haar war etwas länger und hatte diesen Out-of-Bed-Charakter, früher hätte man ungekämmt dazu gesagt. Out of Bed war eigentlich auch eine gute Geschmacksrichtung für eine Zahncreme. Dass da noch niemand draufgekommen ist, rätselte ich, während ich Tims Halbprofil abspeicherte.

Ich musste ihn wohl etwas zu intensiv angesehen haben, denn er sagte unvermittelt: »Du hast schöne Augen.«

Ich merkte, dass ich erneut rot wurde, sagte nur »Danke!« und beschloss, mich jetzt ausschließlich unseren Desserts zu widmen.

»Kannst du schon mal die Schokolade erhitzen? Ich pule solange die Vanille aus den Schoten.«

»Ja, prima.« Sein Handy hatte sich anscheinend abermals gemeldet, denn er griff wieder in seine Tasche und las eine Nachricht. »Sorry, ich geh mal kurz raus, telefonieren.«

Wer das wohl war? Vielleicht etwas Berufliches. Wobei, es war ja eigentlich schon Feierabend.

»Was Wichtiges?«, fragte ich, als er zurückkam, weil man das fragte, wenn man eigentlich fragen wollte »Wer war das?«, und man das Gefühl hatte, dass es einen nichts anging.

»Ach, das war Marie. Meine Exfreundin.«

Irrte ich mich, oder klang er ein wenig wehmütig?

»Ah, verstehe«, sagte ich nickend, als verstünde ich, und rührte in der Schokolade. »Kannst du mal gucken, wann die Vanille da reinkommt?«

Es fiel mir nun wirklich nicht schwer, mich wieder aufs Kochen zu konzentrieren. Was interessierte mich seine Exfreundin?

»Sie sucht eine Wohnung in Hamburg. Ich helfe ihr.«

Hatte irgendjemand das wissen wollen? Nun, wenn er unbedingt über sie sprechen wollte: bitte.

»Wo ist sie denn?«

»Sie ist Meeresbiologin. Sie war in Norwegen. Hatte dort einen Freund. Und irgendwie hat das wohl nicht geklappt, und jetzt kommt sie wieder, weil ihr hier ein Job angeboten wurde.«

Obwohl es mich ja eigentlich überhaupt nicht interessierte, fragte ich: »Was hat nicht geklappt? Das mit dem Job oder mit dem Freund?«

»Beides wohl. Ich glaube, kochen darf die Schokolade nicht. Ich stell sie mal runter.«

Schon wieder vibrierte sein Handy, das er neben den Herd gelegt hatte. Wie anstrengend. Wenn ich gewusst hätte, dass wir zu dritt kochen würden, hätte ich noch jemanden mitgenommen. Dann wäre ich wenigstens nicht allein gewesen.

Er zuckte mit den Schultern. »Sorry, da muss ich wohl noch mal ran.«

»Kein Problem, telefonier ruhig. Ich mach schon mal weiter.«

Ich las das Rezept bestimmt zum zwanzigsten Mal, konnte aber das, was ich las, gar nicht wirklich aufnehmen. Natürlich nervte es mich, dass ständig diese Frau anrief. Aber das hätte mich bei einer meiner Freundinnen genauso geärgert. Es lag nun wirklich nicht daran, dass es Tim war.

Ob ich jetzt schon mal anfangen sollte mit dem Physalisragout? Ich konnte ja wenigstens die Früchte kleinschnippeln.

Rosa, die Köchin, kam zu mir. »Bei euch alles klar?«

»Ja, danke, Tim ist nur kurz telefonieren. Aber Obst schneiden kann ich auch alleine. Muss ich ja sonst auch …« Ich seufzte gespielt theatralisch.

Sie lachte. »Ihr seid also wirklich nicht zusammen? Wobei ihr ja ein tolles Paar wärt … Aber du bist Single?«

»Ja, bin ich. Und ich genieße es wie blöd.« Um das zu untermauern, riss ich die Augen verzückt auf.

»Ach so, na dann … Schade, ich hätte nämlich jemanden für dich.«

»Nein, echt? Aber du kennst mich doch kaum!«

»Du machst einen sehr sympathischen Eindruck, und ich habe das Gefühl, dass du zu ihm passen könntest. Einen Versuch ist es doch wert, oder? Er heißt Yves, ist siebenunddreißig und ein Bekannter von mir. Echt ein Netter. Also, er ist noch nicht lange Single. Ein Frauentyp.« Letzteres flüsterte sie beinah bedeutungsschwanger. »Ich mache am Sonntag hier einen Brunch, einjähriges Bestehen von meiner Kochschule. Er kommt, du kommst, ihr lernt euch kennen. Ist ein ganz interessanter Mensch.«

»Das nenn ich mal eine Einladung! Danke! Warum nicht? Ich überleg's mir.«

Hmm. Was dieser Yves wohl für einer war? Wie kam Rosa dazu, mich einfach mit einem Freund verkuppeln zu wollen, wo sie mich kaum kannte? Hatte er alle ihre Freundinnen schon durch, oder war er ein schwer vermittelbarer Ladenhüter? Obwohl – klang ja irgendwie nicht danach.

»Komm einfach vorbei. Ab elf. Wenn du da bist, ist es gut, wenn nicht, verpasst du was. Zumindest ein sehr leckeres Frühstück!«

»Ich wäre dämlich, wenn ich der Einladung einer Köchin zum Brunch nicht folgen würde!«

Das war ja nett. Ich konnte da ja mal hingehen und mir diesen Typen angucken. Warum nicht? Aber Tim musste ich nicht unbedingt davon erzählen. Da kam er auch schon.

»Du strahlst ja so. Freust du dich auf das Dessert?«

»Hmm, ja! Würdest du jetzt das Nougat würfeln, bitte? Und, konntest du deiner Ex helfen?«

»Tja, das ist nicht so einfach. Aber das ist jetzt nicht unser Problem. Ich mach mein Handy einfach jetzt aus. Es war blöd, dass ich da zweimal rangegangen bin. Sie kann mir wirklich mailen, oder wir klären das morgen. Entschuldige.«

»Kein Problem … Obwohl, allein krieg ich das tatsächlich nicht hin. Ich hab's nicht so mit alles gleichzeitig machen.«

»Obwohl du eine Frau bist?«, spottete er und schüttete das Nougat in den Topf.

*

Während wir unsere Köstlichkeiten zubereiteten, guckte Tim nur noch einmal auf sein Handy. Es schien ihm allmählich wirklich unangenehm zu sein.

»Ach, Mann, sie weiß doch, dass ich gerade nicht telefonieren kann«, sagte er mehr zu sich selbst.

»Hast du ihr gesagt, dass du gerade deine Kochkünste pimpst?«

Er grinste. »Ja, so in der Art.«

»Hast du denn eine Wohnung für sie in Aussicht?«

»Das ist ja in Hamburg nicht so einfach. Haben wir gemahlene Mandeln, oder müssen wir die selbst mahlen?«

Anscheinend wollte er das Thema wechseln. Nun gut.

»Ja, hier, wir brauchen aber nur fünfzig Gramm.«

Es machte Spaß, mit Tim zu kochen. Mir gefiel seine ruhige, besonnene Art. Außerdem roch er verdammt gut.

»Weißt du, Marie und ich, wir waren fast fünf Jahre zusammen. Und dann, kurz bevor wir eine Familie gegründet haben, kam dieses Angebot in Norwegen.«

Offenbar wollte er doch über sie reden. Versteh eine die Männer.

»Mhm«, machte ich bloß.

»Und ich wollte nicht mit. Ich meine – Norwegen. Das ist ja nicht gerade um die Ecke. Und überhaupt hatten wir uns wohl ein bisschen auseinandergelebt. Sie ist ein toller Mensch, aber irgendwie hat das mit uns doch nicht so gepasst. Sie ist so ernst und karrierefixiert, ich bin eher –«

Rosa unterbrach seine Ausführungen: »So, liebe Leute, wie sieht's aus? Seid ihr alle so weit? Wir wollen demnächst gegenseitig unsere Kreationen probieren.«

Tim schien froh zu sein über den Themenwechsel. Und auch ich zögerte keine Sekunde, mich wieder dem Hier und Jetzt zu widmen: »Na, da können wir uns aber wirklich sehen lassen. Wenn das alles nur halb so gut schmeckt, wie es aussieht, gewinnen wir den goldenen Pokal!«

*

Es schmeckte phantastisch. Nicht nur, was Tim und ich gemacht hatten.

»Puh, das war lecker! Aber ich kann nicht mehr. Ich glaube, mir wird schlecht.« Ich unterdrückte ein Rülpsen, obschon das bestimmt nicht gesund war. Schließlich wollte die Luft ja nicht ohne Grund raus.

Draußen auf der Straße fragte ich ihn: »Noch Lust auf einen Verdauungsschnaps?«

Er sah auf die Uhr und sagte mit Bedauern in der Stimme: »An sich total gern, aber ich muss leider noch ein bisschen arbeiten. Hab noch eine Sendung für morgen fertig zu machen.«

Ich sah wohl sehr enttäuscht aus, denn er fügte hinzu: »Aber lass uns das ein andermal nachholen. Ruf mich an! Und vielen Dank, dass du mich mitgenommen hast!«

Er deutete Küsschen links und rechts an. Früher hatte ich das gehasst, inzwischen gefiel es mir ganz gut. Manche küssten ja sogar richtig und hauchten nicht nur, das konnte allerdings ziemlich nass werden. Ich selbst berührte nur ganz leicht mit meiner Wange die Wange meines Gegenübers.

»Worum geht's denn in der Sendung?«, fragte ich, während wir unsere Räder aufschlossen, und im selben Moment wurde mir bewusst, dass er meinen könnte, ich glaubte ihm nicht, dass er noch zu tun hatte. Ich wollte aber wirklich wissen, woran er gerade arbeitete, und außerdem fand ich es schade, ihn jetzt so schnell ziehen zu lassen.

»Ach, interessiert dich das wirklich? Ich hab die Hamburger Independent-Musikszene interviewt, also sowohl richtig erfolgreiche Bands und MusikerInnen …«, ich hörte, wie er das große »I« mitsprach, und die emanzipierte Frau in mir freute sich darüber, »als auch welche, die ganz am Anfang stehen, sowie einige, die mal erfolgreich waren. Daraus hab ich Porträts gebastelt, und die präsentiere ich jetzt einmal die Woche. Hat tierisch Spaß gemacht, aber ich muss für die erste Folge noch ein bisschen dran frickeln.«

»Oh, das klingt gut! Wann wird es gesendet? Das hör ich mir an!«

Tim strahlte. »Morgen um neun Uhr fünf. Freut mich, wenn du's hören willst. Also, mach's gut!«

Auf dem Weg nach Hause musste ich fast ununterbrochen über Tim nachdenken. Was war das mit ihm? Es kribbelte schon ein wenig im Bauch, wenn ich mir sein Lächeln vorstellte. Aber was war da mit seiner Exfreundin? Es wirkte schon so, als würden sich die beiden noch oder wieder sehr nahe stehen. Egal – jetzt würde ich erst mal am Sonntag schön brunchen.

Freitagabend

War das jetzt eine blöde Idee, da hinzugehen? Und: Was war das wohl für ein Mann, dieser Yves? Vielleicht war er ja mit Rosa Minster auf Facebook befreundet. Das sollte ich mal recherchieren, vielleicht könnte ich da etwas über ihn herausfinden.

Es war Freitagabend, und ich saß vor meinem Rechner. Freitagabend vor dem Rechner hatte früher eigentlich immer etwas mit Online-Dating zu tun gehabt. Heute nicht mehr. Mir war das zu blöd. Dieses katalogmäßige Manngesuche. Immer auf der Suche nach etwas Besserem. Beim ersten Date musste es PENG! machen, wenn es das nicht tat und man »nur« einen netten Abend zusammen verbrachte, war man in Gedanken schon wieder beim Nächsten. Außerdem waren die wenigsten ehrlich im Internet. Da wurden uralte Fotos reingestellt. Ich erinnerte mich an ein Treffen mit einem Mann, dessen lange, dunkle Locken auf seinem Foto mir so gut gefielen. Als wir uns trafen, rief er mich fünf Minuten vorher an und sagte, ich würde ihn möglicherweise nicht erkennen, er sei gerade beim Friseur gewesen. Der Glatzkopf, der dann um die Ecke bog, hatte nichts mit dem hübschen Kerl vom Foto gemein, und das wohl nicht erst seit ein paar Stunden.

Mit Zahlen durfte man erst recht nicht kommen: Geburtsjahr und Körpergewicht wurden in diesen Dating-

Portalen großzügig getuned, jeder Mopedbesitzer käme für so etwas in den Knast.

Oftmals war ein Treffen wirklich sehr ernüchternd gewesen: Typen, die wunderschöne E-Mails schrieben, waren im realen Leben nicht in der Lage, auch nur einen verständlichen Satz von sich zu geben. Natürlich existierte bestimmt auch der umgekehrte Fall, dass »wortkarge Wolframs«, von denen Rainald Grebe so wunderbar sang, plötzlich im Gespräch von Angesicht zu Angesicht zu hinreißenden Rednern mutierten, aber das hatte ich nie erlebt, weil ich mich aufgrund ihres langweiligen Profils gar nicht erst mit ihnen getroffen hatte. Trotz vieler negativer Erfahrungen hatte ich aber immer noch mehr (potentiell negative) Erfahrungen machen wollen, in der Hoffnung, irgendwann doch den Einäugigen unter den Hühnern zu finden, oder so ähnlich.

Heute war das anders. Ich saß wirklich nur wegen des Brunchs am Sonntag vor dem Rechner. Ah, tatsächlich, Rosa war bei Facebook! Mist, ihre Freunde waren nur für ihre Freunde sichtbar. Na dann. Würden wir uns eben befreunden. Ich schickte ihr eine Anfrage. Ob sie die allerdings heute noch bestätigen würde, war fraglich. Blöd, dass ich das nicht früher gemacht hatte.

Wenn ich schon online war, konnte ich ja auch gleich mal meine E-Mails checken. Ich öffnete mein Postfach. Oh. »Testen Sie LiveLove drei Tage kostenlos!« Zum Glück interessierte mich mein damaliges Dating-Portal überhaupt nicht mehr. Natürlich würde ich darauf nicht reinfallen. Drei Tage kostenlos testen, wahrscheinlich nicht selbst Männer anschreiben können, nicht lesen können, was sie schrieben, und dann, am letzten Tag, käme eine Nachricht von einer Mischung aus Dalai Lama, Superman und Ryan Gosling, und ich müsste mich für ein halbes Jahr fest anmelden, um herauszufinden, was er geschrieben hatte, und wenn ich das dann nicht tat, wäre ich überzeugt, dass ich aus Geiz die Liebe meines Lebens laufengelassen hätte.

Einen kurzen Blick konnte ich ja trotzdem mal riskieren. Gut, dazu musste ich wahrscheinlich ein Profil anlegen, aber das war ja auch nicht weiter schlimm. www.livelove.de, tippte ich. Das Fenster ging auf, und schon strahlten mich gutaussehende Männer und Frauen an. Na, wenn die auch wirklich bei LiveLove waren, war ich Bundeskanzlerin. Ein unangenehmes Gefühl beschlich mich. Eigentlich wollte ich das doch gar nicht mehr. Schließlich hatte dieses ganze virtuelle Gedate überhaupt nichts gebracht. Oder? Ich überlegte kurz, um dann den Kopf zu schütteln. Nein, wirklich gar nichts. Eine unglückliche Verliebung in Sascha, der nach einmal Küssen panisch wurde, und ansonsten auch nur Reinfälle. Wieso also sollte ich mir das antun? Wo ich doch sowieso übermorgen in Yves vermutlich die Liebe meines Lebens treffen würde? Eigentlich war ich ja auch nur im Netz, weil ich mir ihn mir schon mal angucken wollte. Aber es schadete ja auch nicht, wenn ich hier mal ganz kurz einen Blick auf die Herren warf.

Ich klickte auf »Neu anmelden«. Wie konnte ich mich nennen? Jetzt war Kreativität gefragt, denn die Namen, die mir sofort in den Sinn kamen, wie »Moneypenny« oder »Trinity«, waren natürlich schon vergeben. Hm, mal sehen. »Muttercourage« hatte noch niemand, klang jetzt aber nicht nach sexy Mittdreißigerin, sondern eher nach Eintopf. Was nach Sexgöttin klang und irgendwas mit »süß« oder »Engel« kam für mich aus Prinzip nicht in Frage. Es war nicht ganz einfach. Welche berühmten Frauenfiguren, mit denen ich mich identifizieren konnte, gab es denn noch? Ich überlegte. »Florence Nightingale«

klang toll, die Begründerin der modernen Krankenpflege war aber auch nicht unbedingt das, was ein Mann sich in seinen geheimen Sehnsüchten wünschte. Obwohl, Männer standen ja auf Frauen im Krankenschwesternoutfit. Und noch dazu waren sie ja immer ganz schlimm krank, auch wenn sie nur einen Pickel oder sich den Ellbogen angestoßen hatten. »Florence Nightingale« war schon vergeben. Ob die Dame nur Invaliden anzog? Einbeinige Kriegsveteranen?

Ich überlegte weiter. Was war denn mit »Mata Hari«? Ich überprüfte den Namen. Es gab ihn in allen Ausführungen. Das konnte ich gut verstehen, eine als Tänzerin getarnte Doppelagentin war ja auch irgendwie sexy. Im Gegensatz zu »Madame Curie«, die mir in den Sinn kam, was ich aber gleich wieder verwarf. Vielleicht doch eher eine fiktive Person? »Minnie Mouse«? Das vertrug sich aber so gar nicht mit meinem emanzipierten Frauenbild.

Vielleicht sollte ich es mit Obst probieren. »Birnehamburg« war mir zu politisch, »Orange34« könnte auf eine Bindegewebsschwäche hindeuten, und »Pfirsich1978« hörte sich schon etwas schimmlig an. Mann, und so wie früher wollte ich mich nicht nennen: »Bademantel«. Ich wollte ja nicht, dass mich alle, die mich mal abgewiesen hatten oder mit denen ich nichts zu tun haben wollte, sofort wiedererkannten. Schließlich hatte es auch etwas extrem Peinliches, sich hier erneut anzumelden: »Hey, da bin ich wieder! Bin zu blöd, im Real Life einen Mann zu finden, also: Was geht?« Es war ein bisschen so, wie wieder bei den Eltern einzuziehen.

Puh. Das war aber auch wirklich nicht einfach. Mein Nickname sollte neugierig machen, etwas mit mir zu tun haben, witzig sein, einzigartig, weiblich, nicht kitschig und nicht mädchenhaft, cool, aber nicht abschreckend, nicht sexuell und doch irgendwie sexy und dabei nicht zweideutig sein. Ich entschied mich für »Anna2me«. Das war so blöd, dass es wieder gut war. Hoffentlich empfanden das die Männer ähnlich …

Es dauerte ewig, bis ich den Fragebogen für mein Profil ausgefüllt hatte. Ja, ich suchte einen Partner und nicht nur einen Bettgefährten. Nein, ich hatte keine Kinder, und ja, ich hatte einen Kinderwunsch. Oder sollte ich das lieber erst mal geheim halten? Ich konnte es ja dann mit meinem Mr Right immer noch besprechen. Manche Männer schreckte das ab, sogar wenn sie selbst ein Kind wollten. Hatten sie Angst, nur als Samenspender zu fungieren?

Tim wäre bestimmt ein toller Vater. Er würde mit unserem Sohn immer zu St. Pauli gehen … Was für einen Unsinn man denken konnte! Ich schüttelte den Kopf. Tim war nur ein Freund und außerdem mit seiner Marie beschäftigt. Den konnte ich mir abschminken.

Meine Lieblingsfarbe war Rot, ich liebte die asiatische Küche und fuhr im Urlaub lieber ans Meer als in die Berge. Außerdem ging ich gern ins Kino, wenn ich es auch viel zu selten machte, las gerne und traf mich mit Freunden. Ja, ich konnte kochen. Ja, ich konnte mir auch eine Fernbeziehung vorstellen. Also, vorstellen. Schön war es bestimmt nicht. Es kam auch darauf an, wie fern die Beziehung war. Neufundland war definitiv zu weit, Lüneburg war o. k. Erst mal.

Während ich mein Profil vervollständigte, wurde es schon von diversen Herren besucht. Zumeist waren sie ohne Bild und ab Mitte sechzig. Aber ich hatte ja auch noch kein Bild hochgeladen.

»Hallo schöhne frau lsut zum tchatten?« Wenn das nicht Bastian Sick war! Mal sehen, was die anderen so schrieben: »Guten Abend, Dein Profil gefällt mir. Ich schicke einfach mal einen ganz lieben Gruß rüber. LG Harald.« O mein Gott, was machte ich hier? Wollte ich das wirklich noch mal?

Eine Chance gab ich dem Datingportal noch. Wenigstens wollte ich sehen, was mir sonst noch so entging. Also, Bildergalerie. Wer von euch Hübschen ist denn gerade online? Ich summte »It's raining men, hallelujah«, während ich durch die Männerfotos scrollte. Es waren ein paar ganz sympathisch aussehende dabei. Wow, Maurice, 35, den musste ich mir genauer anschauen. »Ich suche eine Frau zwischen 18 und 20« – tschüs, Maurice, und viel Erfolg bei deiner Suche nach einer ernsthaften Beziehung auf Augenhöhe! Lars sah nett aus. Aber er war gebunden und suchte »ein Pendant für Spaß«. Was war das Pendant von Spaß? Freude? Weißbrot? Ich wusste es nicht.

Da, mein Postfach blinkte. Ein »Sherlock36« hatte mir geschrieben. Ich klickte auf sein Profil. Na, wenn er das auf den Fotos tatsächlich war, war das ja ein richtiger Volltreffer. Gewinnendes Lächeln, Wangengrübchen, strahlend blaue Augen. Yes! Sein Lebensmotto »Ich lasse das Leben auf mich regnen« gefiel mir ebenso gut wie sein Beruf: Parfümeur. Oh, toll, der konnte bestimmt ein Parfum für mich entwickeln! Ich sah mich schon in einem Labor voller Fläschchen, auf denen »Maiglöckchen«, »Moschus« und so etwas wie »Rindenmulch« stand. Ich liebte den Geruch frischer Baumrinde. Obschon ich mir nicht sicher war, ob Rindenmulch für Parfums verwendet wurde. Und einen schönen Flakon würde ich mir bestimmt auch aussuchen können! Ein Parfümeur war gewiss ein unglaublich feinfühliger, sensibler Schöngeist. Meine Gedanken bekamen umgehend einen Stich ins Hellblau-Verschwommene. Zu meinen Geburtstagen würde er mir bestimmt Rosenblätter in die Badewanne streuen und sich dann dazusetzen. Und er würde mich um Rat fragen, wenn er für Jennifer Lopez, Christina Aguilera oder zumindest für Gina-Lisa Lohfink ein neues Parfum entwerfen musste: »Was meinst du, etwas mehr Zedernholz, Schatz?«

Was für ein wunderbarer Mann! Vielleicht sollte es so sein. Dass Rosa Minster mich an den Computer geführt hatte, konnte kein Zufall sein.

Klopfenden Herzens öffnete ich seine Nachricht: »Hi Schnegge, was geht? Ganz neu hier, ne? Da wollte ich dich gleich ma abgreifen, bevor die anderen Honks dich klarmachen. Grüße, Gerhard.«

Ich war so geschockt, wie man es ist, wenn man etwas Süßes erwartet und in etwas Salziges beißt. Nur, dass ich diese Nachricht nicht ausspucken konnte. Moment, der Briefkasten blinkte noch mal. Eine weitere Botschaft von diesem Unhold? Ich las: »Entschuldige, das war ein Scherz. Ich heiße eigentlich Florian, Flo für Freunde, und wollte dich ein bisschen necken. Ich hoffe, du kannst das ab und ich hab's mir nicht gleich mit dir verscherzt. Ich finde dein Profil witzig und erfrischend anders hier in diesem Datingdschungel. Freu mich, von dir zu lesen, Flo.«

Na, das war doch was anderes. Kurz überlegte ich, wie ich das jetzt fand, und entschied mich dann, keine Spielverderberin zu sein, sondern Flo eine Chance zu geben. Um zurückzuschreiben, musste ich sein Profil natürlich noch mal genauer ansehen. Er war 36, kam wie ich aus Hamburg und las gerade ein Buch von David Sedaris. Das war schon mal gut. Er spielte Fußball mit seinen Kumpels, kochte und tauchte gerne und interessierte sich für Architektur. Dem konnte ich tatsächlich schreiben. Nur mal so, ganz unverbindlich. Schließlich wollte ich das ja eigentlich nicht mehr, aber wenn ich schon mal dransaß …

Ich tippte: »Hi, ich bin Ann und ganz schön erschrocken über deine erste Mail. Jetzt musst du mich nur überzeugen, dass du wirklich Flo bist, und nicht Gerhard, der sich einen Ghostwriter engagiert hat. Sonst würde ich nämlich lieber mit dem Ghostwriter schreiben … Na?«

Eine Minute, nachdem ich die Nachricht losgeschickt hatte, kam auch schon eine Antwort: »Uuuh, ich wusste, ich hab Mist gebaut. Und jetz isser auch noch wech, der Günter (Grass), der mir bis hier geholfen hat. Komm, lass'ma chatten …«

Der Chat-Button blinkte.

Ich: »O. k. Erzähl mal. Was hast du heute gemacht?«

Er: »Klostein und Waschmittel.«

Ich: »?«

Er: »Na, neue Düfte dafür.«

Abermals brach eine kleine Welt für mich zusammen. Wie naiv ich war! Natürlich arbeitete ein Parfümeur nicht die ganze Zeit nur für Dior oder Chanel, sondern mindestens genauso oft, wenn nicht öfter, für Unilever oder Procter & Gamble.

Ich: »Interessant! Und, wofür hast du dich entschieden? Wassermelone für den Klostein und Ariel fürs Waschmittel?«

Er: »☺ Fast … Aber lass uns nicht nur über MEINE Arbeit reden … Was machst du beruflich?«

Ich: »Eventagentur. Also, wenn ihr mal 'ne Weihnachtsfeier organisiert haben wollt, oder einen Betriebsausflug …«

Er: »Spannend! Das letzte Mal waren wir im Dunkelrestaurant.«

Ich: »Und? Wie fandst du's? Ich war da noch nie, möchte aber mal hin.«

Er: »War toll. Wie alle sagen, die Sinne werden total geschärft. War auch lecker. Wir sollten unser erstes Date dort machen!«

Im Dunkelrestaurant? Meinte er das jetzt ernst? Gut, in gewisser Weise war das, was hier gerade ablief, ja auch wie ein Date bei kompletter Dunkelheit. Und außerdem würden wir uns ja vor der Tür treffen und zusammen reingehen. Warum also nicht? Eigentlich war das sogar ganz spannend. Also:

Ich: »O. k.! Wann kannst du?«

Er: »Muss morgen nach Paris. Gibst du mir deine E-Mail-Adresse? Ich melde mich, wenn ich wieder da bin. Hier in dem Verein hab ich mich abgemeldet. Heute ist mein letzter Tag.«

Ich: »Oh, schade. Gibst du mir deine auch?«

Er: »Klar. Ich muss jetzt los, meine ist Flopichtich@onlineserve.de. Schreib mir deine! Bis dann, schönen Abend noch!«

Und weg war er. Hui, das ging aber schnell – was ich aber auch gut fand, schließlich brachte es nichts, wenn ich mich in irgendwas und irgendjemanden hineinsteigerte. Ihn bald zu treffen und zu sehen, ob hopp oder topp, war das Beste. Also mailte ich Flo gleich meine E-Mail-Adresse, damit wir uns baldmöglichst verabreden konnten.

*

Inzwischen war es draußen dunkel geworden. Ich hatte keinen mehr gefunden, den ich richtig interessant fand und in dessen Partnerschema ich passte. Entweder stimmte mein Alter nicht, oder mein Wohnsitz oder meine Haarfarbe. Oder seine Angaben gefielen mir nicht. Und während ich das feststellte, meldeten sich immer wieder irgendwelche Vollhonks mit blöden Anmachsprüchen, zum Teil sogar mehrmals mit demselben Spruch, weil sie vergessen hatten, wen sie schon »angequatscht« hatten und wen nicht. Das wollte ich nicht mehr. Sie konnten sich ihre drei Schnuppertage sonst wo hinstecken. Ich hatte keinen Bock mehr. Flo hatte recht getan, sich abzumelden. Wann ich wohl von ihm hören würde? Außerdem hatte ich ja übermorgen schon ein Blind Date.

Wie konnte ich mein Profil wieder löschen? Ich versuchte, mich zu erinnern. Ach so, beim letzten Mal hatte ich drei Monate vor Ablauf der Frist eine Mail geschickt, und dann wurde meine Mitgliedschaft vom Anbieter beendet. Jetzt war guter Rat teuer. Irgendwo gab es bestimmt einen dicken, roten, blinkenden Button mit »Mitgliedschaft beenden«. Pustekuchen. Nichts. Nicht bei »Kontakt«, nicht bei »Hilfe«, nicht bei »Meine Mitgliedschaft«. Sich hier abzumelden, war schwerer als für einen Mann, schwanger zu werden.

Nach einer bestimmt halbstündigen Suche mit der Lupe entdeckte ich endlich im Impressum die winzige Zeile »Mitgliedschaft beenden«. Und das machte ich dann auch umgehend. Arschgeigen. Das war doch nun wirklich nicht seriös! Ich freute mich auf meinen Brunch.

Brunch mit Fremden

»Mit den Schuhen steht und fällt die Weiblichkeit. Zieh auf keinen Fall Turnschuhe an, es muss etwas mit Absatz sein!«

Caro war in ihrem Element. Dabei war es gerade erst halb zehn am Sonntagmorgen. Sie schien neugierig zu sein, sonst hätte sie mich nicht um diese nachtschlafende Zeit angerufen.

»Aber komisch ist das schon, was ist denn mit dem Typ? Also, wieso bietet sie den an wie sauer Bier? Einer Wildfremden! Würdest du Paul einer Frau ans Herz legen, die du gar nicht kennst?«

»Nein, natürlich nicht. Aber Rosa macht einen richtig netten Eindruck, und ich vergebe mir ja nichts, wenn ich mir diesen Yves einfach mal angucke. Ich werde nichts unterschreiben.«

»Und keinen Sex! Versprich mir das! Nachher wirst du schwanger von einem Werwolf oder von einem Pinneberger oder noch was Schlimmerem … Hat er einen Keller? Geh nirgends mit ihm hin, ja! Apropos schwanger, weißt du schon das Neueste? Christiane ist schwanger! Ich hab sie neulich in der Stadt getroffen.«

»Welche Christiane?« Ich gähnte. Ich war noch gar nicht im Tratsch-Modus.

»Pauls Ex! Kaum getrennt von Paul, schon ein Kind von ihrem Arbeitskollegen! Das ist doch wohl der Hammer!«

»Na ja, sie ist Anfang dreißig, das ist ja jetzt nicht so ungewöhnlich ...«

»Aber für Paul ist es schon seltsam, oder? Wollte er nicht immer Kinder?«

»Ich weiß, dass er sich darüber nicht im Klaren war. Soweit ich mich erinnere, war das zwischen den beiden gar kein Thema.«

»Ach so. Hm.« Sie überlegte. »Was ist eigentlich mit diesem Typen aus dem Internet? Friedolin?«

»Florian. Hat sich nicht gemeldet, aber das war ja auch erst vorgestern ... Caro, ich springe jetzt unter die Dusche, ich muss bald was frühstücken, sonst fall ich um. Und um etwas frühstücken zu können, muss ich losgehen. Zu diesem Brunch. Ich werde dir dann berichten, wie es war, versprochen!«

»Gut, meine Liebe, ich wünsche dir einen herrlichen Tag mit vielen Leckereien von dieser Köchin, und ich drücke dir die Daumen, dass der Typ was taugt!«

»Danke, das ist lieb! Bis später!«

*

Mit meinen Jeans, weißer Hemdbluse und den schicken grauen Wildlederpumps mit passender Handtasche reihte ich mich perfekt unter die anderen Gäste von Rosas Brunch. Ich hatte ihr ein Sträußchen Alpenveilchen besorgt, über das sie sich anscheinend sehr freute.

»Ach, das ist ja nett! Schön, dass du tatsächlich gekommen bist! Ehrlich gesagt war ich mir da gar nicht so sicher. Möchtest du einen Prosecco?«

Obschon ich außer einer Tasse Tee heute noch nichts zu mir genommen hatte, nickte ich. Es war bestimmt nicht schlecht, mit Hilfe von Alkohol etwas lockerer zu werden.

Schließlich war ich selten auf Partys, wo ich bis auf die Gastgeberin niemanden kannte. Und heute kannte ich ja selbst die Gastgeberin quasi nicht. Ich ließ meinen Blick über Rosas Gäste schweifen: junge, modisch gekleidete Mütter mit Säuglingen auf dem Arm und gutaussehenden Männern an der Seite, denen rote Frischrasiertflecken auf dem Hals und feuchte Haare einen unausgeschlafenen Ausdruck verliehen. Beim Blick aus dem Fenster blieb ich an einem bekannten Gesicht hängen. War das nicht …

»Tim!«, sagte ich laut, obwohl er mich durch die Scheibe natürlich nicht hören konnte. Ich winkte und gab ihm zu verstehen, dass ich zu ihm herauskommen würde.

»Hey! Was machst du denn hier?«

Tim kniete vor seinem Fahrrad, und als er sich aufrichtete, hatte er einen hochroten Kopf, der sich direkt ein bisschen mit seinem türkisfarbenen Kapuzenpulli gebissen hätte, wären nicht seine dunkelbraunen, halblangen Haare dazwischen gewesen.

»Ach, ich bin hier langgefahren, und dann ist mir wohl die Kette rausgesprungen. Hab ich aber schon wieder hingekriegt. Also, das mit der Kette.«

Ungläubig betrachtete ich seine komplett sauberen Hände.

»Wie hast du es geschafft, die Kette wieder zu montieren, ohne dir die Hände schmutzig zu machen?«

»Ich trainiere für den Biathlon.«

Das sagte er langsam und so ernsthaft, dass ich begann, ein wenig an seinem Verstand zu zweifeln. Was war los?

»Das, lieber Tim, wäre meine nächste Frage gewesen, nämlich: Was führt dich in diese Gegend? Außerdem wäre das eigentlich auch eher ein Triathlon, Biathlon ist mit Skiern und Schießen. Und –«

»Handschuhe«, unterbrach er mich hastig. »Ich hatte

Handschuhe an. Einmalhandschuhe. Hab ich immer dabei. Wegen der Kette.«

Irgendwas war seltsam.

»Sag mal, bist du unterzuckert? Komm rein, ich bin hier beim Brunch, bei Rosa Minster, sie wird schon nichts dagegen haben, wenn du mitfrühstückst.«

Das war jetzt nicht unbedingt in meinem Sinne, schließlich wollte ich ja diesen Yves kennenlernen, aber andererseits verhielt sich Tim so merkwürdig, dass ich das Gefühl hatte, mich um ihn kümmern zu müssen.

»Ich weiß nicht, ob das nicht etwas dreist wäre. Rosa hätte mich ja auch einladen können zu ihrem einjährigen Bestehen, ich meine, wir waren ja beide bei ihrem Kochkurs.«

Einen Moment lang war ich irritiert. Hatte ich überhaupt gesagt, was hier mit diesem Brunch gefeiert wurde?

»Woher weißt du das? Das mit dem einjährigen Bestehen?«

Tim schnaubte achselzuckend und zog die Augenbrauen hoch, so dass seine dunkelgrünen Augen noch größer aussahen.

»Phhhh, hab ich so mitbekommen. Aber du, ich glaube, ich fahre dann mal lieber weiter …«

Obwohl er das so sagte, als erwarte er eine Aufforderung zu bleiben, tätschelte ich nur seine Schulter und sagte: »Ja, dann mach's mal gut.«

Als wäre nichts gewesen, blieb er stehen und blickte mich mit traurigen Augen an. Vielleicht musste er ja tatsächlich was für seinen Blutzuckerspiegel tun? Wie wir da so standen und uns ansahen, fühlte ich mich immer unwohler. Er sagte nichts. Es schien ihm wirklich nicht gutzugehen. Die Hände hatte er in den Hosentaschen seiner Jeans vergraben, mit der rechten Turnschuhspitze versuchte er anscheinend ein Stück Moos zwischen den

Gehwegplatten zu entfernen. Er wirkte tatsächlich etwas weggetreten. Hatte ich vielleicht Traubenzucker in der Tasche? Nein, wozu auch. Mein Blick fiel auf einen Kaugummiautomaten genau hinter ihm.

»Hast du mal zwanzig Cent?«, fragte ich.

Nachdem er mir das Geldstück gegeben hatte, steckte ich es in den Automaten und drehte die kleine Kurbel. Zwei rote Kaugummikugeln und ein Plastikei mit unbekanntem Inhalt kullerten in die Ausgabe.

»Jackpot!«, scherzte ich und reichte ihm die Beute. »Da. Für deinen Blutzucker. Ordentlich kauen!«

Er steckte sich gleich beide Kaugummis in den Mund.

»Oh, wolltest du auch einen? Entschuldige …«

»Nein, alles gut. Ich krieg da drin ja gleich ein Frühstück«, hörte ich mich sagen und kam mir dabei schäbig vor.

Inzwischen hatte er das kleine Plastikei geöffnet und reichte mir einen Ring mit einem winzigen Marienkäfer darauf.

»Willst du den? Ich kann ihn schlecht tragen. Er soll dir, na ja, Glück bringen.« Er lächelte mich verlegen an.

»Danke«, sagte ich mäßig erfreut.

Obwohl der Ring größenverstellbar war, passte er nur an meinen linken kleinen Finger. Ach, irgendwie sah er schon nett aus. Und ich mochte Marienkäfer.

Jetzt standen wir wieder nur da und sagten nichts. Man hörte nur sein angestrengtes Kauen. Was sollte ich tun? Ich wollte, dass er irgendwas machte. Warum immer ich? Himmel hilf, dachte ich, und in dem Moment klingelte sein Handy.

»Danke!«, sagte ich noch mal, laut und diesmal Richtung Himmel, und dann drehte ich mich um, um wieder reinzugehen. Sein »Wofür?« ignorierte ich, ließ ihn einfach stehen, winkte und schüttelte den Kopf. Dass diese Marie ihn nicht mal in Ruhe trainieren ließ … Gott sei Dank wartete drinnen mein designierter Traummann auf mich.

*

»Da drüben, der mit der Lederhose, das ist Yves!«

Während mir Rosa mein Glas reichte, nickte sie unauffällig in Richtung eines gutaussehenden Mannes, der eine braune Wildlederhose und ein lässiges, beigefarbenes Piratenhemd trug. Sein dunkles, schulterlanges Haar war an den Seiten etwas angegraut. Er sah gut aus. Yes! Er entsprach genau meiner Zielgruppe.

»Ich hab ihm von dir erzählt. Also, dass ich mit dir auch eine Singlefrau eingeladen habe. Jetzt müsst ihr euch nur noch unterhalten! Viel Spaß!«

Laut in die Runde sagte sie: »Das Buffet ist eröffnet!«

Und das hatte es in sich. Es war wirklich alles dabei. Knusprige, selbstgebackene Brötchen, leckere Brotaufstriche, verschiedene Käsesorten, drei Kuchen, Eier in allen Variationen, Salate, es war herrlich! Ich lud mir meinen Teller voll wie ein Rentner auf einem Kreuzfahrtschiff. Ah, da drüben bei Yves gab es noch leckere gefüllte Eier. Ihn freundlich anlächelnd, stellte ich mich neben ihn und sagte, während ich zwei davon auf den Berg auf meinen Teller türmte: »Yves? Wir müssen reden!«

»Ah, dann bist du Ann!« Er strahlte mich an. »Würde dir gern die Hand geben, aber das geht gerade schlecht.«

Auch er balancierte einen vollgepackten Teller und ein Glas Prosecco.

»Ich habe tierischen Hunger. War heute schon joggen«, erklärte er. »Komm, wir suchen uns einen Platz zum Essen.«

Gerade hatten wir eine Ecke an einem Tisch für uns entdeckt, als Yves schon wieder aufsprang. »Was möchtest du trinken? Bleibst du bei Prosecco?«

»Einen Kaffee nehme ich gern.«

»O. k., bin gleich wieder da!« Er schien gute Laune zu haben, so wie er strahlte.

Schließlich kam er mit zwei Bechern zurück und setzte sich neben mich.

»Schön, dich kennenzulernen! Was ich dir gleich sagen möchte: Ich hab nur einen Hoden.«

Er biss in ein Croissant, ich wiederum ließ meins auf den Teller fallen, wo es im Eiersalat landete, der ein bisschen in die Gegend spritzte. Ausgerechnet der Eiersalat, dachte ich erschrocken. Was sollte ich dazu jetzt bitte schön sagen? »Das tut mir leid«? Oder »Das macht doch nichts«? Oder wie?

Vergnügt fuhr er fort: »Dieses Schicksal teile ich übrigens mit Adolf Hitler, wie du bestimmt weißt, auch mit Napoleon und dem ehemaligen Senator von Idaho, Frank Church, außerdem mit Arnold Schwarzenegger und Lance Armstrong. Es gibt noch ein paar mehr, aber die sind nicht so bekannt.«

»Äh ja, also, das stört mich im Moment eigentlich nicht so …«

Er lachte. »Ja, im Moment! Das ist gut! Weißt du, ich dachte, ich rücke gleich damit raus, jetzt ist es einfach noch vollkommen unverfänglich und – ich fühl mich so einfach besser.«

»Mit nur einem Hoden?«, fragte ich unsicher, und Yves verschluckte sich vor Lachen.

»Nein, nein, weil ich es dir gesagt habe!«

Mir war die Situation äußerst unangenehm.

»Wie kam es denn dazu?«, fragte ich, obschon ich mir nicht sicher war, ob ich das überhaupt wissen wollte.

»Nun, ich habe von Geburt an nur einen. Reicht auch vollkommen aus. Wenn man mit zwei Hoden vierzig Millionen Samenzellen erzeugt, dann mit einem eben nur zwanzig Millionen. Aber das sollte auch genügen!« Er zwinkerte mir zu.

O mein Gott. War er einer dieser Psychos?

»Hey, mach doch nicht so ein Gesicht! Ich sag das nur gleich am Anfang, solange noch überhaupt nichts ist, damit es nicht irgendwann peinlich wird.«

Und was war mit jetzt? Es war ja nun JETZT peinlich! Wahrscheinlich war es am besten, das auf sich beruhen zu lassen und das Thema zu wechseln. Irgendwie bewunderte ich auch seine offene, direkte Art. Eigentlich hatte er ja recht. Außerdem schaffte das ja auch Intimität und zeugte von Vertrauen. Dem wollte ich nicht nachstehen.

»Ich habe einen Hammerzeh. Aber das ist nicht dasselbe.«

Er sah mich mit großen Augen an, um dann loszulachen.

»Nein, das ist nicht dasselbe!«, prustete er. Sein Lachen war ansteckend, und so lachten wir beide, bis uns die Tränen kamen. Uns gegenüber saß eine brünette Frau mit einem Kleinkind auf dem Schoß. Sie guckte amüsiert herüber.

»Na, ihr habt ja Spaß! Kann man mitlachen?«

Fragend sah ich Yves an. »Kann man?«

Er schüttelte den Kopf. »Nein. Ich erzähle das doch nicht jeder!«

*

Es wurde ein richtig vergnüglicher Sonntag. Mit Yves konnte ich mich herrlich unterhalten. Er schien sehr neugierig auf alles Mögliche zu sein. Und wusste zu allem etwas zu sagen.

»Das Sandwich wurde ja von John Montague, dem vierten Earl of Sandwich, erfunden. Der hat gern Karten gespielt und hatte während des Spiels keine Zeit zum Essen. Also hat er sich sein Fleisch zwischen zwei Scheiben Brot geben lassen. Und so ist das Sandwich entstanden.«

»Wow! Das ist ja interessant! Komisch, dass man heute mit dem Wort Sandwich nur noch das Brot verbindet. Wenn heute jemand so heißen würde, würde man denken, er hieße nach dem Brot!«

Yves zuckte mit den Schultern. »Das ist ja oft so. Ich habe zum Beispiel –«

»Hey, ihr beiden scheint euch ja gut zu verstehen!« Rosa Minster lehnte sich an unsere Tischplatte. »Schmeckt's euch denn auch?«

»Ja, es ist super, vor allem diese gefüllten Eier, toll!« Ich nickte begeistert.

»Soll das eine Anspielung sein?«, flüsterte Yves mir ins Ohr.

Ich wurde rot.

»Oh, ihr tauscht schon Heimlichkeiten aus? Na, da bin ich ja gespannt … Ich gucke mal nach den anderen Gästen. Euch noch viel Spaß!« Sie zwinkerte uns zu.

»Mensch, Yves, so meinte ich das nicht mit den Eiern! Ich mag die wirklich!«

»War doch nur ein Spaß. Sag mal, hast du von dem neuen ›Tim und Struppi‹-Film gehört? Wollen wir da zusammen reingehen?«

Lustig, mein Herz schlug wie verrückt. Er wollte mit mir ins Kino! Ein Date! Mit mir! Dieser Kinderfilm war jetzt nicht unbedingt meine erste Wahl, aber …

»Ja, gerne!«, schoss es aus mir heraus, bevor ich länger darüber nachdenken konnte. Auf jeden Fall hatte ich Lust, diesen Mann näher kennenzulernen.

Yves

»Mmmh, sehr gut!« Caro leckte sich die Schokolade aus dem Mundwinkel. »Und die anderen Leckerheiten servierst du mir dann ein anderes Mal. Das ist ja das Doofe an Nachtisch, man kann nicht so viel davon essen.«

»Und es ist aufwendig. Aber der Kurs war ganz gut. Und der Brunch ja auch …«

»Ja, erzähl noch mehr von diesem Yves! Wie ist er so?«

Ich trank einen Schluck Kaffee. Mir war etwas schlecht, ich hatte, während ich für Caro meine neu erlernten Rezepte ausprobierte, ordentlich an den Zutaten genascht.

»Tja, das mit dem Hoden fand ich erst furchtbar, also, dass er mir das gleich erzählt hat, aber sonst scheint er super zu sein! Er arbeitet in der juristischen Abteilung eines Autozulieferers und ist wahnsinnig vielseitig interessiert. Der kennt echt jeden Film und jedes Buch und hat zu allem was zu sagen, faszinierend. Und er spielt Golf.«

»Aha. Hat er Kohle?«

»Ich weiß es nicht, ist mir aber auch egal. Wir hatten jedenfalls Spaß. Und er will mit mir ins Kino!«

Caro nahm noch einen Löffel Schokoladenmalheur und sagte mit vollem Mund: »Tja, da hast du wohl mal wieder ein Date. Prima!«

Mein Handy klingelte. Tim.

»Hi, Ann!« Er klang vergnügt. »Sorry noch mal wegen neulich … Ich war ein bisschen neben der Spur. Ich hab mich gar nicht für den Kochkurs bedankt! Hast du zu Hause schon etwas ausprobiert?«

»Ja, gerade heute, Caro ist da, ich habe sie sozusagen bekocht!«

Caro wedelte wild mit den Händen.

»Warte mal kurz, Tim, sie will mir irgendwas sagen, wahrscheinlich ist sie kurz vor dem Ableben wegen meiner Kochkünste ...«

»Lad ihn ein. Er soll vorbeikommen!«

»Ach ja, natürlich, willst du nicht vorbeikommen auf einen Kaffee und etwas Schokoladenmalheur?«

Er schien kurz zu überlegen. »Ja, warum nicht? Gern. Wenn ich euren Mädelsnachmittag nicht störe ...«

»Du doch nicht! Bis gleich!« Ich hatte ein etwas schlechtes Gewissen, weil ich Tim einfach vor der Tür hatte stehen lassen. Aber mit Tim im Schlepptau hätte ich nie diesen tollen Mann kennengelernt.

*

»Lecker!« Tim schien es auch zu schmecken. Er minimierte in Minutenschnelle die Schokoladenkreationen. »Ich fand die Schoko-Dinger eh am besten.« Er schmatzte. »Ach, übrigens, unsere Sängerin ist schwanger. Kennt ihr jemanden für unsere Band?«

Caro zeigte auf mich.

»Du kannst singen?« Tim schien wirklich erstaunt.

»Nein, kann ich nicht.« Ärgerlich schüttelte ich den Kopf. »Ich hatte mal zu Studienzeiten Gesangsstunden, aber das ist lange her.«

»Echt? Gesangsunterricht? Toll! Wieso denn?«

Wenn er mich so ansah, wurde mir ganz anders. Irgendwie hatte er etwas unheimlich Liebevolles im Blick.

»Nur so. Aus Spaß.«

Verlegen drehte ich an meinem Marienkäferring. Caro hatte die Geschichte mit dem Ring »irre süß« gefunden, was ich schwerst übertrieben fand. »Irre süß« hätte ich einen Einbruch von Tim bei Tiffany gefunden, nachdem wir uns im Mondenschein unter einer Trauerweide in einem Pariser Park geliebt hatten, was allerdings allein wegen der Entfernung Tiffany (New York) und Pariser Park (Paris) logistisch gar nicht möglich war. Davon abgesehen war es mit Tim nicht möglich.

Jetzt mischte sich Caro ein: »Also, unter der Dusche singst du super! Und wenn ich mich nicht irre, wolltest du doch schon immer mal mit einer Band auftreten.«

»Ich? Wie kommst du denn darauf?« Unwirsch schüttelte ich den Kopf. Keine Ahnung, woher Caro das jetzt hatte.

Sie fuhr fort: »Wir haben doch schon manches Mal ›The Voice of Germany‹ zusammen geguckt. Und den ›Eurovision Song Contest‹, als er noch ›Grand Prix‹ hieß.«

Ich musterte sie irritiert. »Das heißt doch nicht, dass ich ernsthaft an eine Gesangskarriere gedacht habe. Du hast das schließlich auch gern angeschaut!«

Tim sah von Caro zu mir. »Na, vielleicht hast du ja Lust, mal zu einer Probe zu kommen, ganz unverbindlich, und –«

»Das ist, glaube ich, keine gute Idee. Ihr seid eine Band. Ihr könnt das. Das Musikmachen. Ich … ich weiß nicht.«

Er sah mich aufmerksam an. »Komm doch einfach mal mit. Wir treffen uns eine halbe Stunde vorher zu zweit, du schnappst dir ein Mikro, und wir probieren das mal. Einfach so. Hast du keine Lust?«

Caro nickte aufmunternd, während sie unsere schokoladenverschmierten Dessertteller aufeinanderstapelte.

»Ich finde, das ist eine gute Idee! Du brauchst sowieso ein Hobby!«

»Hä? Was soll das denn? Warum brauch ich ein Hobby? Ich hab dich, Paul, meine Arbeit, ich überlege, wieder mehr Sport zu machen …«

»Also, Sport und Band! Das ist doch herrlich! Gleich zwei neue Herausforderungen!«

»Ich geh morgen schwimmen.«

»Und die Band? Ann, einfach mal probieren! Ich würde mich sehr freuen!«

So, wie er das sagte, glaubte ich ihm sogar. Ich antwortete knapp »Nach der Arbeit, Alster-Schwimmhalle« auf Caros »Wo und wann gehst du schwimmen?«, und wandte mich dann seufzend an Tim: »Na gut. Aber erst mal nur wir beide, o. k.? Und ich suche ein Stück aus, übe das bis dahin, und dann sing ich mal. Und du bist ehrlich!«

Er strahlte. »Au ja, toll!«

Ich konnte mir nicht verkneifen, zu fragen: »Und was sagt Marie dazu?«

»Mary heißt unsere Sängerin. Sie ist Amerikanerin. Die hat nichts zu melden, schließlich lässt sie uns hocken!« Er hatte gar nicht gemerkt, worauf ich hinauswollte. War das jetzt ein gutes oder ein schlechtes Zeichen?

»Übrigens würde ich total gern diesen ›Tim und Struppi‹-Film angucken. Habt ihr Lust?« Er sah auf die Uhr. »Er läuft um halb acht im Abaton. Wie sieht's aus?«

»Oh, eigentlich würde ich gerne, aber ich bin schon mit jemand anderem für diesen Film verabredet …«

Caro grätschte dazwischen: »Komm, stell dich nicht so an!« Sie knuffte mich in die Seite, und ich schüttelte gespielt bedauernd den Kopf.

»Was soll's. Ich hab jedenfalls Lust!« Caro strahlte Tim an und fügte noch fragend hinzu: »Wenn du das nicht komisch findest, den mit mir allein anzusehen? Björn kommt erst morgen aus München zurück, und ich hab heute noch nichts vor.«

»Das heißt, ihr lasst mich gleich hier einfach hocken?«, entrüstete ich mich.

Tim zuckte mit den Schultern. »Wenn du lieber mit jemand anderem den Film sehen möchtest …« Er wandte sich Caro zu. »Lass uns das machen. Ich freu mich!«

Sein Handy klingelte. »Hi, Marie.«

Sie schien ihm etwas Wichtiges erzählen zu wollen, und er verzog sich nach nebenan.

»Wie, du gehst jetzt mit Tim ins Kino?«, zischte ich Caro an.

»Ja, wenn du nicht mitwillst … Komm doch mit! Kannst mit dem Typen ja auch in einen anderen Film.«

»Klar könnte ich das. Aber wir sind fest für ›Tim und Struppi‹ verabredet! Ich kann da jetzt nicht einfach schon reingehen!«

»Dann geh eben zweimal.« Caro schüttelte den Kopf. »Mann, bist du manchmal kompliziert!«

»Hättest du was dagegen, wenn Marie auch mitkäme? Sie kann etwas Aufmunterung gebrauchen.« Tim steckte sein Handy in die Hosentasche.

Toll. Marie. Ich sah Caro an und verdrehte die Augen. Das konnte ja wohl nicht wahr sein. Aber Caro blieb vollkommen unbeeindruckt.

»Nein, soll mitkommen! Wer war noch Marie?«

Mit einem Seitenblick auf mich erklärte Tim: »Wir waren mal zusammen. Bis vor zwei Jahren ungefähr. Sie war ausgewandert. Ich helfe ihr ein bisschen, in Hamburg wieder Fuß zu fassen. Wir sind Freunde.«

Freunde! Ein bisschen helfen! Pah. Sie war ja nun wirklich ständig präsent. Furchtbar. Von mir aus sollten sie zusammen ins Kino und dann dahin, wo der Pfeffer wuchs.

»Kommst du dann Mittwoch um halb acht in unseren Proberaum? Ich mail dir noch, wo das ist.«

Ich zuckte mit den Schultern. »O. k.!«, sagte ich und dachte mir im Stillen: Vielleicht bin ich am Mittwoch auch krank …

Eine halbe Stunde später meldete sich Yves und fragte, ob wir anderntags ins Kino gehen wollten. Ich war froh, dass ich jetzt ganz unbeschwert zusagen konnte. Es kribbelte ein bisschen im Bauch, und ich merkte, dass mein Herz schneller schlug, als ich aufgelegt hatte.

*

Das Schwimmen nach der Arbeit würde ich etwas abkürzen, damit ich ausreichend Zeit hätte, mich für mein Date hübsch zu machen. Um dennoch auf genügend Bahnen zu kommen, musste ich eben schneller schwimmen.

Voller Vorfreude auf den heutigen Abend stürzte ich mich in die Fluten der Alster-Schwimmhalle. Außer mir waren um diese Uhrzeit für gewöhnlich nur ein paar Jugendliche hier, die nicht, wie ich, ernsthaft trainierten, sondern hauptsächlich das Becken mit Arschbomben und anderen waghalsigen Sprüngen unsicher machten. Heute dümpelte noch ein älterer Herr mit mir im Becken, dessen umfangreicher Bauch beim Rückenschwimmen wie eine behaarte Insel aus dem Wasser ragte. Und ein Mann in etwa meinem Alter zog, vermummt mit einer gelben, engsitzenden Badekappe und Chlorbrille, verbissen neben mir seine Bahnen. Er hatte ein so enormes Tempo drauf, dass ich ihn mir als Maßstab nahm. Wenn ich nur halb so schnell wäre wie er, hätte ich heute einiges geschafft, sagte ich mir.

Das schien auch ihn anzuspornen, denn je schneller ich wurde, umso mehr legte auch er einen Zahn zu. Na warte, dachte ich und kraulte um mein Leben. Es gab nichts mehr um mich herum, nur noch Wasser, und wenn ich den Kopf seitlich anhob, um Luft zu schnappen, sah ich nur, dass ich nichts sah. Wenigstens knallte ich nicht gegen den Beckenrand. Puh, das war aber auch anstrengend.

Bald merkte ich, wie meine Kräfte schwanden. Wo war der Typ? Leider schien er trainierter zu sein als ich, denn als ich den Kopf einmal eine Millisekunde länger hob als zuvor, sah ich ihn an mir vorbeipflügen wie eine Motoryacht an einem Containerschiff. Einem relativ schnellen Containerschiff, das musste ich mir schon zugestehen. Leider würde diesem demnächst der Sprit ausgehen. Ich konnte nicht mehr. Der Beckenrand schien meilenweit entfernt, hoffentlich schaffte ich das irgendwie.

Mit buchstäblich letzter Kraft erreichte ich das rettende Ufer und klammerte mich schwer atmend an den Rand. Als ich meine Schwimmbrille herunternahm, sah ich meinen Konkurrenten auf mich zusteuern. Er paddelte ganz entspannt neben mich.

»Ann! Was für ein Zufall!«

Die Stimme erkannte ich sofort.

»Tim! Du hier?« Das musste er doch geplant haben. Ich war irritiert, bis mir der Triathlon einfiel. »Ach so, du trainierst?«

»Wofür?«, fragte er mit leicht debilem Gesichtsausdruck, der auch nicht besser aussah, als er seinerseits die Brille abnahm.

»Na, für deinen Triathlon!« Ich lachte. »Den gewinnst du, so wie du mich abgezogen hast!«

»Triathlon?« Er sah mich an, als hätte ich ihm von meiner Beschneidung erzählt.

»Ja! Rad fahren, schwimmen und laufen«, versuchte ich ihm auf die Sprünge zu helfen.

»Ach so, ja das, ja, klar, Triathlon.«

Er schien irgendein Problem zu haben, von dem ich nichts wusste und vielleicht auch nichts wissen wollte. Wieso um alles in der Welt hatte er mich nicht einfach angerufen und gefragt, ob er zum Schwimmen mitkommen könnte? Eventuell war er ja auch nur Diabetiker, und zwar ein ganz schön schlecht eingestellter.

»Spritzt du?«, fragte ich ihn.

»Im Moment nicht«, antwortete er und deutete auf die vollkommen glatte Wasseroberfläche.

»Nein, ich meine Insulin. Wegen deines Blutzuckers.«

Er sah mich wieder an, als wäre ausgerechnet ich diejenige, deren Foto neben der Redewendung »nicht ganz dicht« im Duden zu sehen war.

»Äh, was ist mit meinem Blutzucker? Und was machst du nach dem Schwimmen?«

Anscheinend hatte er einen Geistesblitz, denn seine Miene hellte sich auf, als er sagte: »Lass uns doch gemeinsam unseren Blutzuckerspiegel erhöhen und gleich was essen gehen!«

Ich sah kurz auf die riesige Schwimmbaduhr und überlegte. Es war halb sieben, um Viertel vor acht war ich mit Yves verabredet. Haarewaschen und in Form fönen dauerte mindestens eine halbe Stunde, eher eine Dreiviertelstunde. Dann hatte ich noch eine halbe Stunde, um zum Kino zu fahren. Ich brauchte aber nur eine Viertelstunde.

»Ich hab eine Viertelstunde Zeit. Wir können vorne vor dem Schwimmbad einen Döner essen.«

»Döner? Ich dachte an essen gehen …«

Sportlich schwang ich mich aus dem Becken. »Sorry, bin verabredet, aber ich muss tatsächlich vorher noch was essen. Ich mach mich jetzt fertig, und wir treffen uns dann um Viertel nach sieben draußen, o. k.?«

Eigentlich hätte mir gereicht, wenn er nur genickt hätte, aber er starrte mich an und sagte schließlich irgendwas von: »Dann schwimm ich noch ein bisschen.« Ja klar, ein Mann brauchte natürlich nicht im Entferntesten so lang wie eine Dame.

*

»Wieso nimmst du keine Zwiebeln und kein Tzatziki?«, fragte Tim misstrauisch, als wir hungrig in unsere fleischgefüllten Teigtaschen bissen.

»Mag ich nicht«, sagte ich kurz angebunden und fügte noch ein »Heute« hinzu.

Er grinste verschämt. »Entschuldige, dass ich ›mit alles‹ genommen habe. Ich hoffe, es stört dich nicht, ich hab aber Kaugummi dabei.«

Was war mit diesem Mann los? Wie kam er darauf, dass mich sein Knoblauch-Zwiebel-Atem stören könnte?

»Jeder, wie er's mag.«

Ich sah auf die Uhr. Eigentlich mochte ich Tim wirklich gern, aber in letzter Zeit nervte er ein bisschen. Den Rest hinunterschlingend, bat ich ihn noch um einen Kaugummi und ließ ihn dann etwas bedröppelt zurück.

Auf dem Rad in Richtung Kino dachte ich noch mal über Tims seltsames Verhalten nach. Wollte er mich anbaggern? Indem er mich stalkte? Nein, dazu war er doch zu intelligent. Bei Gelegenheit würde ich ihm mal auf den Zahn fühlen.

Meine Gedanken schwenkten zu Yves, und ich freute mich.

Vorstellung

Als ich ihn vor dem Kino stehen sah, mit den dunklen Locken, in seiner coolen Lederhose, einem grauen Strickpulli und darüber einer abgewetzten Jeansjacke, dachte ich: Seht alle her, mit diesem Mann bin ich verabredet! Er wartet nicht auf irgendjemanden, o nein, er wartet auf mich!

»Hi, Ann! Schön, dich zu sehen!« Er umarmte mich. »Ich freue mich sehr auf den Film. ›Tim und Struppi‹ habe ich ja immer schon geliebt. Ich habe alle Bände zu Hause, die meisten als Faksimile natürlich.«

»Natürlich.« Der sprudelte ja ganz schön los. »Struppi war schon immer mein heimlicher Held!«

»Ja. Eigentlich heißt er ja Milou, nach Marie-Louise van Cutsem, in die Hergé mit achtzehn verliebt war und die Milou genannt wurde.«

Ich nickte bewundernd.

Wir setzten uns auf unsere Plätze. Die Sicht war perfekt, wir saßen wirklich mittendrin.

»Ich freue mich besonders auf die Filmmusik von John Williams.« Er machte eine kurze Pause. »John Williams kennst du doch?«

»Ja, der hat doch viel Filmmusik gemacht, oder?«

»Klar, für unheimlich viele Blockbuster. Und er hat für Obamas Vereidigungszeremonie am 20. Januar 2009 dieses Quartett geschrieben, ›Air and Simple Gifts‹. Du weißt ja, wer das damals gespielt hat.«

»Äh … nee?«, machte ich vorsichtig.

»Was? Das weiß man aber! Komm, das weißt du!«

Ich fühlte mich etwas unwohl.

»Nein, sorry, ich weiß es nicht.«

»Macht ja nichts.« Er tätschelte beschwichtigend meinen Arm. »Das waren Yo-Yo Ma, Itzhak Perlman, Gabriela Montero und Anthony McGill. Und das Quartett war ja eine Anlehnung an die Shaker-Hymne von Joseph Brackett. Shaker sind dir ein Begriff? Man kennt sie ja hauptsächlich wegen der Möbel, da gab es mal –«

»Entschuldigen Sie, können Sie sich vielleicht anderswo unterhalten, ich möchte den Film sehen und HÖREN!«, wurde Yves' Redestrom unterbrochen, woraufhin er nur mit den Schultern zuckte und mir »Später!« zuflüsterte.

Ich war beeindruckt, dieser Mann war alles andere als langweilig.

*

»Wirklich klasse! Ich fand ihn richtig gut gemacht. Einfach genial, man merkt, dass die Charaktere eigentlich von Schauspielern gespielt und erst im Nachhinein digitalisiert wurden. Große Sache, dieses ›Motion Capture‹«, erklärte Yves strahlend.

»Ach, so nennt man das? Ja, er hat mir auch gut gefallen, ein toller Film!«

Im Hinausgehen schaltete ich mein Handy ein. Irgendwie fühlte ich mich beschwingt.

»Du hast ganz rote Wangen. Das ist süß!«, sagte Yves und streichelte mir kurz über die linke Backe. Ich wurde ganz hibbelig und lächelte nur.

Mein Handy brummte. Eine neue Nachricht von Caro:

»Wir sind im Wolkenkuckucksheim. Kommt doch auch! Caro, Björn und Paul.«

»Meine Freunde sind in einer Kneipe hier um die Ecke, im Wolkenkuckucksheim. Hast du Lust, da hinzugehen?«, fragte ich Yves. Ich fand die Idee gut, schließlich hatte ich heute noch gar nicht mit Caro gesprochen und war sehr neugierig, wie ihr Kinobesuch mit Tim und Marie gewesen war. Außerdem wollte ich Yves präsentieren und war gespannt, wie meine Freunde ihn fanden.

»Klar, machen wir! Lustiger Name für eine Kneipe. Wolkenkuckucksheim kommt ja aus dem Altgriechischen.«

Wir schlossen unsere Räder auf.

»Ja?«

»Ja, es ist die Übersetzung von Nephelokokkygia. Aus Aristophanes' Komödie ›Die Vögel‹.«

Wir schoben so, dass wir direkt nebeneinander gehen konnten. Es gefiel mir, dicht neben ihm zu laufen. Ich mochte seinen Geruch.

»Hast du Altgriechisch gelernt?«, fragte ich.

»Ich hab's mir ein bisschen selbst beigebracht. Es ist einfach wahnsinnig interessant. Und: Meine Schwester ist mit einem Altphilologen zusammen.«

»Oh«, machte ich, »ich hatte Latein in der Schule. Das fand ich immer furchtbar langweilig.«

Flugs waren wir vor dem Lokal angekommen. Kurz überlegte ich, ob es nicht vielleicht doch besser wäre, wenn wir uns erst alleine etwas besser kennenlernten. Aber dafür war es jetzt zu spät. Irgendwie war ich richtig aufgeregt. Warum? Hatte ich Angst, dass ihn die anderen doof fanden? Aber das konnte eigentlich nicht sein. Er war wahnsinnig gebildet und interessant. Und er schien mich zu mögen. Und ich mochte ihn. Also würden ihn meine Freunde auch mögen. Was aber, wenn er meine Freunde nicht mochte?

Yves bemerkte anscheinend mein Zögern.

»Ich freu mich, deine Freunde kennenzulernen«, sagte er, drückte die Tür auf und schob mich sanft in meine Stammkneipe.

*

Wir waren jetzt schon eine halbe Stunde hier, und ich fand, es lief super. Yves konnte zu allem etwas beitragen, er war keine Spur schüchtern, sondern unterhielt die ganze Gruppe mit seinen Anekdoten und schien vor allem Caro zu begeistern. Oder nicht? Wir trafen uns auf dem Klo.

»Das ist also Yves.«

Ich sah sie erstaunt an. »Was ist denn das für ein Kommentar?«

Sie fuhr sich durchs Haar und flirtete mit ihrem Spiegelbild. »Och, nur so. Der scheint ja eine Menge zu wissen ...«

»O ja, man kann eine Menge von ihm lernen! Unfassbar, worüber er alles Bescheid weiß! Und wofür er sich interessiert – toll! Er will mir eine Liste machen mit allen Büchern, die man seiner Meinung nach gelesen haben muss, ist das nicht großartig?!«

»Doch, das ist ...«, Caro zögerte, »... sehr speziell, aber bestimmt auch gut. Und, ja, toll. Vielleicht.«

»Ach, und er ist total sensibel und lieb und riecht gut und sieht gut aus ...«

»Ja«, stimmte sie mir zu und schickte sich an, die Toilette zu verlassen. »Aussehen tut er wirklich gut.«

Ich hielt sie zurück. »Wie war's eigentlich mit Tim und Marie im Kino?«

»Marie? Ach so, seine Ex. Die kam doch nicht. Scheint ein bisschen schwierig zu sein, die Dame. Er ist hinterher noch zu ihr gefahren.« Sie sah mich an. »Ich weiß gar nicht, ob du das hören willst, aber ich habe den Eindruck, Tim mag dich sehr. Er hat so von dir geschwärmt …«

»Eben war er auch im Schwimmbad, das war irgendwie komisch … Er ist noch zu ihr gefahren? Nach dem Kino? Und dann glaubst du, er mag mich? Also, klar mag er mich, aber mehr nicht. Phh, fährt noch mitten in der Nacht zu seiner Ex.«

»Das ist zwischen denen wie bei Paul und dir. Das sind Freunde. Believe me. Und Tim ist echt witzig, er hat mir ein paar Sachen gesagt, aus seiner Studentenzeit, muss ich dir mal erzählen, und er ist so … grundsympathisch. Und bescheiden. Und dein Yves …« Sie machte einen so enttäuschten Seufzer wie die Mutter einer amerikanischen Highschool-Göre, die ihr gerade erzählt hat, dass sie nun aber wirklich mit ihrer großen Liebe Freddie, dem strunzdummen, aber gutaussehenden Baseball-Champion, nach New Jersey ziehen wird.

»Caro. Ich mag Yves. Sehr.«

Und damit schob ich sie und mich zur Tür hinaus.

*

»Das hat José Ortega Y Gasset ja auch gemeint, als er gesagt hat, Bräuche werden dem Menschen aufoktroyiert.«

Yves schien den anderen etwas zu erklären. Als ich mich neben ihn stellte, strich er mir kurz sachte über den Rücken.

»Eigentlich sprechen wir gerade nur über Silvester«, erklärte Paul.

»Ui, das ist aber noch ein Weilchen hin.«

Er seufzte. »Ja. Aber jetzt, wo ihr wieder da seid, können wir ja auch das Thema wechseln. Warum gehen Frauen eigentlich immer zu zweit aufs Klo?«

»Mann«, ich schubste ihn scherzhaft zur Seite, »die Frage ist doch schon lange geklärt. Weil wir über euch lästern wollen!«

Yves sah mich an.

»Na ja, über euch Männer im Allgemeinen!« Ich zwinkerte ihm zu.

Er sagte fragend: »Ach, echt? Also, ich weiß von einer Studie von Zewa, ihr wisst, die mit dem Klopapier, also die müssen's ja nun wirklich wissen, jedenfalls haben die herausgefunden, dass nur 18 Prozent der Frauen auf der Toilette tatsächlich über Männer sprechen, die Hauptthemen sind eher Kosmetik und Mode.«

»18,37 Prozent«, sagte Paul kaum hörbar, worauf Caro und Björn in schallendes Gelächter ausbrachen.

»Hab ich was nicht mitbekommen?«, fragte Yves verwundert.

»War ein Insider«, beruhigte ich ihn, nicht ohne die beiden mit bösen Blicken zu strafen. Was fiel denen eigentlich ein? Da musste ich wohl mal ein Machtwort sprechen.

Versuchung

Ich sah auf die Uhr.

»Ich muss spätestens in einer Viertelstunde wieder hoch, ich hab Sabine gesagt, ich hol mir nur kurz was zu essen und einen Kaffee.«

Ich saß mit Caro auf der Bank vor meinem Bürohaus in der Sonne. Es kam viel zu selten vor, dass wir mal unsere Mittagspausen miteinander verbrachten. Sie biss in ihren Bagel und fragte mit vollem Mund: »Ähm, und du und Yves, ihr habt euch also geküsst, stand in deiner SMS? Erzähl, lass dir doch nicht alles aus der Nase ziehen!«

Allein die Erwähnung seines Namens verursachte ein angenehm flaues Gefühl in meiner Magengegend.

»Ja«, hauchte ich und genoss die Emotionen, die sofort vollkommen präsent waren, so, als wäre ich jetzt genau wieder in der Kusssituation, Yves neben mir, seine weichen, vollen Lippen auf meinen, seine neugierige Zunge, die sich sachte, aber bestimmt ihren Weg –

»Hallo? Wir haben nicht viel Zeit! Komm zu dir! Erzähl!« Caro schüttelte meinen Arm.

»Na ja, er hat mich nach Hause gebracht und vor der Tür – wir waren ja beide mit dem Rad unterwegs, er hat ein ganz altes Hollandrad, ist das nicht sympathisch? Wusstest du übrigens, dass klassische Hollandräder Trommelbremsen haben, die das Bedienen von Vorder- und Hinterradbremse mit einem Hebel ermöglichen? Das hat er mir erklärt. Für Deutschland werden dann extra welche mit Rücktrittbremse hergestellt, aber … Egal.«

»Richtig. Egal. Trotzdem toll, was du alles von ihm lernen kannst.«

Irrte ich mich, oder klang sie etwas spöttisch?

Ungeduldig fuhr sie fort: »Also, er hat dich abgesetzt. Bei dir. Und dann?«

»Nun, dann dachte ich für einen Moment, er könne ja mit reinkommen, aber es war schon verdammt spät und ich hatte nicht aufgeräumt, und mein Wäscheständer stand mitten im Wohnzimmer …«

Während ich erzählte, dachte ich daran, dass ich, anstatt es wegzuschmeißen, dieses uralte, löchrige Bustier noch mal mitgewaschen hatte und natürlich auch aufgehängt, neben diese Bauch-weg-Hose und die klassischen Schlüpfer, die so dicke Nähte hatten, dass sie sich sogar unter einer Lederhose abzeichnen würden, die ich aber immer trug, wenn ich meine Tage hatte, weil es dann nicht so schlimm war, wenn mal ein Malheur passierte. Ich hatte also eine Handwäsche mit meinen unattraktivsten Kleidungsstücken gemacht und den Wäscheständer damit behängt. Dazu hatte ich noch einzelne Teile, wie dieses riesige, uralte »One size fits all«-Schlaf-T-Shirt, an die Türen gehängt. In diese Wohnung konnte ich doch unmöglich einen neuen Mann mitnehmen. Es war mir ja selbst vor Caro zu peinlich, das nur zu erzählen, geschweige denn, es einem fremden Mann vorzuführen. Also blieb ich bei der abgespeckten Variante.

»Tja, ein Wäscheständer im Wohnzimmer. Puh, klar, das hätte mich auch gehindert, hemmungslosen Sex zu haben …« Caro schüttelte den Kopf.

»Und ich war unrasiert. Also, nicht vollkommen, aber eben nicht genug rasiert, auch die Beine … Genauer gesagt, ich war mir nicht sicher, wie rasiert ich war, und das ging eben nicht. Punkt.« Nach dem Punkt fiel mir noch ein weiteres Argument ein: »Dazu kommt, dass ich das nicht will. Nach einmal richtig treffen.«

»Nee, ist klar.« Caro machte sich anscheinend über mich lustig. Sie holte tief Luft, um dann zu fragen: »Und dann? Wie ging es weiter?«

Ich seufzte, mir wurde ganz anders, wenn ich an gestern Nacht dachte.

»Wir standen da rum, zwischen uns die Räder, beide irgendwie verlegen, und Yves hat mir dann erklärt, er käme sich jetzt vor wie in irgendeiner Oper, deren Namen ich vergessen habe – Mist, ich wollte die doch noch googeln –, und dann hat er sein Fahrrad abgestellt, mein Gesicht wie im Film in beide Hände genommen und mich geküsst.«

»Wie in welchem Film?«, fragte Caro.

»Was?«

»Nichts. War ein Scherz. Und, kann er küssen?«

Mein »Ja!« musste sehr schmachtend geklungen haben, denn Caro fing an zu lachen.

»Ach, Ann, Süße, ich gönn's dir ja. Ich hoffe nur für dich, dass er der Richtige ist. Findest du nicht, dass er manchmal ein bisschen, na ja, wie soll ich sagen, dass er ein wenig überheblich ist?«

Ich sah sie an und sah doch durch sie hindurch, als ich sagte: »Überheblich? Nein. Es fühlt sich gut an. Richtig fühlt es sich an. Diesmal fühlt es sich richtig gut an.«

»Hmm. Gut.« Sie zögerte, dann sagte sie: »Ich will dich ja bestimmt nicht loswerden, aber möchte auch keinen Ärger mit Sabine … Du musst, glaub ich, weiterarbeiten.« Sie zeigte auf ihre Uhr. »Aber sag noch kurz, wann probst du denn mit Tim?«

»Ach verdammt, das ist ja heute Abend, ich weiß gar nicht, ob ich da hingehen soll ...«

Caro knuffte mich. »Natürlich! Du magst ihn doch! Mit Tim in einer Band – warum denn eigentlich nicht? Das macht bestimmt irre Spaß! Wenn ich irgendwas könnte in Richtung Musik, wäre ich auf jeden Fall auch dabei! Guck's dir wenigstens an, Tim ist doch auch ein toller Mann ...«

Ich packte meine Sachen zusammen. »Du immer mit Tim. Aber ja, du hast recht. Ich geh mal hin. Wird ja vielleicht ganz lustig.«

*

Tim stand telefonierend vor dem Bunker. Was hatte man eigentlich gemacht, bevor es Handys gab, wenn man warten und sich die Zeit zu vertreiben hatte? Ich musste scharf nachdenken. Wahrscheinlich war man einfach mit den Gedanken spazieren gegangen. Oder man hatte mit sich selbst geredet.

»Ich bin schon manchmal seltsam«, sagte ich halblaut vor mich hin. Seit ich mal gelesen hatte, dass es gesund war, schämte ich mich nicht mehr so sehr für meine Selbstgespräche. Es war nur bedenklich, wenn man mit sich selbst in der dritten Person sprach, also etwa: »Jetzt kocht sich Ann etwas«, oder: »Aufstehen, Frau Winkler!«, das war brisant, kam bei mir aber höchst selten vor. Tatsächlich waren es auch meist Arbeitsanweisungen, die ich mir gab, so Sachen wie: »So, jetzt putze ich noch schnell das Bad, und dann geht's zum Einkaufen!« Wenn ich mich allerdings dabei ertappte, dass ich längere Monologe hielt, fügte ich zu Hause manchmal einfach den Namen einer meiner Topfpflanzen hinzu: »Wie kann er das nur gemeint haben? Ich habe doch gar nichts Falsches gesagt! So ein

Blödmann, was, Ficus Benjamini?« Schließlich tat das auch den Pflanzen gut, wenn man mit ihnen sprach.

Im Supermarkt halblaut »Was brauch ich noch, was brauch ich noch?« oder Ähnliches zu murmeln, fand ich inzwischen ganz normal, hatte ich das doch auch schon ab und zu bei anderen gehört, die nicht wesentlich älter waren als ich. Aber als ich neulich vor dem Regal mit den Teigwaren laut »Nudeln!« trompetet hatte, hatte ich nicht nur meine Miteinkäufer aufgeschreckt, sondern war selbst auch für einen Moment stutzig geworden. Vielleicht war ich doch zu oft alleine? Sollte ich mir eine Mitbewohnerin suchen? Oder einen knackigen Mitbewohner, der dann vielleicht ... Ich dachte an Yves. Nun, eigentlich war bei mir gar kein Platz für zwei, aber vielleicht wurde das ja was mit Yves, und wir würden uns eine Wohnung suchen und zusammenziehen? Sofort schalt ich mich. Wir kannten uns kaum, und ich dachte schon ans Zusammenziehen! Hoffentlich brachte das kein Unglück! Nein, ich fand es ja auch total herrlich, alleine zu wohnen. Und, ho, Brauner, noch sprach ich ja kaum mit mir in der dritten Person.

»Hey, da bist du ja!« Tim hatte das Telefonat beendet und strahlte mich an. Wir umarmten uns. Sein Haar war an den Schläfen ein kleines bisschen grau, genau das bisschen, das ich sexy fand. Außerdem schien er heute genug gegessen zu haben, denn er wirkte wieder ganz normal. Er schloss auf und führte mich durch ein Gewirr von Gängen.

»Wenn du jetzt wegläufst, bin ich verloren. Und irgendwann wird jemand über mein Skelett stolpern.«

»Ich laufe doch nicht weg. Ich bin ja nicht blöd, unsere zukünftige Sängerin hier verhungern zu lassen!« Er lachte. »Außer, du singst schlecht. Dann mache ich nachher das Licht aus und renne los.«

Mit einem leisen Quietschen öffnete er eine dicke Eisentür. Unzählige Bandproben hatten hier ihren Geruch nach Bier, Rauch und Schlagzeugerschweiß hinterlassen.

»Sorry, es müffelt ein bisschen. Ich mach mal die Lüftung an.«

Während Tim im hinteren Teil des Bunkerraumes verschwand, sah ich mich um. Irgendjemand hatte ein Tarnnetz an die Decke gehängt, in dem sich Plastikseesterne, Fische und Muscheln tummelten, wie beim Italiener. Auffallend viele Bierkisten standen herum, teils waren die Flaschen darin sogar noch voll. Auf dem Boden lagen versiffte Teppiche, und an den Uraltkühlschrank (Energieeffizienzklasse ZZZ) hatte jemand Musikerwitze geklebt. Am besten gefiel mir: Ein Musiker zum anderen: »Du, wir haben jetzt eine CD produziert.« – »So … Und was habt ihr schon verkauft?« – »Ich mein Auto, und der Schlagzeuger sein Haus.«

Während ich kichernd vorm Kühlschrank stand, hatte Tim schon die Anlage angeschaltet und seine Gitarre eingestöpselt. Er nahm ein Mikrophon vom Stativ, drückte es mir in die Hand und ging zum Mischpult.

»Dann wollen wir mal den Sound checken. Singst du was?«

Im selben Moment wurde mir ganz anders. Mein Herz fing sofort und ohne Umschweife an zu rasen, das gesamte Blut meines Körpers musste sich jetzt in meinem Kopf befinden. Gleichzeitig wurden meine Knie weich, mein Mund trocken und meine Hände nass. Kurz und gut: Ich hatte Lampenfieber.

»Ich … äh, was soll ich denn jetzt singen?«, stammelte ich.

Über die Regler gebeugt nuschelte Tim: »Irgendwas. Ist egal. Was du immer so singst.«

Was ich immer so sang? Ich sang nicht. Gut, manchmal

sang ich auf dem Fahrrad. Aber das war dann meist kein richtiges Singen, das war eher so was wie »Musterhausküchenfachgeschäft, wir richten Küchen mustergültig ein«. Und natürlich sang ich unter der Dusche. Aber meist zum Radio. Gerne 80er-Jahre-Mucke. Wie »I was working as a waitress in a cocktaihail bar, that much is true …«, aber das konnte ich ja nun schlecht zum Besten geben.

»Ann?«

»Ich überlege noch.«

»Sing einfach. Irgendwas. Du hast dir doch bestimmt was überlegt für heute?«

Konnte ich ihm sagen, dass ich gerade das nicht gemacht hatte? Dass ich eigentlich gar keine rechte Lust gehabt hatte, hier mit Tim zu proben?

Er schaute auf. »Ich finde es toll, dass du hier bist! Und ich werde wirklich ganz ehrlich sein, was deine Gesangskünste angeht. Aber ich glaube, das wird mir gar nicht schwerfallen, du bist bestimmt eine gute Sängerin!«

»Ach, das ist nett, danke.«

Ich überlegte krampfhaft. Was hatte ich denn in meinem Gesangsunterricht immer gern gesungen? »Eternal Flame«. Von den Bangles. Ja, das war gut. Einmal hatte ich mich beim Singen so reingesteigert, dass mein Gesangslehrer über meinen Eifer lachen musste. Aber ansonsten war die Stimmlage perfekt, und den Text müsste ich auch noch kennen.

»›Eternal Flame‹ sing ich mal.«

»Spitze!« Tim freute sich. »Dazu kann ich dich sogar leidlich begleiten.«

Gerade, als er sich die Gitarre umhängen wollte, klingelte sein Handy. Er guckte drauf, seufzte. »Nein, ich mach es jetzt aus. Das kann warten.«

Dann entschied er sich aber noch mal um. Mit einem

entschuldigenden Schulterzucken in meine Richtung meldete er sich.

»Ja? Marie?« Er klang überrascht. »Was ist denn das für eine Nummer? Hallo?«

Ich versuchte, nicht zuzuhören. Ich wunderte mich, dass er überhaupt Empfang hatte, hier mitten im Bunker.

»Hallo? Hallo?« Er legte das Handy weg. »Ich hab hier eigentlich gar keinen Empfang. Hatte mich schon gewundert.«

»Dann geh doch kurz raus«, sagte ich und musste, so wie Tim guckte, etwas genervt geklungen haben. Ich fügte noch ein genuscheltes »Wenn's wichtig ist« hinzu.

Tim sah mir direkt in die Augen. »Ann. Ich weiß, ich bin dir keine Rechenschaft schuldig. Aber das mit Marie, das«, er zögerte, »das ist vorbei.«

Hätte er nicht diese kleine Pause eingelegt, ich hätte ihm geglaubt. Bestimmt.

»Ich fühle mich ihr einfach noch verpflichtet – als Freund, als guter Freund. Ich mag sie ja, und sie scheint schlecht mit der Rückkehr zurechtzukommen, und ich helfe ihr ja auch gern, und ich –«

Während er nach Worten rang, nahm ich das Mikrophon und fing an: »Close your eyes, give me your hand, darling …«

Tim lächelte, nahm seine Gitarre und begleitete mich.

Herausforderung

»Das war wunderschön. Echt. Super.«

Tims Worte machten mir Gänsehaut.

»Danke«, sagte ich leise. Ich war ganz verlegen. Tatsächlich fand ich auch, dass es sich gut angehört hatte. Also, jedenfalls hatte es sich total gut angefühlt. Und irgendwie hatte es sehr gut zusammengepasst.

»Wieso kannst du eigentlich eine Schnulze wie ›Eternal Flame‹ spielen?«, fragte ich verwundert.

»Gegenfrage: Warum kannst du sie singen?« Tim grinste.

»Na ja, ich bin eine Frau, und das Lied erinnert mich an meine Jugend … Oder so.«

»Auf jeden Fall gefällt mir deine Stimme. Sie ist sehr …«, er überlegte kurz, »besonders!«

»Danke.« Ich wusste nicht so recht, was ich mit dieser Aussage anfangen sollte. War sie nun besonders gut oder besonders schlecht? Nun ja, er hatte ja gesagt, sie gefalle ihm. Nicht immer alles so negativ auslegen, schalt ich mich. Und erinnerte mich daran, dass mein Gesangslehrer das auch gesagt hatte. Dass ich eine außergewöhnliche Stimme hätte, die man nicht so leicht verwechselte.

»Wollen wir, bevor die anderen kommen, noch einen Song von uns ausprobieren?«

Er reichte mir ein Blatt mit dem Text und begann, Akkorde zu spielen. Dazu summte er eine Melodie. Es hörte sich phantastisch an, und beim zweiten Refrain sang ich schon mit. Ich war überrascht, wie leicht mir das fiel. Vielleicht war ich doch musikalischer, als ich dachte? Supertalent? DSDS? Nein, dazu mochte ich meinen Job in der Agentur zu gerne.

»Denkst du an eine Gesangskarriere?« Tim lächelte mich an.

»Ja, bei euch in der Band!«

Er sah auf die Uhr.

»Die anderen kommen gleich. Das Stück noch mal?«

*

Boah, das machte vielleicht Spaß! Erst recht in der kompletten Besetzung. Und den anderen schien meine Stimme auch zu gefallen. Dennis, der Schlagzeuger, war ganz aus dem Häuschen: »Geilgeilgeil! Echt super, Ann!«

Er schob seine Bommelmütze, die er ständig zu tragen schien, aus dem Gesicht und schmunzelte: »Fast noch besser als Mary. Wir müssen vielleicht dit ein oder andere Stück wat tiefer setzen, aber sonst – echt erste Sahne!« Er wurstelte seine knapp zwei Meter Körpergröße hinter dem Schlagzeug hervor. Mit den Worten »Stört's, wenn ick rooche?« zündete er sich eine Zigarette an.

Ich hoffte auf die Kraft der Lüftung. Es war selten, dass mal ein Berliner nach Hamburg zog. Dennis hatte es wohl der Liebe wegen gemacht. Anscheinend hatte er damals bei einer ganz bekannten Sängerin in der Band gespielt und war sogar mit ihr zusammen gewesen. Um wen genau es sich dabei gehandelt hatte, hatte Tim mir zwar erzählt, ich hatte es aber leider wieder vergessen. Komisch, dass mein Promigedächtnis dort versagt hatte. Normalerweise konnte ich mir »Wer mit wem«-Geschichten aus dem

Boulevardbereich sehr viel besser merken als wirklich wichtige Themen, beispielsweise aus der Politik.

Moses, der Bassist, musste mir mein angestrengtes Nachdenken angesehen und missgedeutet haben, denn er brummte: »Keine Sorge, Dennis ist der einzige Raucher. Tim und ich rauchen nur nach Alkoholgenuss manchmal.«

»Und der kommt während der Proben eigentlich nicht vor.« Dennis grinste. »Ach übrigens, Pauli hat eine SMS geschickt, er schafft es heute nicht.« Zu mir gewandt, erklärte er: »Pauli ist unser Keyborder.«

Tim hatte mir mal erzählt, dass Mary, Dennis, Moses und er schon sehr lange Musik miteinander machten. Sie hatten sich über einen Aushang von Mary kennengelernt, die eine Band gründen wollte. Paul war erst später dazugekommen, als sie fanden, ein Keyboarder könnte die Möglichkeiten der Band noch ausweiten. Allerdings war er noch recht jung und ganz am Anfang seines Biologiestudiums, und er hatte es nicht so mit dem Einhalten von Terminen.

Tim war etwas verärgert. »Na toll, jetzt kommt eine SMS, eine halbe Stunde, nachdem wir angefangen haben. Ätzend.«

»Ich hatte mich schon gewundert«, sagte ich. »Aber eigentlich … Zur Not ginge es doch vielleicht auch ohne Keyboard, es hat sich jedenfalls nicht schlecht angehört. Also, nicht so, als fehle was.«

»Dit sag ick ja ooch imma. Siehste, Tim, die Ann sieht det jenauso. Der kommt doch eh immer zu spät …«

Moses schaltete sich ein. Er sah aus wie ein richtiger Rocker: tätowiert, ordentliche Wampe und ganz in Schwarz gekleidet. »Ich finde, das sollten wir nicht hinter seinem Rücken diskutieren.«

»Moses ist Sozialarbeiter!«, flüsterte Tim mir zu. Laut

sagte er: »Moses hat recht, das besprechen wir, falls Pauli noch mal zur Probe kommt. Und jetzt noch mal das letzte Stück!«

Anscheinend war Tim der Bandleader. Alle hauten in ihre Instrumente, und ruck, zuck war es halb zwölf.

*

Die beiden anderen waren schon weg, als ich mit Tim den Bunker verließ. Während er die Tür abschloss, machte ich mein Handy an und freute mich: zwei neue Nachrichten. Eine von Yves, eine von Caro. Natürlich guckte ich erst die von Yves an.

»Hi, Ann, Lust, morgen zu mir zu kommen? Würde mich sehr freuen, meine Süße! LG Yves.«

Mein Herz hüpfte. Bis auf das »LG« war das eine sehr schöne SMS. Ich hasste »LG«. Man konnte doch wirklich »liebe Grüße« ausformulieren. So viel Zeit musste schon sein. »LG« war geringschätzend. Aber Yves hatte das »LG« zum Glück durch »meine Süße« wieder wettgemacht. Dadurch war es überhaupt nicht mehr schlimm.

Tim sah mich mit schiefgelegtem Kopf an. »Du scheinst schöne Neuigkeiten zu haben, so, wie du strahlst.«

»Ja!«, antwortete ich knapp. Ich wollte ihm jetzt nicht irgendwas erzählen.

Brauchte ich auch nicht, denn er sagte begeistert: »Du warst spitze! Und den beiden anderen hast du auch total gut gefallen. Weißt du, sie hätten ja gar nichts sagen müssen.«

»Moses hat auch nichts gesagt.«

»Ja, aber ich hab gemerkt, dass er dich klasse fand. Und wenn nichts weiter dazwischenkommt, bist du dabei!«

»Ja, also, gern! Es hat solchen Spaß gemacht, es war …

großartig! Einfach phantastisch! Wenn man so singt, und mit den Instrumenten wird es dann ein richtiges Lied, alles zusammen, das hört sich so toll an, und dann mit dem leichten Hall auf meiner Stimme …«

Ich konnte gar nicht mehr aufhören zu schwärmen. Ich war Sängerin in einer Band! Wie Madonna! Obwohl, die hatte ja gar keine Band. Also, eher wie eine von den Dixie Chicks. Aber gab es die überhaupt noch? War ja auch egal, ich hatte jedenfalls eine Band. So gut wie. Das hätte ich mir nicht träumen lassen! Unfassbar!

Auf dem Weg zu unseren Rädern redete ich auf Tim ein: »Ich hätte nie gedacht, dass ich das kann. Und ich finde eure Stücke auch so wunderschön, es hat solchen Spaß gemacht, die Musik ist toll, und auch die Texte. Denkt ihr euch die gemeinsam aus?«

Tim sah mich an.

»Na ja, die Arrangements macht tatsächlich – obwohl das ungewöhnlich ist – unser Schlagzeuger. Er ist sehr musikalisch. Und die Texte sind weitestgehend von mir. Manchmal ändern wir alle zusammen noch was, und Mary hat sich natürlich auch manches in den Mund gelegt, aber im Großen und Ganzen –«

»Wow!«, unterbrach ich ihn. »Das ist der Hammer! Du schreibst umwerfend schöne Texte, Tim. Wirklich großartig!«

»Jetzt übertreib mal nicht.«

Ich merkte, wie sehr ihn mein Kompliment freute. »Du singst toll, und ich bin froh, wenn du dabei bist. Und bis zum vierzehnten Juni ist es ja auch noch einige Zeit hin …«

Ich stutzte.

»Was ist denn am vierzehnten Juni?«, fragte ich.

»Ach, egal.« Tim schien verlegen zu sein.

»Tim, was ist am vierzehnten Juni?«

Er seufzte. »Ich hätte es dir früher sagen sollen. Oder später.«

»Oder jetzt!«

»Ja, o.k. Wir haben da einen Bandwettbewerb, der ist ziemlich wichtig …«

»Und das erzählst du mir jetzt?« Eigentlich hatte ich gedacht, ich würde von nun an regelmäßig zur Bandprobe gehen und Spaß am Singen haben und dann eventuell irgendwann mal ein kleines Proberaumkonzert für Freunde geben, wobei ja zum Glück nicht gerade viele Freunde in den Proberaum passten, zumindest nicht, wenn wir drin waren. Und dann, in ferner Zukunft, wenn ich schon richtig gut und routiniert wäre, konnte man eventuell vielleicht auch mal an ein kleines Konzert für die Öffentlichkeit denken – aber ein Bandwettbewerb in sechs Wochen? Das war hart.

»Da hab ich ja jetzt schon Lampenfieber! Nicht nur das, ich bin richtig aufgeregt! Wieso denn so schnell?«

»Es tut mir leid, aber wir haben uns da schon vor einem halben Jahr angemeldet, und kurz darauf teilte uns Mary mit, dass sie schwanger ist. Ich hab gedacht, wenn ich es dir früher sage, probierst du's vielleicht gar nicht erst.«

Nicht doof, der Tim. Er hatte natürlich recht. Wenn ich gewusst hätte, dass ich noch in der blutigen Eingewöhnungsphase sofort auf eine Bühne müsste …

Er wirkte ernsthaft zerknirscht, als er sagte: »Ann, ich hab nur diese Chance gesehen. Natürlich hatten wir auch schon andere Sängerinnen, aber das passte immer irgendwie nicht. Du passt. Und du singst toll.«

»Tim!«, unterbrach ich ihn. »Ich singe seit Jahren nur noch unter der Dusche! Ich hab keine Ahnung, ob ich das kann! Heute, ja, das war ganz schön, aber ich weiß nicht, ob ich gut genug bin, um gleich an einem Wettbewerb teilzunehmen.«

»Es ist ja nicht gleich. Sechs Wochen. Und ich bin mir sicher, du schaffst das!«

»Das ist ein bisschen unfair, mein Lieber. Ich muss darüber nachdenken.«

Er strich mir gedankenverloren eine Strähne aus dem Gesicht.

»Ja, denk darüber nach. Wie sieht's aus, willst du nach Hause, oder gehen wir noch was trinken? Einen Absacker?«

Wie lieb er mich ansah. Da konnte ich glatt vergessen, dass ich sauer auf ihn war.

Ein Blick auf die Uhr sagte mir, dass es kurz vor zwölf war.

»Nee, das wird zu spät. Ich bin schon ordentlich abgesackt.«

Außerdem wollte ich Yves noch eine ausführliche E-Mail schreiben. Ihm berichten von meinen Erfolgen als Sängerin. Die Vorstellung, auf einer Bühne zu stehen, und er würde mir unten im Publikum zuhören – das hatte schon was. Es war bestimmt ein tolles Gefühl, wenn er stolz auf mich wäre.

»O. k., dann trennen sich hier erst mal unsere Wege. Danke.«

Während er mich drückte, senkte er seinen Kopf zu mir herunter, und ehe ich es mich versah, berührte sein Mund meine Lippen. Aber so schnell, wie er da hingekommen war, war er auch wieder weg und lächelte mich an, als wäre nichts gewesen. War das vielleicht aus Versehen passiert? Hatte er mich nur auf die Wange küssen wollen? Tatsächlich war ich mir nicht mehr sicher. Ich wollte nicht etwas hineininterpretieren, wo gar nichts war. Und er hatte ja

Marie. So oft, wie er mit ihr telefonierte. Wenn ihm an mir etwas lag, also, so richtig etwas lag, hätte er mich ja richtig küssen können. Aber dafür gab es seine Marie. Und er war so ruhig und selbstsicher gewesen und gar nicht flirty, bestimmt hatte ich mir das nur eingebildet.

Und ich hatte Yves! Ich freute mich darauf, ihn morgen wiederzusehen. Als Tim weggefahren war, simste ich Yves zurück: »Ich freu mich auf morgen!«

Nicht annähernd

»Sorry, dass ich die nicht selbst gemacht hab. Aber ich hatte definitiv keine Zeit. Bei mir in der Firma war die Hölle los. Ich hab mich erst mal ausgeruht. Um runterzukommen. Die spinnen doch alle.«

Während Yves wahre Sushiberge aus Plastikschälchen auf eine Porzellanplatte packte, sah ich mich in seiner Küche um. Geräumig, Platz für einen großen Tisch, der mit einer wahrscheinlich inzwischen wieder trendigen, aber dennoch scheußlichen orange-rosakarierten Wachsdecke bedeckt war, ein einziges Bild an der Wand, nämlich ein riesiges Schwarz-Weiß-Foto von einem Jungen mit einem Fisch in den Armen, der fast so groß war wie der Junge selbst.

»Bist du das auf dem Bild?«

Er nickte. »Ja, der einzige Fisch, den ich je gefangen habe. Zusammen mit meinem Dad. Wir waren ein einziges Mal gemeinsam angeln, und ich habe gleich so einen Kaventsmann aus dem Wasser gezogen. Mein Vater war sehr stolz auf mich. Ich glaube, davor und danach war er nie wieder stolz auf mich.« Seine Stimme wurde leiser. »Jedenfalls hat er es nie wieder gesagt.«

»Das tut mir leid.« Ich nahm ihn in den Arm.

Als ich ihn wieder losließ, lächelte er gequält und fragte dann mit deutlich festerer Stimme: »Gefällt dir die Musik?«

Mir war die freundliche Klassik schon vorher aufgefallen. Sie kam aus seinem MacBook.

»Ja, finde ich schön. Was ist das?«

Yves hielt mitten in der Bewegung inne. Mit zwei Stücken Maki-Sushi in der Hand sah er mich aus großen Augen an.

»Das ist nicht dein Ernst, oder?«, fragte er so verblüfft, als hätte ich ihn gefragt, welche Funktion ein Kleiderbügel hatte. »Das kennst du nicht?«

Mir keiner Schuld bewusst, sagte ich arglos: »Nein. Muss man das kennen?«

»Ann! Das ist Rimski-Korsakow!«

Erwartungsvoll nickte er mir zu, als würde er davon ausgehen, dass bei mir umgehend der Groschen fiel. Da musste ich ihn enttäuschen.

»Echt?«

»Kennst du wirklich nicht? Das ist die ›Sinfonietta über russische Themen‹. Rimski-Korsakow war ja neben Joachim Raff und Louis Théodore Gouvy einer der Ersten, der den Begriff Sinfonietta, also quasi ›kleine Sinfonie‹, verwendet hat.«

Yves nickte so, als müsse man das nun wirklich wissen, und ich schnitt eine »Kann sein, dass ich davon schon mal gehört habe, aber ich erinnere mich nicht«-Grimasse und zuckte unterstützend mit den Schultern.

»Na, das ist ja kein Weltuntergang, das kann ich dir ja alles noch beibringen«, sagte er gönnerhaft.

Während ich noch überlegte, ob ich das jetzt blöd finden sollte, fragte er: »Wein? Rot oder weiß? Man darf ja inzwischen Rotwein zu Fisch –«

Bevor er weiter ausholen konnte, sagte ich schnell »Rot«, und er öffnete eine Flasche.

»Wie ist denn deine Arbeit so?«, fragte er. »Ich kenne das ja nur von der anderen Seite aus. Wenn wir eine Feier veranstalten, dann beauftragen wir auch eine Eventagentur, übrigens seit Jahren dieselbe, da kannst du mich wohl nicht abwerben.« Er lachte. »Aber erzähl doch mal, das muss doch Spaß machen, immer wieder neue Ideen für Firmen zu entwickeln und auf die unterschiedlichen Bedürfnisse zu reagieren …«

»Ach ja, ist schon schön. Man kommt mit den unterschiedlichsten Branchen und Menschen in Berührung, und das ist natürlich spannend.« Ich erzählte ihm, wie ich bei dem Brunch gelandet war, und er war angetan von der Idee, mit seiner Firma mal einen Kochkurs zu besuchen.

»Wobei das wahrscheinlich viel zu viele sind. Das müsste man dann aufteilen.« Er schenkte mir noch mal ein.

»Was genau machst du denn eigentlich?«, fragte ich. Ich fühlte mich richtig wohl. Das Sushi war lecker, der Mann interessant und interessiert.

»Nun, ich kümmere mich hauptsächlich um Verträge mit Zulieferern und Käufern, und ab und zu habe ich mit Personalsachen zu tun. Bei größeren Geschichten fliege ich auch mal zum Kunden. Das ist oft eine Herausforderung, und man braucht manchmal Nerven aus Stahl. Aber die hab ich ja!«

Und dann küsste er mich wieder. Und ich schmolz. Wir küssten uns und vergaßen alles um uns herum, wie im Film, es gab nichts mehr außer uns beiden und unseren Mündern und Zungen und Händen und Körpern. Es tat gut, einen zweiten Körper ganz nah zu spüren, einen Körper wirklich mit mir verschmelzen zu lassen … Moment. Mein Verstand meldete sich kleinlaut zu Wort. »Noch nicht!«, rief er zaghaft, und: »Klamotten anlassen! Nicht untertage! Oberirdisch bleiben!«

Durfte Yves meine Brüste anfassen? Es war so schön, wenn jemand das tat, wenn ich mich recht erinnerte, außer, es war mein Frauenarzt, aber das war ja nicht ganz dasselbe … Nicht ablenken, genießen, oh, das war herrlich, ja, Brüste waren o.k., aber die Jeans, nein, nicht die Jeans, obwohl, ich hatte einen kalten Po, seine warmen Hände, die er mir hinten in die Hose gesteckt hatte, waren sehr angenehm, so lange sie hinten blieben. Das hieß, es wäre natürlich auch herrlich, wenn sie weiterwanderten, aber noch nicht jetzt. Nicht heute, verbot ich mir. Erst mal amtlich knutschen. Ich hatte auch gar keine Kondome dabei. Vielleicht hatte er welche, aber das wollte ich jetzt nicht herausfinden.

Er zog langsam seine Hände aus meiner Jeans. Erst in diesem Moment wurde mir bewusst, dass wir zu zweit auf einem seiner Küchenstühle saßen. So richtig bequem war das nicht. Das war ihm wohl auch aufgefallen, denn er sagte, etwas außer Atem: »Wollen wir wo hingehen, wo's gemütlicher ist?«

»Ja«, hauchte ich, erinnerte mich aber umgehend an meinen Vorsatz: »Hast du ein Sofa? Also, im Gegensatz zum Bett. Also, ich würde jetzt gern aufs Sofa.«

Wir küssten uns weiter, während er mich aus der Küche schob, vermutlich in Richtung Wohnzimmer. Irgendwie war das ja eine Situation, die schwierig war. Auch wenn ich sie schon manches Mal erlebt hatte, wurde sie nicht unbedingt leichter. Ich wusste immer noch nicht, wie ich sagen sollte, was ich sagen wollte. Vielleicht ja auch, weil ich mir selbst nicht sicher war, ob es tatsächlich das war, was ich wollte. Schließlich war ein Teil von mir anderer Meinung als der verstandesorientierte. Was war schon dabei, jetzt ausschweifenden Sex zu haben? Erst nach Wochen miteinander zu schlafen war doch altmodisch.

Nein. War es nicht. Ich wollte ihn wirklich erst noch etwas besser kennenlernen. Das mit Yves, das war etwas ganz Besonderes. Mit ihm wollte ich noch etwas abwarten.

Es musste sich ja nicht um Wochen handeln. Morgen zum Beispiel. Morgen war doch ein guter Tag für Geschlechtsverkehr. Was aber, wenn er morgen nicht konnte? Geschlechtsverkehr war überhaupt ein widerliches Wort. Sex war besser. Aber Sex war alles. Sex war das jetzt schon. Er begann, meine Jeans aufzuknöpfen.

»Stopp!«, fuhr ich ihn an, etwas barscher, als ich es eigentlich wollte. Erschrocken ließ er ab.

»Äh, sorry, ich dachte –«

Ich unterbrach ihn: »Ich muss mich entschuldigen.« Meine Stimme wurde sanfter. »Es tut mir leid, aber ... ich will das jetzt noch nicht. Also, das, was wir bis jetzt machen, ist toll, aber mehr noch nicht, o. k.?« Ich küsste ihn. »Wenn man eine Schachtel Pralinen geschenkt bekommen hat, isst man ja auch nicht alle auf einmal. Die besten hebt man sich auf«, philosophierte ich.

Inzwischen waren wir auf seinem Sofa gelandet. Einem Zweisitzer, der auch nicht wesentlich bequemer war als der Küchenstuhl.

»Man weiß ja gar nicht, welche die besten sind, wenn man sie nicht probiert hat ... Aber du hast recht, ich finde es sowieso wunderschön, dich einfach nur zu küssen. Hat dir schon mal jemand gesagt, dass es herrlich ist, dich zu küssen?«, fragte er und machte weiter.

»Dich aber auch!«, sagte ich in einer Sekundenpause.

»Du bist wunderschön, Ann. Dein Haar riecht so gut.«

Seine Stimme klang so liebevoll, und es war so wunderbar, was er sagte.

»Ich mag dich sehr. Du bist eine faszinierende Frau. Weißt du, ich glaube, wir sind uns sehr ähnlich. Du bist ... einzigartig und sehr, sehr süß!«

Während wir uns gegenseitig Komplimente machten, merkte ich, dass ich ihn immer lieber hatte. Was für ein toller Mann! Ich war verliebt. Und er anscheinend auch! Endlich hatte es mal auf beiden Seiten geklappt. Sollte ich etwa glücklich sein dürfen? Einfach so?

*

Die nächsten Wochen waren herrlich. Wir sahen uns, wann immer es unsere Zeit zuließ. Manchmal holte Yves mich von der Arbeit ab und wir gingen essen oder ins Kino, manchmal trafen wir uns bei mir oder bei ihm und fielen übereinander her, noch bevor wir uns etwas kochten. Schon beim nächsten Treffen hatten wir die letzten Pralinen aus der Schachtel probiert, und auch das war herrlich mit Yves. Ich glaubte, dass es noch nie zuvor so schön mit einem Mann gewesen sei. Es passte einfach perfekt, er passte perfekt. Er las mir meine Wünsche von den Augen ab, genauso wie ihm gefiel, was ich tat. Es war ein so lustvolles Wechselspiel der Glieder, Sharon Stone und Michael Douglas konnten einpacken.

Aber auch wenn wir das Bett einmal verließen und uns aufrafften, händchenhaltend durchs Museum zu spazieren oder aufgebrezelt Opernarien zu lauschen, kamen mir Gemälde noch farbenprächtiger, Bühnenbilder noch opulenter und die Musik noch herzergreifender vor als in meiner Zeit ohne Yves. Außerdem ging ich mit diesem Mann auch viel mehr in Theater, Opern und Ausstellungen, und er konnte mir zu fast allem etwas erzählen, was ich noch nicht wusste. Er war wirklich ein toller Typ, auch wenn sein Wissen und der verschwenderische Umgang damit manchmal ein klein wenig nervten. Aber sei's drum – den perfekten Mann gab es sowieso nicht, und ich war froh, endlich den nahezu vollkommenen gefunden zu haben.

Demopesto

Nur mal eben im Schanzenviertel etwas Pesto beim Italiener kaufen, das konnte doch kein Problem sein. Heute wollte Yves kochen, und dafür brauchte er Pesto.

»Ganz frisch von dem Italiener aus dem Schulterblatt! Und nur von dort!«, hatte er sich gewünscht. Wenn er schon kochte, besorgte ich eben auf dem Heimweg von der Arbeit die Zutaten. Warum er allerdings das Pesto nicht selber herstellte, war mir ein Rätsel. Aber gut. Der Laden hatte bis acht auf, es war halb acht, und Vorabend vom ersten Mai hin oder her: zack, da hin und wieder weg, das war mein Plan. Demos und Randale würden sicher erst später anfangen.

»Hast du mit Herrn Stegner telefoniert?«

Sabines Stimme klang genervt. Klar, schließlich machten wir beide heute Überstunden und mussten morgen wieder früh im Büro sein. Und Herrn Stegner hatte ich natürlich vergessen. Er war aber bestimmt auch noch im Büro, der Geschäftsführer einer kleinen Softwarefirma war ein Workaholic.

»Ich erledige das noch kurz!«, rief ich also zurück.

Um Viertel vor acht war ich endlich draußen und saß auf dem Rad, unterwegs in Richtung Schanze.

Kurz vor acht war ich an meinem Laden, und es war tatsächlich nicht so einfach gewesen, dorthin zu gelangen. Ich war bestimmt an zwanzig Polizeimannschaftswagen vorbeigefahren, und auch kleine Gruppen von Demonstranten schwirrten durch die Gegend, um sich dann zu einem großen Schwarm zu formieren. Ja, die Stimmung gärte, es lag Ärger in der Luft, und schon die übermächtige Präsenz unserer Freunde und Helfer machte mir ein ungutes Gefühl. Ich wollte nichts auf die Mütze, ich wollte Pesto.

Schnell hatte ich mein Rad abgeschlossen und stürmte in den Laden. Vielleicht sollte ich gleich ein halbes Kilo nehmen – so wie sich die Situation da draußen darstellte, konnte es gut sein, dass ich so schnell nicht wieder ins Schanzenviertel kam. Weil es den Stadtteil nach dem heutigen Abend vielleicht gar nicht mehr geben würde.

Der Verkäufer war noch mit einem anderen Kunden beschäftigt, und ich sah über die Schulter durch die Scheibe, wo gerade ein paar Vermummte mit Bierdosen anstießen.

»Ist das kalt gepresst?«, fragte der dickliche, schwitzende Mann vor mir gerade den Verkäufer.

»Das ist Aceto balsamico. Olivenöl wird kalt gepresst.«

Mein Gott, die Welt ging gleich unter, und ich hatte unmündige Kunden vor mir.

»Gut, dann nehm ich davon zwanzig Flaschen.«

Zwanzig Flaschen? Wo war sein Betreuer?

»Da muss ich mal hinten schauen, ob ich noch so viele habe. Einen Moment, bitte.«

Das Doofe war, dass sich der Laden direkt gegenüber der Roten Flora befand. Vielleicht sollte ich Pesto Pesto sein lassen, egal, ob kalt oder warm gepresst, und mich vom Acker machen. Die Straße war nun bereits mit Unmengen von dunklen Kapuzenpullovern bevölkert.

Zum Glück erschien jetzt eine weitere Verkaufskraft hinterm Tresen, ich bekam mein Pesto und sah zu, dass ich Land gewann.

Innerhalb dieser paar Minuten im Laden hatte sich der Platz vollständig mit Menschen gefüllt, und wie es schien, befand ich mich jetzt fast mitten im schwarzen Block. Und mein Fahrrad auch. Allerdings war es einige Meter von mir entfernt, und es sah nicht so aus, als würden wir bald zueinanderfinden. Unbehagen stieg in mir hoch, aber ich war froh, kein dicker Mann mit zwanzig Flaschen Aceto balsamico zu sein, sondern nur eine relativ sportliche Frau mit einem halben Liter Pesto und ohne Idee, wie ich an mein – immerhin mit einem »Gegen Nazis«-Aufkleber geschmücktes – Fahrrad kommen sollte.

Natürlich waren Demos wichtig. Ich fand es super, wenn viele auf die Straße gingen, und war selbst oft dabei, wenn es darum ging, gegen Atomkraft, Ausländerfeindlichkeit oder für die Menschenrechte einzutreten; allerdings war ich Komfort-Demonstrantin. Wegtragen lassen, sich Wasserwerfern entgegenstellen oder sich gar irgendwo festketten – das war nicht meine Welt. Ich ging auf die Straße, aber gern am Rand, es musste nicht mittendrin sein. Ein Zeitungsartikel über von der Polizei eingekesselte Demonstranten hatte für mich »Shine«-Charakter, wobei ich nach dem Film wesentlich besser schlafen konnte.

In ihren Helmen, mit den Schutzschilden und den schweren Stiefeln hatten die Polizisten, die jetzt schon begannen, sich um uns – ja, leider gehörten mein Pesto, mein Fahrrad und ich auch dazu – zu formieren, wirklich etwas Bedrohliches. Ich musste sehen, dass ich noch fortkam.

Mein Rad konnte ich vergessen, selbst wenn ich es erreichte, so würde ich es nie und nimmer irgendwo hinschieben können, an fahren war überhaupt nicht zu denken, das wäre, als würde man Freitag spätnachmittags mit einem Koffer den Regionalzug besteigen.

Ein kleines Stoßgebet für die Unversehrtheit meines Rades und ein zärtliches »Bis morgen!« in seine Richtung schickend, sah ich mich nach einer Fluchtmöglichkeit um. Irgendwie in die Susannenstraße kommen, irgendwie durch die Susannenstraße kommen, und dann in die U3, das musste doch möglich sein. Schwierig war, dass ich die Einzige war, die in diese Richtung wollte. Eine klassische »Gegen den Strom«-Situation tat sich mir auf. Ich drückte, quetschte und schob mich durch die schwarzen Massen, nicht ohne mich unentwegt zu entschuldigen: »Darf ich mal … Entschuldigung … Lass mich mal, bitte … Danke …« So arbeitete ich mich Zentimeter um Zentimeter voran.

Yves wollte um kurz nach acht zu mir kommen, das würde ich wohl nicht mehr schaffen. Aber ihn anrufen war nicht, telefonieren war in meiner Situation genauso unmöglich wie Ausdruckstanz.

Selbst irgendwie vorwärtszugelangen schien ein Ding der Unmöglichkeit. Wie ich nämlich feststellen musste, wurde ich in die entgegengesetzte Richtung geschoben. Toll. Und vor uns formierte sich der Gesetzeshüter. Hilfe. Das war eine Antifa-Demo, das begrüßte ich ja, aber konnte ich das nicht auch von außerhalb begrüßen?

Jetzt fingen irgendwelche Spinner in »meinem« Block auch noch an, Mülleimer anzuzünden, unter lautem Gejohle. Es gab immer ein paar Idioten, die eine friedliche Demonstration ausufern ließen und auf Krawall aus waren. Ich gehörte weiß Gott nicht dazu. Vor, neben, hinter mir waren schwarz Vermummte, ich war in meinem türkisfarbenen Trenchcoat wahrscheinlich sogar auf Google Earth zu sehen. Unglücklicherweise war das wohl auch meinem Nachbarn aufgefallen, einem Nasengepiercten mit Sturmhaube und schwarzem Kapuzenpulli mit großem Antifa-Aufdruck.

»Was willst denn du hier? Weißt du überhaupt, wofür wir hier demonstrieren?«, fragte er lautstark, mich weiterschiebend.

»Gegen Nazis?«, antwortete ich zaghaft und fügte, etwas lauter, hinzu: »Das finde ich gut, aber ich muss nach Hause.«

»Nach Hause? Weißte, was passiert, wenn alle immer nur nach Hause gehen und niemand auf die Straße? Ihr solltet auch mal raus, was dagegen unternehmen, dass die Faschos immer mehr werden!«

»Ihr habt ja vollkommen recht, nur würde ich viel lieber am Rand demonstrieren und mich vorher darauf vorbereiten, und vielleicht ein paar Freunde fragen, ob sie mitkommen. Hier ist es mir zu eng, und …«

Ich rang nach Worten. Inzwischen fühlte ich mich regelrecht eingequetscht, ich stolperte mehr, als dass ich lief, und mein Unwohlsein steigerte sich. Die Luft war erfüllt von Anspannung und Aggression. Auch die Sprechchöre hatten plötzlich etwas extrem Bedrohliches, obwohl ich die Inhalte sofort unterschrieben hätte. Aber musste das so laut und wütend klingen? Ich musste hier raus. Sofort. Vielleicht interessierte das ja jemanden?

»Ich muss hier raus!«, brüllte ich meinen Nebenmann an.

»Das ist gerade schlecht. Kriegst du Panik?«, brüllte er zurück.

Er hätte das Wort nicht aussprechen sollen. Ja, genau das war es wohl, was ich jetzt sehr eindrücklich empfand. Panik. Mir blieb die Luft weg, mein Puls raste, und »Flucht« war der einzige Gedanke, der sich jetzt in meinem Hirn breitmachte. Ich musste meinen Ansprechpartner entsetzt angeschrien haben, denn er riss sich seine Sturmhaube vom Kopf, rief: »Bleib ganz ruhig, ich helf dir!«, und mit diesen Worten packte er mich und drückte mich in einen geräumigen Hauseingang, wo wir die skandierende Menge getrost an uns vorbeiziehen lassen konnten.

»Danke«, stammelte ich, außer Atem und mit weichen Knien.

»Is schon o. k. Deine erste Demo?«

»Nein, nein«, wehrte ich ab, »aber das erste Mal im schwarzen Block!«

»Dafür biste auch falsch angezogen.« Er lachte. »Sag mal, kennen wir uns nicht?«

»Puh, ich weiß nicht ... Vielleicht aus dem Studium? Studentendemo? Oder vielleicht von einem Antifa-Infostand? Arbeitest du im Schanzenbuchladen?«

Er sah mich prüfend an, während ich alle linken und sehr linken Zusammenhänge, in denen ich mich je bewegt hatte, in Gedanken abklapperte.

»Jetzt weiß ich's!« Er strahlte mich an und offenbarte mir dabei eine veritable Zahnlücke. »Vom Bauch, Beine, Po! Bei Melinda!«

Ungläubig starrte ich ihn an. Ja, klar, ich war vor Jahren regelmäßig in meinem Fitnessstudio bei BBP gewesen, und unsere Trainerin hieß Melinda. An einen schwarz gekleideten Vermummten konnte ich mich allerdings nicht erinnern, sinnierte ich, und neben der Erleichterung, endlich dem Gedränge entkommen zu sein, freute ich mich schon darauf, das nachher Yves zu erzählen.

*

»Schwarzer Block und Bauch, Beine, Po – verstehst du nicht, das ist doch großartig!«

Jetzt, da der Schrecken sich gelegt hatte und ich satt und entspannt nach leidenschaftlichem Sex mit meinem

Schatz im Bett lag, musste ich über die Absurdität dieser Begegnung wirklich lachen.

Yves guckte immer noch verständnislos.

»Und? Wo ist der Witz?«

»Das ist, na, das ist, als ob …« Ich suchte nach Worten.

»Ich verstehe die Unvereinbarkeit von kapitalistischem Spießer-Fitnessstudio – übrigens seit der Rechtschreibreform mit drei ›s‹ – und anarchistischer Schwarzer-Block-Antifaschismusdemonstration, allein, ich finde die Geschichte nicht lustig. Gibt es eigentlich noch Farfalle? Ich spüre noch ein kleines Hüngerchen.«

Jeder andere hätte »Nudeln« gesagt.

Seine schönen Augen mit den dichten, langen Wimpern ruhten auf mir.

»Aber du hast schon auf dich aufgepasst? Und du machst das nicht noch mal, dass du dich einkesseln lässt, ja?«, fragte er mit sanfter Stimme.

»Ich hab versucht, auf mich aufzupassen, und ja, es war dämlich. Aber du wolltest das Pesto ja nur aus dem Laden …« Ich küsste ihn.

»Pesto: ›ich zerstampfe‹ … Das wusstest du aber, nicht?«

»Phh, nee, darüber hab ich mir noch nie Gedanken gemacht. Ja, kann sein, dass ich das schon mal gehört habe.«

»Schatz, das ist Italienisch.«

»Ach so, ich dachte, Französisch.« Ich rollte mit den Augen.

Sein »Schatz!« klang so entrüstet, dass ich kichern musste, was er ignorierte. »Pestare! Zerstampfen! Von mir aus auch zerquetschen! Das hört sich doch weiß Gott nicht französisch an!«

»Ich weiß, ich habe mir erlaubt, einen Scherz zu machen. Yves, komm mal wieder runter …«

»Da bin ich mir nicht so sicher.« Er klang etwas eingeschnappt.

»Hey! Ich war doch beim Italiener, um das zu kaufen! Ich meine – ach, was red ich, ist doch wohl sowieso klar.«

»Schatz, so klar ist das nicht! Wie oft musste ich dir schon etwas erklären, was du nicht wusstest.«

Es nervte, wenn er diesen oberlehrerhaften Ton anschlug.

»Wie oft erklärst du mir etwas, was ich gar nicht wissen möchte – einfach nur, weil du es weißt!«, schnauzte ich ihn an.

»Man kann gar nicht genug wissen, mein Schatz, es ist ein Fehler, etwas nicht wissen zu wollen!«

Ich wand mich aus seinem Arm.

»Ich hole mir was zu trinken«, sagte ich und ging in die Küche. Manchmal kam ich mir in seiner Gegenwart vor wie ein kleines, dummes Mädchen, und das passte mir nicht.

Im Wohnzimmer trank ich aus der Wasserflasche, die ich geholt hatte, und schaltete den Fernseher an. Auch nach zweimaligem Durchzappen gab es nichts, was mich interessierte. Wieso war er so? Einerseits sehr aufmerksam und süß, andererseits auch oft so überheblich. Es war wunderschön, wieder einen Freund zu haben, und es fühlte sich eigentlich auch sehr gut an mit ihm. Trotzdem wollte ich nicht nur ihn bewundern, sondern auch von ihm bewundert werden. Und nicht immer an meine Wissenslücken erinnert werden. Ohne Telefon- oder Publikumsjoker. Vielleicht sollte ich ihm noch mal sagen, wie sehr mich das störte. Dass ich ihn liebte, aber manchmal einfach mit seiner Art nicht zurechtkam.

Mit der Wasserflasche in der Hand ging ich zurück ins Schlafzimmer, aber er schlief tief und fest.

Das war wieder so typisch für einen Mann. Nicht genug, dass er mir nicht hinterhergegangen war, um sich für seine blöde Bemerkung zu entschuldigen, nein, er war so unsensibel, dass er sogar umgehend einschlafen konnte. Wirklich eine seltsame Spezies, diese Typen. Dachte ich, kuschelte mich an ihn und war kurz darauf auch eingeschlafen.

*

Ich war gerade am Umtopfen, als er anrief. Bestimmt meldete er sich auf meine SMS mit der Frage, ob er heute bei mir übernachten wollte. Er kam auch ohne Umschweife zum Thema:

»Schatzi, es tut mir leid, aber ich muss noch etwas länger arbeiten, und da schlafe ich lieber zu Hause. Ich muss dann auch so früh los – da haben wir doch gar nichts voneinander. Aber wir gehen Freitag zusammen ins Kino, versprochen! Und wir telefonieren heute noch mal.«

»Ach, Yves, ich finde, wir sehen uns zu selten. Ich weiß, ich klinge wie neunundneunzig Prozent aller Frauen, und so wollte ich nie klingen, aber ich genieße jeden Augenblick mit dir so sehr und möchte immerzu bei dir sein –«

Er unterbrach mich: »Das ist bei mir doch ganz ähnlich, mein Schatzi. Aber es ist eben nicht immer möglich. Und guck, heute ist Dienstag, und am Freitag gehen wir ja dann vielleicht ins Kino. Wir sprechen!«

Mit diesen Worten und einem ins Telefon gebusselten Kuss legte er auf. Das war wieder einmal die klassische »Frauen wollen viel mehr«-Situation. Und wieder einmal kam ich mir dabei vor wie das kleine Mädchen in einem 50er-Jahre-Heimatfilm, das um die Liebe seines Vaters, des Oberförsters, buhlte. Der ihr dann, weil seine liebe Frau vom Streifschuss eines Wilderers getötet worden war und er so viel arbeiten musste, zum Trost ein Rehkitz besorgte, das sie mit der Milchflasche aufziehen durfte. Wann kam Yves endlich mit diesem Scheiß-Bambi um die Ecke? Und würde ich jemals von einem Mann genervt sein, weil er zu viel Zeit mit mir verbringen wollte? Gab es das? Aber das wollte ich ja auch nicht. Also, genervt sein. Es war so schon alles gut.

Glück

»Sag mal, du bist richtig glücklich mit Yves, oder? Du strahlst immer so!«

Caro schien sich für mich zu freuen. Es war einer der wenigen Abende in unserer Stammkneipe, die wir mal wieder nur für uns hatten. Heute war Yves bei einem Kunden, und Björn war wieder beruflich in München.

»Ja, es ist wunderschön. Ich habe einen Freund. Einen Freund. Einen Freund. Ich muss das immer wieder sagen, es gefällt mir so, dass ich das sagen kann!«

»Wir müssen unbedingt mal was zu viert machen. Oder auch noch mit Freunden von ihm! Hast du denn schon jemanden kennengelernt aus seinem Freundeskreis?«

Caro nippte an ihrem Cocktail. Eigentlich tranken wir beide lieber Bier oder Rotwein, heute hatten wir uns gesagt: An einem so seltenen Mädelsabend wird jetzt mal ein Cocktail getrunken. Selbstverständlich ein Cosmopolitan.

»Freunde? Hm. Nee, hab ich noch keine kennengelernt. Stimmt eigentlich. Jetzt, wo du's sagst …«

Ich überlegte. Yves hatte noch nie von einem Freund erzählt. Gut, es gab eine Arbeitskollegin, die ihm wohl öfter ihr Herz ausgeschüttet hatte, weil sie in ihrer Ehe so unglücklich war; er hatte mir ein paarmal davon berichtet, dass er mit ihr in der Kantine war. Aber sonst? Richtige Freunde? Schien er nicht zu haben. Er tat mir leid. Caro anscheinend weniger.

»Komisch. Selbst Pol Pot soll Freunde gehabt haben. Ich finde das merkwürdig.«

»Na ja, er hat eben immer viel gearbeitet …«

»Andere Leute arbeiten auch viel und haben trotzdem Freunde. Manche haben sogar eine Band nebenbei, wie zum Beispiel – ach ja, Tim. Wie laufen die Bandproben? Echt ein super Typ, Tim. Intelligent, ohne das raushängen zu lassen, sieht gut aus, ist sehr sympathisch, dazu auch witzig …«

»Ja, klar, ich komme gut mit ihm aus. Und das Singen mit ihm ist toll.«

»Hat Yves irgendwelche Hobbys? Ich meine, macht er noch irgendwas gern, außer andere mit seinem äußerst beeindruckenden Wissens- und Erfahrungsschatz zu beglücken?«

»Hey! Bitte!« Ich wusste wirklich nicht, was das jetzt von ihr sollte.

»Und was ist mit Beziehungen vor dir? Er hatte doch schon mal eine Freundin?«

»Ja! Seine letzte längere Beziehung ist zwei Jahre her und dauerte vier Jahre.«

»Wer hat Schluss gemacht?«

Weil ich es nicht wusste, sagte ich: »Ist doch egal. Trinken wir noch einen?«

Wir bestellten noch einen Cosmopolitan. Jede von uns stierte schweigend vor sich hin, bis Caro in die Stille sagte: »Na ja, ihr kennt euch ja auch noch nicht so lange. Vielleicht tauchen ja noch Freunde auf. Könnt ihr euch denn gut unterhalten?«

»Was ist denn das bitte schön für eine Frage?«, wunderte ich mich. »Ja, natürlich. Er hat wahnsinnig viel gelesen und kennt unheimlich viele Filme und war in unfassbar vielen Konzerten, und sein Vater war Philosophieprofessor in Heidelberg, und er war von klein auf immer in Ausstellungen …«

»Ich habe nicht gefragt, ob er dich gut unterhalten kann, sondern ob ihr gute Gespräche führt!«

Caro war manchmal aber auch sehr streng.

»Ja!«, sagte ich, und dann überlegte ich, obwohl man es ja eigentlich andersrum machen sollte. Ich drehte an meinem Marienkäferring, so konnte ich mich besser konzentrieren.

»Also, ich liebe es, ihn zu küssen, und er ist so schlau, und ich interessiere mich ja auch für Theater. Und Musik. Und Bücher. Und Filme. Morgen wollen wir wieder ins Kino.«

Caro seufzte. »Weißt du, vielleicht frage ich auch so blöd, weil es sich mit Björn ein bisschen verändert hat. Als wir erst ganz frisch zusammen waren, haben wir uns besser verstanden. Wir haben viel mehr miteinander unternommen und dann darüber geredet, was wir erlebt haben. Das ist irgendwie anders geworden. Es ist immer noch sehr schön, aber wir reden nicht mehr so viel miteinander. Schon noch, aber nicht mehr so viel wie am Anfang.«

»Man muss auch miteinander schweigen können. Ihr versteht euch eben ohne Worte. Und außerdem kann das auch nur so eine Phase sein, und es ändert sich wieder. Wer weiß? Mit Yves ist es auf jeden Fall großartig. Und er kann von mir ja auch was lernen – ich bin eben mehr fürs Grobe zuständig. Stell dir vor, er kannte Ray Cokes nicht!«

»Ray Cokes ist aber nicht grob. Das ist doch ein toller Typ. Ich habe mit Tim neulich über ihn gesprochen, der findet ihn auch genial. Bei Grobes denke ich eher an … Ach, ich weiß es nicht. Hast du abgenommen?«

»Ja!« Ich freute mich. »Also, ich hab mich nicht gewogen, aber ich trage den Gürtel meiner Lieblingsjeans jetzt immer im letzten Loch!«

»Das kommt von der Verliebtheit. Oder machst du eine Diät?«

»Nein, Diät ist doch Quatsch. Gut, ich versuche mehr Gemüse zu essen. Und Obst. Wenn ich Lust auf was Süßes habe, esse ich keine Schokolade, sondern einfach ein Stück Obst.« Ich machte eine kurze Pause. »Und dann Schokolade.«

Caro lachte. »Das kenne ich! Aber beim Küssen und beim Sex verbraucht man ja auch Kalorien.«

»Jaaa … Allein letzte Nacht habe ich bestimmt eine Familienpackung Toffifee an Kalorien verbrannt.«

Caro nahm mich in den Arm. »Ach weißt du, ich freu mich doch, wenn du glücklich bist, es ist nur …«

»Stör ich?«, drang eine bekannte Stimme an mein Ohr.

Ich drehte mich um. Tim.

»Oh, hi! Was machst du denn hier?«

»Was trinken.« Er deutete auf seinen Bierhumpen.

»Ach, und das trotz des Trainings?«

Caro sah verständnislos von mir zu Tim. »Was für ein Training?«

Da er anscheinend nicht antworten wollte, tat ich das für ihn.

»Triathlon«, sagte ich so stolz, als hätte ich mich höchstpersönlich für den Wettkampf angemeldet.

»Davon weiß ich ja gar nichts!«, sagte Caro, fast ein wenig beleidigt, wie es schien.

»Ich, äh, ich trainiere halt mal ein bisschen, und ob ich dann mitmache, weiß ich noch gar nicht so genau …«, faselte er.

Von Caros Reaktion befremdet, fragte ich: »Wieso musst du eigentlich davon wissen?«

»Ach, weil ich ja auch manchmal jogge. Und so.«

Tim versuchte ungeschickt, von dem Thema abzulenken: »Hmm, es geht ja nichts über ein alkoholfreies Weißbier! Allein die Isotone …«

Irgendwas stimmte hier nicht. Es schien ihm etwas unangenehm zu sein.

»Ist deine Freundin auch hier?«, fragte ich freundlich. »Ich würde sie total gern mal kennenlernen!« Ich nickte ihm aufmunternd zu.

»Welche Freundin?«

»Oh, entschuldige, ›Exfreundin‹ meinte ich natürlich. Marie. Ist sie hier?«

»Wieso sollte sie hier sein? Das ist so was von vorbei mit Marie!«, grätschte Caro in unser Gespräch.

»Woher willst du das wissen?«, fragte ich sie. Was lief da zwischen Caro und Tim?

»Was läuft da zwischen euch?«, fragte ich also die beiden.

»Zwischen uns? Wem?« Tim stellte sein Glas auf den Stehtisch neben uns und sah mich interessiert an.

Ich war durcheinander. »Na, woher weiß Caro das alles, beziehungsweise warum will sie es wissen, und was ist eigentlich los?«

»Wir haben uns neulich im Supermarkt getroffen«, hob Caro an, und Tim ergänzte: »Im Biosupermarkt, und da haben wir eben ein bisschen geplaudert, na und? Und nein, ich bin nicht mit Marie hier, ich weiß nicht, was sie heute Abend macht, es ist mir auch egal. Und was macht DEIN Typ?«

Ach so, er hatte also Stress mit seiner Freundin. Denn das war sie ja wohl noch, sonst hätte er das »DEIN« nicht so betont. Sonst hätte er es anders gesagt: »Was macht dein TYP?«

Tim zuckte zusammen. Hatte Caro ihn da gerade getreten, hatte ich das richtig gesehen? Die tickten doch nicht ganz richtig.

»Yves, was macht Yves, ja, der Yves, dein TYP?«, fragte Tim jetzt, und er klang dabei irgendwie verstört.

»Sie ist … äh, sehr glücklich, nicht, Ann, das bist du doch?«, beeilte sich Caro zu sagen.

Ich schüttelte verständnislos den Kopf. »Ich hab genug für heute. Bin müde.«

Ich verabschiedete mich und ging. Frische Luft brauchte ich jetzt, viel frische Luft. Ich lief zu Fuß nach Hause.

*

Ich dachte am nächsten Tag noch an Caros Worte, als ich Yves' Nummer wählte. Ja, ich war glücklich. Natürlich.

Komisch, er ging nicht an sein Handy. Er schien es ausgeschaltet zu haben. Dabei wollten wir uns doch fürs Kino verabreden. Na ja – er würde sich schon melden.

Paul freute sich. »Geht keiner ran? Dann bist du ja vielleicht doch nicht verabredet und kannst mir noch ein bisschen länger helfen!«

Ich sollte auch mal renovieren. Zuerst war es zwar wahnsinnig chaotisch und anstrengend, so wie jetzt hier bei Paul, aber wenn dann alles fertig war, war man doch froh, dass man es durchgezogen hatte. Und es machte ja auch Spaß, so was zu zweit zu tun. Wir hörten irre laut das neue Beatsteaks-Album und aßen Kuchen von der Konditorei Sweet Dreams in Eppendorf, den besten in ganz Hamburg. Und nachdem ich anfangs immer noch jede Viertelstunde auf mein Handy geguckt hatte, ob ich eventuell Yves' Anruf verpasst hatte, war ich irgendwann so abgelenkt von Pauls Schusseligkeit und der Malerei, dass ich mich nicht mehr um mein Telefon scherte.

Glut

»Dankedankedanke, Ann, ich weiß nicht, wie ich das ohne dich hingekriegt hätte!« Paul sank mitten in seinem nun cremefarbenen Wohnzimmer mit cooler lila Wand vor mir auf die Knie.

»Verdammt, war ich wirklich so gut?«

Paul seufzte. »O ja, das warst du!«

»Wie dumm von mir, nicht dass sich rumspricht, dass ich gut im Renovieren bin ...«

»Also, ich werde dich weiterempfehlen!«

Diese Worte hören, meinen Pinsel in die lila Farbe tauchen und Paul damit bedrohen, war eins. Bald lieferten wir uns eine Farbschlacht, auf die ein Waldorfkindergarten neidisch gewesen wäre.

Als wir vollgekleckst und erschöpft auf dem Boden saßen, sagte Paul: »Ich bestell jetzt mal Pizza.«

Ich wusch mir die Hände, nahm meinen Marienkäferring ab, befreite ihn vorsichtig von der Farbe, die sich in den Zwischenräumen festgesetzt hatte, und sah auf die Uhr. Es war Viertel vor neun. Kino konnte ich vergessen. So, wie Yves mich wahrscheinlich vergessen hatte. Komisch. Vielleicht sollte ich über meinen Schatten springen und ihn einfach mal ansimsen.

Ich schrieb: »Kino?« und wartete, ob was zurückkam. Doch es kam nichts. Mist, hätte ich mich doch nur nicht gemeldet. Jetzt erwartete ich natürlich eine Antwort. Und es war immer besser, nichts zu erwarten, das sollte ich als Frau ja eigentlich wissen.

Schließlich musste ich bis kurz vor dem Schlafengehen nichts erwarten, als endlich eine Nachricht kam. Allerdings keine, die mir sonderlich gefiel.

Er schrieb: »Ja, der Gott des Gemetzels war ein toller Film! Rufe dich morgen an. Schlaf gut! Yves«.

Wie bitte? Er war im Kino gewesen? Allein? Ganz bestimmt nicht. Ich glaubte es nicht. Das konnte ja wohl nicht wahr sein! Ausnahmsweise behielt mal mein Verstand die Oberhand und ich widerstand dem Impuls, ihn jetzt sofort anzurufen. Schließlich hatte er ja deutlich gemacht, dass er sich bei mir melden wollte.

*

Und so meldete ich mich anderntags auch nicht bei ihm, sondern lenkte mich krampfhaft mit Arbeit ab, um nicht auf seinen Anruf zu warten. Ich erledigte alles so sorgfältig und intensiv, dass ich sogar fast nicht reagierte, als Sabine reinkam und sagte: »Dein Handy klingelt. Oder ist das etwa wieder ein Kerl, bei dem du nicht drangehen willst?«

»Also ob bei mir ständig Männer anrufen würden«, murmelte ich, legte die Kalkulation zur Seite und sah auf das Display. Yves! Ich merkte, dass meine Mundwinkel so schlagartig nach oben schnellten wie der Hundeschwanz beim Griff seines Herrchens nach der Leine. Gleichzeitig sausten mehrere Gedanken durch mein Hirn: Eigentlich war ich ja beleidigt, weil er einfach mit jemand anderem ins Kino gegangen war und mir das nur kurz per SMS mitgeteilt hatte. Und dann rief er jetzt erst an, und es war schon fast Feierabend. Aber vielleicht wollte er mich ja heute noch sehen!

»Gehst du mal ran, oder lieber nicht?«

Sabine sah mich an wie etwas, das sie besser schon vor Monaten ganz hinten in ihrem Kühlschrank entdeckt hätte. Wie konnte man in dieser Situation angeekelt gucken und nicht fragend, überlegte ich noch kurz, bevor ich das Gespräch endlich entgegennahm.

»Hi, Süße, wie geht's? Bist du fleißig?« Seine Stimme klang ganz normal.

Ich entschied mich für ein knappes »Ja« als Antwort, überlegte es mir anders und fügte dann doch noch ein »Wie war der Film?« hinzu.

»Hab ich ja schon gesimst, war toll.«

Weil ich mir nicht anmerken lassen wollte, wie gekränkt ich war, flötete ich vergnügt: »Ach, das freut mich! Ich hatte auch einen tollen Abend. Mal wieder richtig Zeit mit Paul. Seine Wohnung sieht jetzt spitze aus!«

Er murmelte irgendwas, was ich für mäßiges Interesse hielt, und ich konnte nicht anders, als ihn zu fragen, was mich brennend interessierte, versuchte dabei aber, beiläufig zu klingen: »Warst du allein im Kino?«

»Nee, mit Holger. Kennst du nicht. Ist ein Studienkollege, er wohnt in München und ist gerade beruflich in der Stadt. Wir haben uns ewig nicht gesehen. Er hat Stress mit seiner Frau.«

»Aha. Und dann geht ihr ins Kino?«

»Ja.«

Ich nickte bedächtig mit dem Kopf und sagte abermals »Aha«, bevor ich mir ein Herz fasste: »Du, eigentlich waren doch wir fürs Kino verabredet gewesen, oder nicht?«

Stille.

Meine Fingernägel musste ich bald wieder schneiden. Manchmal hatte ich plötzlich das Gefühl, dass ich spüren konnte, wie sie wuchsen. Vielleicht sollte ich Yves mal fragen, ob er das kannte. War er überhaupt noch in der Leitung? Ich überprüfte das mit einem vorsichtigen: »Hallo?«

Ein Seufzer. »Ann, wenn Freunde mich brauchen, bin ich für sie da. Nur, weil wir jetzt ein Paar sind, kümmere ich mich trotzdem auch noch um andere Kontakte. Du machst das doch auch!«

»Klar, natürlich, finde ich gut und richtig, aber wenn wir uns verabreden, und du übergehst es einfach, verletzt mich das.«

»Ann, dann hab ich wohl vergessen, dass wir verabredet waren, und es tut mir leid. Trotzdem bin ich immer noch ich, und du bist du. Können wir das jetzt abhaken, das Thema?«

Mir war zwar nicht so ganz klar, was das jetzt sollte, aber ich wollte es lieber ein andermal klären, wenn wir uns träfen.

»O. k.«, sagte ich deshalb, fühlte mich aber beschissen.

»Wie sieht's aus, hast du Lust, morgen zu IKEA zu fahren? Du wolltest doch irgendwas gucken, und ich brauch Bettwäsche und Handtücher.«

»Au ja!«

Schlagartig besserte sich meine Laune. Wir fuhren zu IKEA! Den Vorschlag, zusammen zu übernachten, um uns dann, nach einem gemütlichen Frühstück, auf den Weg zu machen, schluckte ich schnell wieder herunter. Irgendwas war doch los, ich musste ihm ein wenig seine Ruhe lassen.

*

Samstagvormittag zu IKEA zu fahren war eigentlich das Blödsinnigste, was man machen konnte. Außer uns hatten noch ungefähr zweihunderttausend andere dieselbe Idee. Auch wenn der Parkplatz bei IKEA immer größer wurde und ein Parkhaus nach dem anderen aus dem Boden schoss, musste man jedes Mal suchen, bis man eine Lücke fand. Es war ein bisschen wie bei Monopoly, wo die Felder irgendwann so mit Häusern und Hotels vollgestellt waren, dass man seine Spielfigur nicht mehr platzieren konnte. Wenn IKEA die Gelegenheit hätte, wäre wahrscheinlich irgendwann die ganze Welt ein einziges schwedisches Möbelhaus nebst Parkplätzen dafür. Aber eigentlich war es ja schon fast so. Allein meine Wohnung war schon eine Art IKEA-Showroom. Und ich kannte viele Wohnungen, in denen das ähnlich war. Zum Glück hatte Yves keine IKEA-Allergie.

»Hast du dir denn eigentlich schon im Katalog ein Bett ausgesucht?«, fragte er, während wir mit den Massen Richtung Eingang strömten. Mein Ein-Meter-zwanzig-Bett war mir zu schmal geworden, seit ich einen festen Freund hatte. Meist schlief ich unruhig, wenn Yves bei mir übernachtete. Er hatte ein riesiges Bett, in dem wir locker zu zweit Platz hatten, wir hätten sogar noch jemanden einladen können, aber ich wollte, dass wir auch öfter bei mir schliefen.

»Nein, nicht wirklich, ich gucke jetzt einfach mal und such mir eins aus. Ich muss das in echt sehen.«

»Wegen mir brauchst du dir wirklich kein neues Bett zu kaufen, das weißt du!«

Ich gab ihm einen Kuss.

»Ja, das hast du oft genug gesagt. Ich möchte es aber. Mein Bett hab ich eh schon seit Ewigkeiten, ich kann gut mal ein neues haben. Und ich finde es wichtig, dass wir auch bei mir bequem zusammen in einem Bett schlafen können.«

Er räusperte sich. »Ja, das stimmt, nur musst du jetzt nicht extra für mich … Also ich meine, so lange kennen wir uns ja noch gar nicht, und bisher hat dir dein Bett doch auch gereicht ...«

Ich verstand nicht ganz, worauf er hinauswollte. War ihm das schon zu eng, wenn ich mir ein neues Bett kaufte? Das war doch kein Heiratsantrag! Wobei ich mir ehrlich gesagt sogar vorstellen konnte, diesen Mann zu heiraten. So was darfst du gar nicht denken!, schalt ich mich innerlich. Dann rennt er ja gleich davon!

»Du, in dem Bett werde ich auch herrlich mit deinem Nachfolger schlafen!«, sagte ich lachend und knuffte ihn in die Seite.

»Ann! Ann!«, rief da eine bekannte Stimme fröhlich.

Tim stand mit zwei Tagesdecken »Indira« auf dem Arm, creme- und bordeauxfarben, in einem Jugendzimmer und winkte.

»Oh, Yves, guck mal, da ist Tim, weißt du, dieser Freund mit der Band. Ich stelle euch mal vor. – Hi, Tim, na, mit dem Rad hierhergefahren? Das ist Yves.«

Die beiden gaben sich die Hand und musterten sich verstohlen.

»Mit dem Rad? Nein.« Tim winkte ab. »Ich brauch ein paar Sachen. Von IKEA.«

Yves sah ihn mit einem spöttischen Lächeln an.

»Dann bist du hier ja richtig«, sagte er, völlig überflüssigerweise, wie ich fand.

»Äh, ich meine, ich bin mit dem Auto hier, weil man ja dann doch etwas transportieren muss. Und möchte. Du bist also dieser Yves! Ann hat schon eine Menge von dir erzählt! Freut mich!« Sein Lächeln schien etwas gekünstelt, aber das konnte ich mir auch nur einbilden.

»Ich hoffe, nur Gutes!«, brachte Yves den Standardspruch, was Tim nur mit einem zuckenden Mundwinkel quittierte.

Mir war unwohl. Die beiden auf einem Haufen, das fühlte sich irgendwie ungut an. Und ich wunderte mich auch, dass ich schon wieder zufällig auf Tim getroffen war. Und wieder war die Situation seltsam. Wenn wir zusammen probten, war Tim ganz normal und wir verstanden uns blendend und hatten Spaß, aber in der freien Wildbahn benahm er sich irgendwie komisch. Und immer diese Zufälle … Wollte mir vielleicht das Schicksal irgendetwas sagen? War das am Ende alles von ganz oben bestimmt? Sollte ich an diesen Quatsch glauben, oder besser nicht? Oder hatte da jemand ganz anderes die Hände im Spiel? So langsam kam mir da ein Verdacht.

Während ich so vor mich hin grübelte, hatten die Herren schon ein gemeinsames Thema gefunden: Orchideen. Natürlich. Was beschäftigte Männer auch sonst?

»Bedecktsamer aus der Abteilung der Tracheophyta«, schleuderte Yves gerade dem armen Tim entgegen, der nur mit einem fragenden »Ach?« kontern konnte. Das war nun wirklich etwas angeberisch und blöd, und außerdem vollkommen unpassend.

»Es gibt etwa zehntausend Gattungen mit fünfzehn- bis dreißigtausend Arten«, fachsimpelte Yves weiter, und mir wurde immer unwohler. Er war ja schon ziemlich von sich überzeugt, und da man hier bei IKEA ja keinen Empfang hatte, konnten wir nicht mal googeln, ob er Unsinn erzählte oder nicht.

Yves schien genug Wissen verteilt zu haben, denn er schickte sich an weiterzugehen.

Ich nutzte die Gelegenheit, mich von Tim zu verabschieden: »Wir wollen dich nicht länger aufhalten, und wie viele Paare welche Gatten haben, ist ja auch egal. Auf jeden Fall gibt's bei IKEA günstige Orchideen, und dir wünschen wir noch gutes Gelingen bei deinen Einkäufen!«

Mit diesen Worten wollte ich uns wieder in den Menschenstrom auf dem Hauptgang lenken, aber Tim hielt mich am Ärmel fest und fragte: »Sehen wir uns bei der Probe? Ich freue mich schon sehr! Du singst so schön.«

Er sah mir eindringlich in die Augen. War das ein verschlüsselter Code? Du singst so schön? Was konnte das noch heißen? Im Gangsterdeutsch stand »singen« ja für »etwas ausplaudern«. Aber was konnte er meinen? Empfand er vielleicht wirklich mehr für mich als nur Freundschaft? Kaum dass er mir in den Sinn gekommen war, erschien mir dieser Gedanke absurd. Tim wusste doch, wie glücklich ich mit Yves war. Wahrscheinlich war er nur ein bisschen verrückt.

»Klar sehen wir uns bei der Probe. Alles ist gut«, sagte ich beruhigend und versuchte, Pauls Therapeutenstimme zu imitieren. Dann drängelte ich mich durch zu meinem Freund, der schon weitergegangen war, und hakte mich bei ihm unter.

*

Zusammen mit unzähligen anderen Pärchen schoben wir uns durch das Möbelhaus, und ich genoss es, endlich mal nicht mit einer Freundin hier durchzugehen oder mit einem guten Freund, sondern mit meinem *festen* Freund. So fühlte ich mich nicht wie auf der Arche Noah, allein unter Paaren, sondern ich ging mit meinem Partner Möbel kaufen. Gut, es waren keine Möbel für unser gemeinsames Zuhause, aber das sahen die anderen ja nicht. Irgendwann, vielleicht bald, würden wir hier durchlaufen, und ich könnte auch so Sachen sagen wie: »Nehmen wir die Lampe für unser Schlafzimmer heute schon mit, oder kommen wir dafür noch mal her, Schatz?«

Doch stattdessen sagte Yves: »Wir gehen lieber direkt in die Bettenabteilung, das ist ja ein fürchterliches Gedränge. Lass es uns kurz machen, ich kauf mir meine Bettwäsche anderswo.«

Er schien unseren Einkaufsbummel nicht halb so sehr zu genießen wie ich.

»Oooch, ich möchte aber nachher noch in die Markthalle …«

Er verdrehte die Augen. »Mann, da ist es ja noch voller als hier! Komm, wir kaufen dein Bett, und dann fahren wir wieder!«

»Und Köttbullar? Mit Preiselbeeren? Oder wenigstens ein Hotdog am Ausgang? Ich habe mich so darauf gefreut! Deswegen fährt man doch zu IKEA! Und ich brauche dringend noch Kerzen. Und Teelichte. Ich soll Caro auch einen Sack davon mitbringen.«

»Danke für die richtige Pluralform. Ich hasse Leute, die TeelichteR sagen. Wie kann man nur!«

Er schien wirklich empört.

»Ich glaube, man kann beides sagen …«, versuchte ich ihn vorsichtig zu berichtigen.

»Das kann sein, aber mit ›r‹ ist es nun mal falsch. Und außerdem heißt es nicht ›Köttbullar‹, sondern ›Schöttbüllahr‹, ›k‹ vor ›ö‹ ist ›sch‹ im Schwedischen.«

»Hm«, machte ich und nahm mir vor, nichts mehr zu sagen.

*

»Bitte, Ann, entscheide dich, oder lass uns wieder fahren.«

Wir standen in der Bettenabteilung, und sowohl Malm als auch Rykene hatten es mir angetan.

»Hihi, Rykene, wie der Formel-Eins-Pilot!«, scherzte ich.

»Rykene ist ein Ort in Norwegen«, sagte Yves trocken. Es schien ihm hier wirklich nicht zu gefallen. »Nimmst du das?« Er wurde ungeduldig.

»Yves! Jetzt stress hier mal nicht so rum! Ich weiß es nicht. Ich mag diese Stangen, aber irgendwie sieht Malm auch gut aus. Es ist so schön schlicht. Ist Malm auch ein Ort in Norwegen?«

Er verdrehte die Augen. »Weißt du was, du überlegst es dir noch mal, und dann kommen wir wieder, oder du bestellst es dir im Internet, o. k.?«

Was war bloß mit ihm los? Vielleicht mochte er gerade das, was ich so gerne mochte, gar nicht, nämlich, dass wir hier wie ein echtes Paar einkaufen gingen. Vielleicht war es ihm tatsächlich zu früh, dass ich mir ein Doppelbett kaufte. Aber andererseits konnte ihm das doch auch egal sein! Es war meine Entscheidung. Und ich würde das Bett ja nicht wegwerfen, falls das mit uns nicht weiterging, was ich mir aber nicht vorstellen konnte.

*

Auf der Fahrt nach Hause war Yves immer noch nicht so recht entspannt. Er schwieg – wie mir schien, verbissen.

»Was ist denn los?«, fragte ich.

»Ach, mir war das einfach zu voll. Ich kann solche Menschenmassen nicht leiden. Und dann stundenlang da drin rumstehen – entschuldige, aber ich kann das nicht nachvollziehen, dass man sich ewig nicht entscheiden kann. Nichts gegen dich, das ist mein Fehler.«

An der Ampel beugte er sich zu mir hinüber und küsste mich. Seine Stimme wurde sanft: »Schlaf einfach mal eine

Nacht drüber. Über das Bett. Und wenn du willst, fahren wir dann nächste Woche noch mal hin. Ich hör in der Arbeit früher auf, und dann erledigen wir das Dienstag oder Mittwoch oder so.«

Ich freute mich.

»O. k., so machen wir's! Und dann essen wir auch Köttbullar, äh, Schöttbüllahr! Und jetzt? Kommst du mit zu mir, oder komm ich mit zu dir? Wenn wir zu dir fahren, muss ich mir noch ein paar Sachen mitnehmen.«

»Ach so, hatte ich das gar nicht gesagt? Ich bin heute Abend auf eine Party eingeladen, da geh ich hin. Britta feiert.«

Was sollte das denn jetzt? Na ja, wahrscheinlich würde er gleich fragen, ob ich auch mitwollte. Bis dahin erkundigte ich mich nur arglos: »Deine Arbeitskollegin?«

»Ja, genau. Sie feiert im Nil.«

Ich wartete. Nichts.

»Aha.« Ich versuchte, nicht zu angepisst zu klingen. Schließlich mussten wir ja nicht alles zusammen machen.

»Hast du heute nicht Probe mit deiner ›Band‹?« Er sprach das Wort aus, als handele es sich dabei um eine Körperflüssigkeit. Und da gab es ja viele Möglichkeiten. Manchmal, wenn ich nicht einschlafen konnte, zählte ich mir die verschiedenen Körperflüssigkeiten auf und war überrascht, wie viele mir einfielen. Allerdings zählte ich auch eher pastöse Ausscheidungen mit hinzu. Vielleicht sollte ich doch mal eines dieser Bücher von Charlotte Roche lesen. Hinterher wüsste ich bestimmt, ob ich an wirklich alle gedacht hatte. Aber ich merkte, ich lenkte mich nur ab, eigentlich war ich ja sowieso schon verletzt, weil Yves einfach zu einer Party ging, ohne mich mitzunehmen, und dann schien er sich auch noch über meine Band lustig zu machen.

»Nein«, sagte ich spitz, »ich hatte noch nie samstags eine Probe. Wie kommst du darauf? Und dann hätte Tim vorhin doch irgendwas gesagt wie ›bis später‹ oder so.«

»Na, der war ja eh ein bisschen durch den Wind. Komischer Typ.«

Aha, Yves war es auch aufgefallen. Obschon er ihn gar nicht kannte. Und unsere Musik kannte er auch nicht.

»Möchtest du uns eigentlich nicht mal hören?«, fragte ich.

»Gern! Du hast mich bisher noch nicht eingeladen. Wann ist dieser Contest? Der ist doch bald, ich dachte, vielleicht müsst ihr davor noch etwas mehr üben.«

»Ja, du hast recht, wir werden noch ein paar Proben zusätzlich haben. Aber nicht heute Abend. ICH hätte DIR das schon rechtzeitig gesagt. Und, wer kommt zu dieser Party?«

»Was weiß ich.« Yves atmete tief durch. »Freunde von Britta, Arbeitskollegen mit ihren Partnern und so weiter.«

Aha. Mit ihren Partnern. Und was war ich? Ich beschloss, cool zu bleiben.

»Das Nil ist ja auch ein herrliches Restaurant. Da wünsch ich dir viel Spaß!«

Ich konnte ja heute auch mal schön meine Wohnung aufräumen. Und endlich mal den Wäscheberg bügeln. Bestimmt kam etwas Tolles in der Glotze. Wobei, am Samstag kam selten was Tolles.

»Wir können ja morgen was Schönes zusammen machen. Wenn wir ausgeschlafen haben. Ich ruf dich dann an.«

Wir waren vor meiner Wohnung angekommen.

»Äh, kommst du nicht noch kurz mit rein?«

»Ja, gut, dann such ich einen Parkplatz, und wir trinken noch einen Kaffee zusammen.« Er gab mir einen Kuss.

Na, wenigstens etwas. Ob ein Mann das auch doof fände, wenn eine Frau sich so verhielte? Oder war ich jetzt wieder komisch?

Wir kuschelten ein bisschen auf dem Sofa und unterhielten uns über Machiavelli, und ich speicherte im Kopf alles ab, was ich unbedingt nachlesen wollte, als plötzlich mein Handy klingelte.

»Hi, Tim!«, begrüßte ich ihn und schlenderte langsam aus dem Wohnzimmer, um ungestört reden zu können.

Er druckste ein bisschen herum: »Hi, Ann, äh, was ich eben vergessen habe zu fragen, bei der Aufregung, also, weil es ja so voll war und so ... Du hast nicht zufällig Zeit und Lust, heute Abend noch mal ein bisschen zu proben? Gut, es ist Samstag, und wahrscheinlich bist du mit deinem Freund –«

Ich schnitt ihm das Wort ab: »Au ja, toll! Gerne! Ich hab nichts vor und kann gut noch Übung gebrauchen, bis nächste Woche!«

»Prima! Ich weiß noch nicht, ob die anderen können, aber notfalls treffen wir uns eben allein, wenn's o. k. ist ...«

»Klar, das klappt ja auch.«

»Dann um halb acht im Proberaum? Bis gleich!«

»Bis gleich! Freu mich!«

Na, da hatte ich ja doch etwas vor, heute Abend. Etwas Schönes. Ich freute mich richtig auf die Probe. Es machte solchen Spaß, in der Band zu singen. Zusammen mit anderen etwas auf die Beine zu stellen, einen ordentlichen Song hinzukriegen und selbst daran mitzuwirken war großartig. Vor dem Bandwettbewerb hatte ich auch fast gar keine Angst mehr. Im Gegenteil: Ich war heiß darauf, zu gewinnen. Und: Ich rechnete uns gute Chancen aus.

Beschwingt kam ich zurück ins Wohnzimmer: »Ich geh nachher zur Probe!«

Yves sah mich verständnislos an. »Also doch? Wieso tust du dann erst so, als hättet ihr keine?«

»Das hat sich spontan so ergeben. Und ich hab ja jetzt auch Zeit!«

Yves stand auf.

»Also gut, meine Süße, ich muss mich dann mal fertigmachen. Ich wünsche dir eine phantastische Probe! Ich freu mich schon sehr darauf, dich und euch zu hören.« Er küsste mich innig. »Und ich freu mich schon jetzt, dass wir uns morgen wiedersehen. Ich ruf dich an, wenn ich wach bin.«

Er nahm seine Jacke, und bevor er zur Tür hinausging, küssten wir uns noch mal so, dass ich ihn am liebsten sofort wieder ausgezogen und die Probe hätte Probe sein lassen. Leider schätzte er die Situation anscheinend anders ein.

Auf Probe

Wir waren zu dritt im Proberaum, und als Moses nach einer Stunde wieder ging, machten Tim und ich alleine weiter, denn es lief gerade so gut und war richtig toll. Tim hatte Noten von Jazzklassikern mitgebracht, und so sang ich Songs, die ich sonst nur aus dem Radio kannte, und Tim begleitete mich dazu. Und wir übten und übten natürlich immer wieder unser Zwanzig-Minuten-Set für den Band-Battle in Lüneburg, so dass wir gar nicht bemerkten, wie die Zeit verging. Irgendwann sah ich auf meine Uhr.

»Tim, das gibt's ja gar nicht! Es ist halb eins!«

»Du hast recht. Komm, wir machen Schluss für heute.«

»Noch einmal die Ballade, bitte!«

Ich liebte dieses schnulzige Stück von Tim, Melodie und Text waren so unfassbar sentimental, dass ich immer hoffte, nicht losheulen zu müssen. Es ging, natürlich, um die große Liebe, die immer unerfüllt bleiben würde, und begann: »Ich schreib dir Briefe ohne Worte und verbrenn sie ohne Feuer, dass du sie in meinen geschlossenen Augen lesen kannst …« Klar, das war kitschig, aber ich mochte es! Und zusammen mit der Melodie fand ich den Text einfach sensationell.

Es war kurz nach eins, als wir dann schließlich den Proberaum verließen.

»Das war wieder super heute! Du warst großartig!«

»Du aber auch!«

Tim lächelte. »Danke. Aber ich muss sagen, du hast dich echt verbessert. Du kriegst die Höhen viel besser als am Anfang. Gut, wir bleiben ja immer in deinem Stimmbereich, aber das wird sich im Laufe der Zeit noch mehr steigern, denke ich. Klasse!«

Ich freute mich und stellte fest, dass ich noch gar nicht müde war.

»Komm, lass uns noch irgendwo ein Bier trinken!«, sagte ich und zog ihn sanft, aber bestimmt am Arm. »Oder wartet Marie auf dich?«

Er zog die Stirn in Falten.

»Marie? Auf mich? Nee. Hab ich dir von ihrer neuen Bleibe in Sankt Georg erzählt? Wunderschöne kleine Dachgeschosswohnung mit Balkon. Sie ist erst mal versorgt. Und was ist mit Yves?«

»Ach, er trifft sich heute mit Arbeitskollegen.« Ich wollte ihm nicht sagen, dass Yves ohne mich eine Party feierte. Schließlich fand ich das schon ziemlich doof. »Also, was ist?«

»O. k., ein Bier!«

Aus einem Bier wurden vier und fünf, und die Stunden vergingen wie im Fluge. Ich konnte mich kaputtlachen mit Tim.

»Weißt du, ich habe geträumt, ich fahre beim Radrennen mit. Aber ich wurde geschoben! Von einem Typen, der hinter mir herlief und mich am Gepäckständer geschoben hat! Trotzdem war ich in Führung. Das Doofe war nur, dass er sich verlaufen hat und wir dann plötzlich mitten auf einem Marktplatz standen, vor einem Brunnen. Und die anderen sahen wir von weitem davonflitzen.«

»Das ist ein toller Traum! Aber vielleicht hättest du doch selber fahren müssen, um ans Ziel zu kommen …«

Tim zuckte mit den Schultern.

»Ja, wahrscheinlich. Aber weißt du, ich war einfach zu faul. Ich wollte lieber schlafen …«

Ich musste lachen.

»Ich hab vor ein paar Tagen geträumt, ich würde bei einer Castingshow mitmachen, bei diesem ›Supertalent‹, und zwar mit meinem Nudelsalat! Also, ich hab auf der Bühne meinen Spezialnudelsalat gemacht, und das Volk hat getobt, und da saß plötzlich Gottlieb Wendehals auf meinem Schoß, weißt du, der mit ›Polonäse Blankenese‹, und er hat gesagt, ich solle jetzt Opernsängerin werden, er brauche eine für sein Kreuzfahrtschiff. Das war alles sehr skurril.«

Tim lachte. »Ja, so hört es sich an! Und, machst du's?«

»Was?«

»Na, das Kreuzfahrtschiff beschallen!«

»Ich glaube nicht. Jetzt nehme ich erst mal am Band-Battle teil …«

Mein Handy vibrierte. Ich hatte den ganzen Abend nicht draufgeguckt und sah jetzt mit Erschrecken, dass es schon halb fünf Uhr morgens war. Ich hatte vier neue Nachrichten. Alle von Yves.

»Du, es ist schon halb fünf!«, sagte ich ein bisschen entgeistert.

»Holla, das hatte ich aber länger nicht. Schön! Ich verschwinde mal kurz, und dann machen wir uns allmählich auf den Weg, o. k.?«

»In Ordnung!« Ich sah mir die Nachrichten genauer an. Yves hatte wohl versucht, mich zu erreichen. Er musste mehrfach angerufen haben, das erste Mal gegen neun. Mal sehen: »Hi meine Süße, vermisse dich! Hier ist es langweilig … Komme vielleicht nachher noch vorbei :o) Kuss, Y.«

Oh, wie süß, er vermisste mich!

Die nächste: »Schatz, muss ich mir Sorgen machen? Ich erreiche dich nicht! Wo steckst du?« Die war von kurz nach elf. Dann war da noch eine von 0 Uhr 32: »Ann, ich geh jetzt schlafen. Schick mir bitte wenigstens eine SMS, damit ich weiß, dass es dir gutgeht. Yves.« Und jetzt gerade hatte er mir noch nur ein Fragezeichen gesendet. Oh, er machte sich wohl richtig Sorgen.

Tim war zurück. Er musste mir angesehen haben, dass ich ein schlechtes Gewissen hatte

»Ist was Ernstes?«, fragte er.

»Ach, Yves hat sich wohl Sorgen gemacht, weil er mich nicht erreicht hat.«

»Mhm«, antwortete Tim. »Und warum musste er dich unbedingt erreichen?«

»Äh, ich weiß auch nicht. Er war ja auch unterwegs, aber da war es wohl nicht so dolle …«

Tim sah mich spöttisch an.

»Aha. Und dann musst du dich plötzlich melden. Aber zuerst wollte er den Abend doch ohne dich verbringen, richtig? Na ja.« Er winkte ab. »Entschuldige, das ist euer Problem, ich will mich da nicht einmischen. Aber …« Er zögerte. »Pass auf dich auf, Ann.«

Er nahm meine Hand und lächelte.

»Der Marienkäferring«, sagte er, dann drückte er mich zum Abschied, vielleicht eine Spur zu lang, aber immerhin kam das mit den Lippen nicht noch mal vor.

Mit gemischten Gefühlen fuhr ich nach Hause. Auf der einen Seite tat es mir leid, dass ich Yves' Anrufe und SMS nicht früher gesehen hatte, wir hätten uns noch treffen können! Andererseits war der Abend mit Tim auch richtig schön gewesen, und ich hatte so viel gelacht wie lange nicht.

Zu Hause angekommen, schrieb ich Yves noch schnell,

dass ich nicht früher auf mein Handy geguckt hatte und dass alles gut sei und ich mich auf ihn freute, und dann fiel ich in einen tiefen, traumlosen Schlaf.

Abwärts

»Guten Morgen, mein Schatz!«

Ich kraulte Yves' leichte Brustbehaarung. So ein bisschen Haar auf der Brust fand ich ganz sexy. Auf dem Rücken war es schlimm, Beine mussten bei Mann behaart sein, auf der Brust durfte es nicht zu viel sein.

»Du hast genau den richtigen Behaarungsgrad!«, lobte ich ihn, während ich meine Hand weiter nach unten wandern ließ. »Hmm, frisch rasiert!«, kicherte ich.

Er fuhr sich durchs Gesicht. »Na ja, gestern Morgen.«

»Ich meine, hier unten. Wie sagte Sky du Mont? Je niedriger die Hecke, umso höher das Haus – wobei dein Haus natürlich schon hoch genug ist, vor allem, wenn ich ein bisschen nachhelfe …«

»Ann, nicht jetzt.« Er nahm meine Hand aus seinem Schritt und küsste sie.

»Aber jetzt bietet es sich doch an«, sagte ich mit großen Augen. Es war meines Erachtens der ideale Zeitpunkt für Sex. Wir hatten uns fast eine Woche nicht gesehen, seit dem letzten unglücklichen Wochenende nur einmal kurz zum Kaffeetrinken, und kuschelten jetzt am Sonntagmorgen zusammen unter seiner Decke.

»Wir haben doch gestern erst«, sagte er und sprang aus dem Bett. »Ich mach mal Frühstück.«

Seufzend krabbelte ich auch aus dem Schlafzimmer und setzte mich zu ihm in die Küche, während er mit seiner sündhaft teuren Espressomaschine zwei Milchkaffees zubereitete.

»Bist du schon aufgeregt wegen dieser Bandgeschichte am Mittwoch?«, fragte er.

»Donnerstag«, sagte ich und gähnte.

»Donnerstag? Nein, nein, Mittwoch ist der Vierzehnte.« Er sah auf sein Handy. »Verdammt, du hast recht, Donnerstag.« Er schüttelte den Kopf.

Wozu hatten diese Typen ihre Blackberrys und iPhones und Tablets und Clouds, wenn sie dennoch nicht in der Lage waren, Termine zu verwalten? Ich sollte Yves mal einen Taschenkalender schenken.

»Sag bloß, du hast da was anderes vor?«

»Ja, da wollte ich mit Britta in die Oper. Ich habe schon zwei sauteure Karten besorgt.«

»Bitte?«, fragte ich und ließ den Mund vorsichtshalber schon mal offen. »Mit dieser Arbeitskollegin?«

»Ja, hab ich das nicht erzählt? Hab ich ihr zum Geburtstag geschenkt.«

»Äh, nein, das hast du nicht erzählt.«

»Na ja, dann weißt du es jetzt. Ist dumm gelaufen.«

Er stellte mir meinen Kaffee auf den Tisch.

Ich fasste meinen ganzen Mut zusammen: »Was ist mit dieser Britta?«

Er guckte mich an, als habe ich gefragt, warum das Einhorn auf seinem Kopf einen Mundschutz trage.

»Wie, was ist mit Britta? Sie ist vierzig geworden, und ich schenke einer guten Freundin einen Opernabend mit mir!«

»Und ihr Mann?«

»Der kommt nicht mit.« Yves knallte sein Glas auf den Tisch und setzte sich an den Tisch.

»Also, ich fänd's sehr schade, wenn mein Freund nicht

dabei wäre …« Mein Puls raste. Ich war ganz durcheinander. Was sollte das? Vielleicht musste ich das nicht mich, sondern ihn fragen. »Wie konntest du das vergessen? Ich meine, ich rede ja fast von nichts anderem –«

»Du, ja, du. Immer du. Und wir. Immer wir. Ich bin immer noch ich! Und ich möchte das auch weiterhin sein können! Ich geh dann joggen und bin heute Abend auf dem Geburtstag meiner Schwester.«

»Soll das jetzt ein Rausschmiss sein? Was ist denn bloß los?« Ich war den Tränen nah. Nichts, aber auch gar nichts fiel mir ein, was ich falsch gemacht haben könnte. »Geht es dir zu schnell? Lass uns reden!«

Er sah mich an. »Ann, ich weiß es nicht. Vielleicht bin ich zu sehr mit mir beschäftigt und brauche einfach mehr Zeit oder so. Ich versuche, dass ich das hinkriege mit dem Donnerstag, ja? Aber jetzt lass mich bitte, jetzt brauche ich meine Ruhe, o. k.? Ich hab dich lieb, mein Schatz.«

Er strich mir die Haare aus dem Gesicht und küsste mich auf die Stirn. Diese Auf-die-Stirn-Küsserei hatte ich noch nie verstanden. Es hatte auf eine Art etwas Fürsorgliches, war aber natürlich auch sehr viel distanzierter als ein richtiger Kuss. Irgendwie fühlte ich mich dadurch downgegraded. Ich konnte es meist nicht einordnen. Auch jetzt brachte es mich nicht wirklich weiter.

Schnell schlüpfte ich in meine Klamotten, schwang mich aufs Rad und fuhr in die Richtung von Caros Wohnung, bis mir einfiel, dass Björn heute Morgen von einer Dienstreise aus London zurückkam. So wenig, wie die beiden sich derzeit sahen, wollte ich da nicht auch noch stören.

Selten hatte ich mich so allein gefühlt. Schluchzend fuhr ich durch die sonntägliche Stadt. Das war furchtbar: dass zu allem Überfluss auch noch Sonntag war. Wenn man sich eh schon allein fühlte, war es sonntags noch schlimmer. Alle, ausnahmslos alle, schienen am Sonntag mit ihren Lieben unterwegs zu sein: Ausflug, Kaffee trinken, Zeit mit der Familie verbringen. Ein bisschen fühlte ich mich wie die einzige Überlebende eines Atomkrieges. Niemand war auf der Straße, dabei war es schon nach elf.

Zu Hause machte ich mir einen Tee und setzte mich in die Küche, um zu weinen. Was, um alles in der Welt, war mit Yves bloß los? Und warum wollte er nicht zu meinem Auftritt kommen? Wie konnte er das vergessen haben? Was war mit dieser Britta? Er war ja, wenn ich es genau nahm, eigentlich schon seit einiger Zeit etwas seltsam. Aber irgendwie glaubte ich nicht, dass eine andere Frau, also etwa Britta, etwas damit zu tun hatte. Ich ging ja auch mit Paul auf Konzerte oder ins Kino. Und es war gut, dass wir noch andere Leute um uns hatten. Genauso, wie ich froh war, dass ich meine Freunde hatte, begrüßte ich natürlich, dass Yves auch mal mit jemandem etwas unternahm. »Gute Freundin«, wie er gesagt hatte, fand ich jetzt etwas übertrieben, aber immerhin hatte sie ihn zu ihrem Geburtstag eingeladen. Irgendwie tat es mir ja auch leid, dass er kaum jemanden hatte. Wahrscheinlich war er so in seiner letzten Freundin und seiner Arbeit aufgegangen, dass ihm das vollkommen ausgereicht hatte.

Schluss mit lustig

»Moment, ich muss mir kurz die Nase schnäuzen.«

Tim griff zu einem Päckchen Taschentücher, während Moses den Teil übte, an dem er eben rausgeflogen war. Es herrschte eine konzentrierte Spannung im Proberaum, und ich hatte letzte Nacht schon miserabel geschlafen, weil es morgen endlich so weit sein sollte. Wir waren eine von sechs Bands, die um das Preisgeld in Höhe von fünfhundert Euro wetteiferten.

Tim nieste. »Sag mal, hat hier irgendjemand geputzt? Es kommt mir so vor, als wäre ordentlich Staub in der Luft …«

»Willst du von deinem Patzer ablenken? Komm, noch mal ›Rainwoman‹ von vorn.«

Dennis zählte an und wir spielten. Selbst Pauli, der ein seltener Gast bei unseren Proben gewesen war, machte seine Sache gut und schien von einem gewissen Ehrgeiz gepackt zu sein. Tim wirkte zwar gesundheitlich etwas angeschlagen, aber dafür benahm er sich mir gegenüber wieder völlig normal.

Nach der Probe saßen wir noch im Proberaum und besprachen unser Set.

»Ick finde, wir sollten mit der Ballade aufhören.« Dennis griff zu seinem Bier, um das Gesagte mit einem großen Schluck zu untermauern.

»Quatsch!« Pauli winkte ab. »Erst was Schnelles, Rockiges, dann eine Ballade, und zum Schluss lassen wir's mit ›I need to rock‹ noch mal richtig krachen.«

Obwohl wir anscheinend beide fanden, dass Pauli nicht wirklich was zu melden hatte, wie ich durch einen kurzen Seitenblick zu Tim feststellte, sagten wir fast gleichzeitig: »Finde ich gut!«

»Und was meinst du?«, fragte Pauli in Moses' Richtung.

»Mir wäre am liebsten, wir würden die Ballade ganz weglassen. Das ist doch Mädchenkram.«

»Hallo? Sie zeigt, wie vielfältig wir sind! Wir können rocken UND einfühlsame Musik! Nein, ich finde, wir machen das so, wie Pauli es vorgeschlagen hat.«

»Ann hat recht. Wer ist dafür?«

Schließlich einigten wir uns und verteilten die Aufgaben für morgen. Dennis hatte einen VW-Bus, in dem wir die Instrumente transportieren konnten. Tim wollte mich abholen.

»Ich ruf dich nachher noch mal an und sage dir, wann genau ich komme. Marie ist vormittags noch mit meinem Auto unterwegs, ich frage sie nachher, wann sie wohl fertig ist. Wie lang kann ich dich denn heute noch anrufen?«

Ich sah auf die Uhr, es war erst halb zehn.

»Ich will zwar relativ früh ins Bett, damit ich morgen meine volle Leistung bringen kann, aber bis zwölf gehe ich trotzdem noch ans Telefon.«

*

Auf dem Weg nach Hause beschlich mich ein komisches Gefühl. Yves hatte sich gestern und heute nicht bei mir gemeldet. Während der Probe konnte ich das noch wegschieben, aber jetzt, als ich allein durch die Nacht radelte, merkte ich, wie ich Angst bekam. Unsere Beziehung war seit einiger Zeit von anderer Qualität. Ich hatte das Gefühl, dass bei Yves die Verliebtheit schlagartig nachgelassen hatte. Mit irgendetwas war er unzufrieden, und ich konnte mir nicht recht erklären, womit. Vielleicht mit sich selbst? Oder hatte ich irgendetwas angestellt? Wenn man verliebt war – und das war ich weiß Gott –, tat man, und vor allem ich, Dinge, die man später bereuen konnte, das wusste ich. Trotzdem fiel mir nichts ein. Ich hatte ihm keinen Heiratsantrag gemacht, ihn zu nichts gedrängt oder überredet, war nicht schwanger und wollte nicht auf der Stelle seine Eltern kennenlernen. Was war los?

Gerade als ich meine Wohnungstür aufschloss, bekam ich eine SMS. Irgendetwas in mir ahnte Schlimmes, also guckte ich nicht gleich auf mein Handy, sondern ging erst noch mal raus zum Briefkasten, dann auf die Toilette, hängte meine Jacke in den Schrank und sah die Post durch. Werbung und die Stromrechnung.

Endlich setzte ich mich an den Küchentisch und las mit klopfendem Herzen die SMS. Caro! Puh. Sie wünschte mir vor meinem wichtigen Abend eine gute Nacht und freute sich auf unser Konzert morgen. Wie konnte ich manchmal nur so negativ sein? Warum sollte mir irgendjemand, also Yves … Ich konnte den Gedanken nicht zu Ende denken, denn ich bekam abermals eine Textnachricht. Wahrscheinlich noch mal von Caro, die Liebe! Dachte ich und las:

»Ann, ich komme morgen nicht zu deinem ›Konzert‹…« Wieso setzte Yves »Konzert« in Tüdelchen, als wäre es nur ein Kinderblockflötenvorspiel im Altersheim? Das konnte man »Konzert« nennen, aber wir hatten ein amtliches Konzert, ja sogar einen richtigen Band-Battle, dieser Arsch. Mit zitternden Fingern scrollte ich weiter. »Und ich möchte unsere Beziehung beenden. Ich bin noch nicht so weit wie du, das habe ich leider erst zu spät gemerkt. Wir haben uns zum falschen Zeitpunkt kennengelernt. Ich hoffe, wir können Freunde bleiben. Yves«.

Beziehung beenden? Falscher Zeitpunkt? Freunde bleiben? Ich wusste gar nicht, welche der Informationen ich zuerst verarbeiten sollte. Was war los? Was hatte ich falsch gemacht? Unvermittelt kamen mir die Tränen. Klar hatte ich schon etwas gemerkt, das anfängliche Strohfeuer war bei ihm allzu schnell verloschen, vielleicht hatte ich etwas halten wollen, das gar nicht da gewesen war … Aber dennoch trafen mich seine Worte mitten ins Herz, und nicht nur dorthin, nein, auch in meinem Magen und meinem Hirn war plötzlich Alarmstimmung. WARUM?

Ich weinte. Ich heulte wie ein Seehund, obwohl ich noch nie einen leibhaftigen Seehund heulen gehört hatte. Warum, wieso, weshalb, aus welchem Grund – egal, wie ich es formulierte, ich wusste nicht, was das sollte. Und wieso per SMS? War ich Boris Becker? Oder warf ich da etwas durcheinander? Aus der bodenlosen Traurigkeit wurde Wut. Per SMS Schluss machen, wie feige. Arschloch.

»Das sagst du mir ins Gesicht, du Blödmann!« Jetzt war es gerechtfertigt, dass ich mit mir selbst sprach, das machte man in dieser Situation so. Das gab es oft genug im Film. Ich rief ihn an. Ließ es klingeln. Einmal, zweimal. Fünfmal. Ich stellte mir vor, wie er vor seinem Handy saß und seinem beschissenen Klingelton lauschte – irgendein atonales Zwölftonstück, das er wahrscheinlich selbst komponiert hatte –, wie er da saß, genervt und zu feige, um dranzugehen. Arschloch. Welche Schimpfwörter kannte ich noch?

Aber er war doch so süß! Es war doch wunderschön gewesen, auch im Bett war es toll, und wir hatten doch viel Spaß miteinander gehabt. WAS WAR LOS? Und warum, verdammt noch mal, ging dieser Idiot nicht ans Telefon? Arschloch. Das war noch das Beste. Wichser.

Wir waren doch so verliebt! Wie konnte das so plötzlich aufhören? Gut, er war schon seit ein paar Wochen seltsam gewesen, aber wieso? Ich vermisste ihn so sehr. Warum ging dieses blöde, besserwisserische, wunderbare, lustige, gutaussehende, liebevolle, zärtliche Arschloch – da war es wieder – nicht ans Handy?

Zwischen Trauer und Wut fast so hin- und hergerissen wie James Bond zwischen dem Bett der Geliebten und der Rettung der Welt schleuderte es mich von einem Heulkrampf in die nächste Tourette-artige Schimpfkanonade, wobei ich nach wie vor extrem verschwenderisch mit dem A-Wort umging.

Nachdem Yves auch nach drei weiteren Anrufversuchen stur blieb, rief ich unter Tränen bei Caro an. Es war besetzt.

»Verdammte, verfluchte Kackmistscheiße!«, schimpfte ich. »Ich bin traurig und wütend, meine beste Freundin hat an den Apparat zu gehen!« Was dem Schicksal manchmal einfiel! Da, mein Handy, es klingelte.

»Er hat Schluss gemacht!«, heulte ich ins Telefon. »Per SMS!« Ich schniefte und japste nach Luft, wie kleine Kinder es taten, um sich für die nächste Heulattacke zu rüsten.

»Ann? Alles o. k. bei dir?«

»Nein, gar nichts ist o. k.« Mir war alles egal, ich weinte mir die Seele derart aus dem Leib, dass ich selbst ignorierte, dass das am anderen Ende gar nicht Caro war. »Per SMS Schluss machen ist das Letzte! Was für ein A-a-a-a-« Mein Lieblingsschimpfwort ging in meinem Schluchzen unter.

»Ann, soll ich vorbeikommen?« Tim klang selbst ganz verschnupft. Tim? O ja, das war Tim am Telefon, drang es durch den Rotz- und Wasser-Nebel. Kurz überlegte ich, ob mir das nun peinlich sein musste, bis mir schlagartig bewusst wurde: Tim rief wegen des Konzerts an. Morgen war ein Konzert, auf dem ich singen sollte.

»Ann?«

»Ja, entschuldige, aber Yves hat sich gerade von mir getrennt, und –«

»Oh, das tut mir leid! Das ist ja … scheiße. Mann, so ein Blödmann, du bist so eine tolle Frau, ach, Ann, das tut mir leid, ihr wart ein, ein …«, er rang nach Worten, »ein … Paar.«

Wäre ich nicht so traurig gewesen, ich hätte lachen müssen.

»Ann, soll ich vorbeikommen? Ich meine, wäre das hilfreich? Dann können wir vielleicht auch wegen morgen sprechen …« Er hustete, und ich wusste nicht, ob aus Verlegenheit oder weil er husten musste. Verdammt, das Konzert!

»Ich … ich fürchte, ich kann nicht auftreten«, weinte ich. In dem Moment klingelte mein guter alter Festnetzanschluss. Nur wenige Menschen hatten diese Nummer, einer davon war Caro. Ich sah im Display ihre Nummer. Gott sei Dank!

Währenddessen beschwor Tim mich: »Ann, du MUSST morgen auftreten! Es geht um den Bandwettbewerb! Es geht um fünfhundert Euro, und es ist irre wichtig für uns! Das weißt du! Selbst wenn wir nicht gewinnen, da sind hohe Tiere aus der Musikbranche. Du DARFST uns jetzt nicht hängenlassen!«

Komisch, mein eigenes Leid war mir gerade viel näher als das von irgendjemand anderem.

»Es tut mir leid, ich kann nicht!«, heulte ich. »Ich muss jetzt aufhören. Der andere Apparat.«

Ich drückte auf den roten Auflegen-Knopf und begrüßte Caro mit einem sirenenartigen: »Er, er, er hat Schluhuhuhussss gemacht!!!«

Caro begriff sofort: »Ann, Schatz, ich komme!«

*

Bis sie da war, hatte ich zwei Päckchen Papiertaschentücher mit Aloe-vera-Balsam vollgeschnäuzt, mir abwechselnd schöne Momente mit Yves – er liest mir aus Platos »Apología« vor, wir kochen zusammen, er schenkt mir einen riesigen Strauß Löwenmäulchen (mit botanischem Namen »Antirrhinum majus«, wie er mir erklärt) – in Erinnerung gerufen und nach neuen Schimpfwörtern – besserwisserischer Angeberheini; blöder, ignoranter Saftarsch; Arsch mit Ohren etc. – für ihn gesucht und eine SMS von Tim bekommen, mit dem Inhalt: »Versuch, zu schlafen. Morgen sieht die Welt ganz anders aus. Dann sprechen wir noch mal. Tim«.

Es war kurz vor zwei, als Caro aufbrach. Ihre Bemühungen, mich zu dem Auftritt zu überreden, hatten mich immerhin dazu gebracht, es mir zu überlegen.

»Vielleicht hast du recht, und es bringt mich auf andere Gedanken. Aber wenn ich die ganze Zeit heulen muss, kann ich doch nicht singen …« Allein der Gedanke daran ließ mich wieder losschluchzen.

»Ann, du schläfst jetzt erst mal und entscheidest morgen. Du allein. Ich versteh den Typen nicht, echt. Er schien doch so verliebt zu sein!« Sie schüttelte den Kopf und seufzte. »Ich muss jetzt nach Hause. Hab morgen früh um acht die erste Klientin. Und du, meine Süße, schlaf jetzt auch. Wer weiß, vielleicht überlegt er sich's noch mal, wenn ihr miteinander sprecht. Das ist doch keine Art, so per SMS. Ihr redet die Tage noch mal, da bin ich mir sicher. Und … Ach, ich weiß es doch auch nicht. Versuch, zu schlafen.«

Ich nickte. Vom vielen Weinen war ich so müde geworden, dass ich im Bett tatsächlich sofort einschlief.

Alles anders

Um neun wurde ich von meinem Handy geweckt. Das war bestimmt mein Schatz, der mir einen guten Morgen … Ach so. Nein. Bestimmt nicht. Ich ging ran. »Hallo?«

»Hi, hier is Dennis«, klang es aufgeregt. »Tim is krank. Verdacht auf Lungenentzündung. Den Gig könn wa vajessen.«

Schlagartig war ich hellwach.

»Wie?«, fragte ich verstört.

»Er hat hohet Fieba, hatte Schüttelfrost und hustet sich die Seele ausm Leib. Det war's jewesen mit dem Band-Battle.«

»Oh, das ist ja … schrecklich! Der Arme! Ist er im Krankenhaus?«

»Eben isser noch in der Notfallambulanz jewesen. Die ham ihn mit Medikamente versorgt und nach Hause jeschickt. Im Moment bin ick bei ihm. Du kannst ja ooch noch vorbeikommen, wenn de magst, da freuta sich bestimmt. Ick weeß nich, ob et so jut is, ihn alleene zu lassen …«

»Klar, ich komme! Ich brauche ungefähr eine Stunde.«

»Dit is prima. Bis später!«

Meine Emotionen waren durcheinandergewirbelt wie Sonderangebotssocken auf einem Grabbeltisch. Einerseits war ich erleichtert, andererseits enttäuscht, ich war verletzt, traurig und wütend wegen Yves und machte mir

Sorgen um Tim. Es gab wohl kaum ein negatives Gefühl, das ich gerade nicht fühlte. Selbst Ekel stellte sich ein, als ich den Kühlschrank öffnete und mich ein grüner Joghurt begrüßte. Dann würde ich eben auf dem Weg zu Tim was essen.

*

Weil ich doch länger gebraucht hatte als eine Stunde, hoffte ich, dass Dennis noch da war, als ich klingelte. Sonst musste sich der arme kranke Tim an die Tür schleppen, um aufzumachen. Hoffentlich hörte er überhaupt die Klingel …

Dieser Gedanke war noch nicht zu Ende gedacht, da öffnete sich die Tür und eine schlanke Frau mit dunklen, mittellangen, gewellten Haaren schaute mich fragend an. Als Erstes sah ich ihr Tussenhandtäschchen aus weißem Kunstleder, das sie fest unter die Achsel geklemmt hatte. Es passte zu ihrer weißen Jeansjacke mit Kunstpelzbesatz. Wenn die Kripo mich jemals bitten würde, Angaben zum Äußeren dieser Frau zu machen, so könnte ich ihr jetzt schon jedes Detail am Körper von – ich nahm an, es war Marie – nennen. Sie hatte sorgfältig lackierte Nägel, »Nude« nannte man wohl den Ton, den ich nie verstanden hatte, weil man das Lackieren dann doch auch gleich seinlassen konnte. Ihre Haare wurden von einer silbrig glitzernden Schmetterlingsspange gehalten und gaben so den Blick frei auf riesige, ebenfalls silbern glänzende Ohrringe in Form von Kronleuchtern. Overknee-Stiefel. Schwarz. Konnte man machen. Natürlich, an manchen Frauen sahen sie sexy aus. An anderen nuttig. Hier hatte ich mich sehr schnell entschieden. Ich dachte an den Bauch-Beine-Po-Demonstranten: Wie schnell sich Schubladendenken manchmal als solches herausstellte! So konnte eine Meeresbiologin also auch aussehen.

Ich weiß nicht, wie lange wir uns angestarrt hatten, ich ungeschminkt, verheult, mit Kapuzenpulli, Jeans und Turnschuhen, und sie, die geradezu nach Douglas roch.

»Hallo! Ich bin Marie. Du musst Ann sein, stimmt's?«

Sie klang herzlich. Ja, sympathisch. Schon wieder musste ich umdenken. Manno. Es war viel einfacher, in seinen Vorurteilen bestätigt zu werden!

»Ja, hallo, freut mich. Wie geht's unserem Patienten?«

»Tja, nicht so prickelnd. Aber …« Sie machte eine Pause und sah mich gespielt ernst an: »Er wird es schaffen!«

Dann wurde sie gewahr, dass ich immer noch vor der Tür stand, ging zur Seite und sagte: »Komm rein, ich wollte sowieso gerade los. Bin nur mal kurz reingeschneit.«

*

Neugierig sah ich mich um. Tims Wohnung gefiel mir. Im Flur hingen Dutzende Konzertplakate an einer ochsenblutroten Wand, und hier, im Schlafzimmer, sorgten Unmengen von Büchern in einem riesigen Kiefernregal dafür, dass es gemütlich wirkte. Neben dem einfachen Bett stand ein alter, mit blauem Samt bezogener Armsessel. In den hatte sich jetzt Marie gesetzt und fragte:

»Möchtest du noch einen Tee?«

Ihre Stimme klang besorgt, was kein Wunder war, denn Tim sah schlecht aus. Er war knallrot, und sein Fieber schien auf den gesamten Raum überzugreifen. Mir wurde warm, wenn ich ihn nur ansah.

»Nein, lass mal«, krächzte er. »Wolltest du nicht los?« Er drehte sich mühsam zu mir. »Hallo, Ann, schön, dass du da bist. Mach dir einen Kaffee, oder was du möchtest. Es müsste auch noch Toast da sein.«

»Pssst«, sagte ich und hätte am liebsten meine kühle Hand auf seine fiebrige Stirn gelegt, wäre da nicht Marie gewesen, die genau das tat, woraufhin Tim so zu husten anfing, dass ich mich lieber in Richtung Küche begab. Er hatte meine Lieblingskaffeesorte, und die Milch war auch noch gut, wie ich zufrieden feststellte. Hunger hatte ich keinen, mir lag Yves noch zu sehr auf dem Magen. Bei dem Gedanken an ihn wurden meine Augen sofort feucht.

Bis der Kaffee fertig war, hatte ich mich zum Glück wieder gefangen. Ich nahm meinen Becher mit in Tims Schlafzimmer, wo Marie, die ihre Jacke wieder ausgezogen hatte, gerade dabei war, gegen Tims Protest seine Wadenwickel zu entfernen.

»Das mach ich nachher selbst, danke. Äh, Marie, ich denke, du hast noch einen Termin …«

»Du, machst gar nichts. Und ich glaube nicht, dass Ann das peinlich ist. Meine Freundin kann warten. Ich hab angerufen, dass ich zehn Minuten später komme.« Mit diesen Worten verschwand sie im Bad.

»Die sind vorbei, die zehn Minuten.« Er klang richtig genervt, und ich wusste nicht genau, woran es lag. Pärchenstreitereien waren mir zuwider. Wieso war ich eigentlich gekommen?

»Das ist so lieb von dir, Ann, dass du da bist.« Er schien meine Gedanken lesen zu können. »Und es tut mir leid wegen des Konzerts.«

Anscheinend hatte er vergessen, dass ich gestern Abend noch gesagt hatte, ich wolle nicht auftreten, was bei seinem Zustand nicht verwunderlich war. Abermals hustete er sich die Seele aus dem Leib, um dann flüsternd zu fragen: »Aber wie geht es dir? Hast du mit Yves gesprochen?«

»Welcher Yves?« Marie war mit neuen Wadenwickeln hereingekommen.

Er schien sie gar nicht zu bemerken, denn er versuchte sich im Bett aufzurichten und sagte: »Du siehst so traurig aus. Wenn ich irgendwas für dich tun kann …«

»Wenn ich dich so angucke, geht es mir richtig gut. Also, im Vergleich. Und du wirst jetzt erst mal wieder gesund. Nächstes Jahr gibt es wieder einen Bandwettbewerb.«

»Herrgott noch mal, Tim! Bleib liegen! Hast du deine Medikamente genommen?«

Marie drückte ihn zurück ins Bett und versuchte ihn fest zuzudecken, was er aber nicht zuließ.

»Mensch, Marie, behandele mich nicht wie ein Kleinkind! Du musst los!«, schnauzte er sie mit einer ungeahnt kräftigen Stimme an, was er gleich darauf mit einem erneuten Hustenanfall büßen musste.

»Na gut. Dann gehen wir eben, was, Ann? Der Herr kommt ja anscheinend gut alleine zurecht.«

Sie zwinkerte mir zu, schnappte sich Jacke und Tasche und wollte mich am Arm nach draußen führen.

»Ann?« Seine Stimme war kaum zu hören. Er räusperte sich. »Ich dachte, du bleibst?«

Als ich zögerte, zuckte Marie nur mit den Schultern, meinte: »Kranke Männer, schlimmer als alles andere. Viel Spaß noch!« Und sie war zur Tür hinaus.

Puh. Das konnte ich ja leiden. Dazwischenzustehen, wenn ein Paar Streit hatte. Denn das waren sie ganz augenscheinlich, ein Paar. Diese beiden waren so getrennt wie siamesische Zwillinge vor der OP. Ich fühlte mich selten bescheuert.

»Vielleicht kann Marie ja auch bei euch singen?«, sagte ich und drehte mich zu ihm um.

»Was? Wie?« Tim sank in seine Kissen und hustete so

sehr, dass das ganze Bett davon vibrierte. »Sie kann gar nicht singen.«

»Aha. Das ist der einzige Grund?«

»Na ja, ich denke, das ist zumindest die Mindestvoraussetzung. Singen sollte eine Sängerin können. So wie ein Duschvorhang einigermaßen wasserdicht sein sollte.«

Ich ging nicht auf diesen Vergleich ein.

»O. k. Wenn sie singen könnte, hättest du sie also gefragt?«

»Ann, was soll das?« Er stöhnte. »Ich bin krank, lass uns das ein andermal diskutieren, wenn es sein muss. Ich fühle mich elend.«

»Ja. Du hast recht. Werd erst mal gesund.«

Er schüttelte den Kopf. »Ann …«, sagte er matt und winkte ab.

»Kann ich irgendwas für dich tun? Soll ich sie vielleicht anrufen und ihr sagen, dass es dir leidtut, dass sie zurückkommen soll?«

»Ach, hör doch bitte damit auf …« Er klang richtig niedergeschlagen.

»Ich meine das, wie ich es sage. Es ist nicht so gut, wenn du alleine bist, in deinem Zustand. Nur so meine ich es und nicht anders.«

Das war vielleicht ein bisschen gelogen, aber schließlich ging es mir auch nicht gerade besonders. Meine Seele fühlte sich bestimmt ähnlich an wie Tims Körper.

»Ich verstehe ja, dass du sauer bist, weil wir jetzt an dem Band-Battle nicht teilnehmen, nachdem ich so einen Alarm darum gemacht hatte, aber ich kann wirklich nicht …«

»Schschsch«, beruhigte ich ihn. »Ich bin gottfroh, dass mir die Entscheidung abgenommen wurde. Genauer gesagt: Ich hätte sowieso abgesagt.«

Er fuhr in seinem Bett hoch.

»Was? Ist das dein Ernst? Ann, das meinst du nicht wirklich. Wegen dieses Idioten, der dich behandelt hat wie ein dummes Kind? Für so doof hätte ich dich nicht gehalten!«

Mir schossen die Tränen in die Augen.

»Was soll das denn jetzt? Du hast ja Fieber. Ich liebe Yves. Und ich bin sehr traurig. Und du hackst noch auf mir rum.«

Er seufzte. »Ann, ich verstehe dich nicht. Du hast wirklich etwas Besseres verdient als diesen herablassenden, arroganten Vollidioten. Überleg doch mal!« Er wurde wieder von einem Hustenanfall geschüttelt, aber das hinderte ihn nicht daran, in einem verächtlichen Ton fortzufahren: »Ich mochte den Typen nicht. Und deine anderen Freunde mochten ihn auch nicht. Und, wenn du ein bisschen nachdenken würdest, dann wüsstest du auch, dass er nichts für dich war. Sei froh, dass du ihn los bist!« Er sah mich matt an. »Ich glaube, es ist tatsächlich besser, wenn du jetzt gehst. Ich fühle mich miserabel. Wir reden ein andermal. Danke, dass du gekommen bist.«

»Keine Sorge, ich wollte sowieso los. Gute Besserung«, fauchte ich, packte meine Sachen und war zur Tür hinaus.

*

Die nächsten Wochen verbrachte ich hauptsächlich damit, mich abzulenken. Keine Party lief ohne mich, ich sah jeden Actionfilm im Kino und machte viele Überstunden. Und ich traf mich seit langem mal wieder mit meinem besten Freund Paul in unserer Stammkneipe.

»Was trinkst du? Ein Bier?«, fragte Paul.

»Nein, ich nehme eine Rhabarbersaftschorle. Bier macht dick.«

»Oh, Rhabarbersaft trinkt die Dame! Ist Rhabarber der neue Cranberry? Und wieso dick? Du hast ja wohl abgenommen!«

Paul hatte recht. Tatsächlich passte mir eine Hose wieder, die ich jahrelang nicht hatte tragen können.

»Das stimmt. Das sind die positiven Seiten einer Trennung! Wie gefällt dir meine neue Frisur?«

Ich hatte mir das Haar stufiger schneiden und rötliche Strähnchen zwischen die blonden drapieren lassen. Wie 98 Prozent aller Frauen in einer ähnlichen Situation nutzte auch ich meine Haare, um den Cut mit Yves zu untermauern.

Als hätte er meine Gedanken gelesen, fragte mich Paul: »Hast du nach der SMS noch mal was von Yves gehört?«

»Ja!« Ich lachte bitter. »Wir haben uns getroffen. Er faselte was von ›zum falschen Zeitpunkt kennengelernt‹, und er brauche ›Zeit für sich‹ und so. Und natürlich will er, dass wir Freunde bleiben. Aber das will ich nicht.«

»Nein?« Paul schien verwundert zu sein.

»Nein! Paare, die nahtlos von einer Beziehung in eine Freundschaft übergehen, habe ich noch nie verstanden, meines Erachtens ist das nur möglich, wenn man nie wirklich etwas füreinander empfunden hat, oder wenn es sein muss, wegen gemeinsamer Kinder oder so. Es würde mir zu weh tun, ihn zu sehen und nicht anfassen zu dürfen, oder sogar von einer anderen Frau in seinem Leben zu hören. Ich möchte keinen Kontakt mehr. Punkt. Nur so kann ich mit dieser Beziehung vollständig abschließen.«

Immer wieder schlich sich der Hit von Revolverheld in mein Bewusstsein: »Scheiß auf Freunde bleiben«.

»Was um alles in der Welt denken sich Menschen dabei, die noch vor kurzer Zeit die intimsten Dinge miteinander geteilt und gemacht haben?!« Ich seufzte kurz, als ich an den wunderbaren Sex mit Yves dachte, verscheuchte aber schnell die unkeuschen Bilder und fuhr fort: »Ja, wie soll das gehen, plötzlich wie zwei Arbeitskollegen miteinander Kaffee zu trinken und über das Wetter zu reden? Hey, ich wollte mit Yves zusammenziehen, und ich hätte mir zeitweise sogar vorstellen können, mit ihm eine Familie zu gründen, und jetzt soll ich plötzlich nur mit ihm befreundet sein?«

Paul nickte. »Ja, ich versteh dich. Aber –«

Ich unterbrach ihn, weil mir ein toller Vergleich eingefallen war: »Ein Pianist, dem man beide Hände amputiert hat, ist doch auch nicht mit einer Blockflöte zufrieden!«, triumphierte ich, bevor mir die Sinnlosigkeit dieses Bildes bewusst wurde.

»Zumal er damit nur einen Ton spielen kann. Und auch den nur mit Unterstützung!«, platzte Paul heraus.

Wir lachten beide, bis uns die Bäuche weh taten.

»Oh, herrlich, so hab ich lange nicht mehr gelacht«, freute ich mich.

»Ich fand deinen Yves irgendwie auch ganz lustig.« Paul grinste. »Aber ihr habt eigentlich nicht zusammengepasst.« Er nahm einen Schluck Bier.

Ich überlegte. Paul hatte vielleicht sogar recht. Gut, ich war wirklich sehr verliebt in Yves gewesen, aber hatte nicht etwas tief in mir drin gespürt, dass er gar nicht Mr Perfect für mich war?

»Ach, Paul, ja, womöglich hab ich mir da tatsächlich ein bisschen was vorgemacht. Ich weiß es nicht. Er ist schon ein faszinierender Mann, aber so gut wie mit dir konnte ich zum Beispiel nicht mit ihm reden. Und vor allem nicht so lachen. Und manchmal hat mich sein oberlehrerhaftes Getue ziemlich gestört. Trotzdem tut es weh. Was ist denn eigentlich mit deiner Krankenschwester?«

Paul erzählte von einem furchtbar missratenen Date, bei dem er sie fast in einen See geschubst hätte.

»Eine ähnliche Story hat mir Tim auch mal erzählt. Komisch, wieso wollt ihr Männer eure Dates eigentlich immer ertränken?«

»Weil wir eigentlich Angst vor euch Frauen haben. Apropos Tim, wie geht es dem eigentlich?«

»Gut«, sagte ich kurzangebunden. Tim hatte sich erholt, und er hatte mir ein paarmal gesimst, worauf ich – wenn überhaupt – nur knapp geantwortet hatte. Irgendwie hatte ich keine Lust, mich mit ihm zu treffen. Dazu hatte er mich zu sehr verletzt. »Er ist wieder gesund. Aber die Band ruht erst mal. Für mich. Und jetzt frag nicht weiter.«

»Schon gut. Aus deinem Verhältnis zu Tim wird ja eh niemand schlau. Aber dieser Yves passte nun wirklich nicht. Da konnte ich Caro schon verstehen.«

»Caro verstehen? Was meinst du damit?«

»Na ja, jetzt kann ich es dir ja sagen. Sie wollte dich wohl unbedingt mit Tim verkuppeln. Hat aber anscheinend nicht hingehauen.«

Eigentlich wollte ich gerade einen Schluck nehmen, hielt aber mitten in der Bewegung inne, so dass meine Hand mit dem Bier in der Luft zwischen Tisch und Mund stehen blieb und ich über die appetitliche Schaumkrone hinweg Paul ins Gesicht sah.

»Wie, verkuppeln?«

Er rutschte unruhig auf seinem Stuhl hin und her.

»Hey, sie hat das nur gut gemeint. Hast du dich nicht gewundert, dass Tim immer überall aufgetaucht ist? An allen möglichen und unmöglichen Orten? Immer wieder?«

Natürlich. Der vermeintliche Triathlon, sein gelegentlich äußerst seltsames Verhalten, das anscheinend doch nicht dem Blutzucker geschuldet war. Tim beim Brunch,

Tim beim Schwimmen, bei IKEA – stets hatte Caro gewusst, wo ich war. Und es ihm anscheinend brühwarm mitgeteilt. Ich stellte mein Bier so abrupt auf den Tisch, dass ein großer Schluck herausschwappte.

»Caro hat ihm immer gesagt, er soll da hingehen, wo ich auch war? Aber er hätte mich doch auch einfach anrufen können, dann hätten wir uns verabredet!« Ich schüttelte den Kopf. So ganz genau wusste ich nicht, was ich davon halten sollte.

»Na ja, sie dachten wohl, so wäre es subtiler. Und du hattest ja begonnen, dich in diesen Angeber zu verlieben. Da wollten sie dich aufhalten. Unbemerkt. Subtil halt. Caro fand Yves ganz schlimm und hat wohl gehofft, dass du merkst, was für ein cooler Typ Tim ist. Ich finde ihn übrigens auch super.«

»Unbemerkt. Subtil«, wiederholte ich und dachte an Tims tollpatschige Vorstellungen. Cooler Typ? Sein Gestotter und die komischen Einfälle. Und dann immer wieder diese Marie …

»Aber ich war doch wirklich amtlich verliebt in Yves!«

»Das haben die beiden ja dann auch gemerkt. Wir fanden den alle doof, sogar Caros Freund Björn. Aber schließlich haben wir eingesehen, dass du für dein Glück selbst verantwortlich bist. Und dass du dich richtig verliebt hast. In Yves. Und dann haben sie auch aufgehört.«

»Hm. Das muss ich mit Caro mal besprechen, ich weiß nicht, was ich davon halten soll …«

»Um Gottes willen, sag ihr bloß nicht, dass ich dir alles erzählt habe! Auf keinen Fall! Noch nicht! Aber egal, wie du das findest, Tim ist auf jeden Fall besser für dich als dieser Yves. Allein schon der Name!«

»Nein, Tim hat mich sehr verletzt. Da muss ein Dritter her.«

»Ja, vielleicht auch das.«

Paul nickte, und ich dachte, wie toll es war, wenn man Freunde hatte, die mit einem Klartext redeten. Ich genoss den Abend mit ihm.

Und während wir so beieinandersaßen, kam ich immer mehr zu der Erkenntnis, dass es für mich wirklich besser war, nicht mehr mit diesem Mann zusammen zu sein. Es begann mir mit der Trennung schon etwas besser zu gehen.

Und das hielt in den nächsten Wochen auch an, verfestigte sich sogar noch. Aber dass ich gar keinen Kontakt mehr haben wollte, schien Yves in seinem Stolz zu verletzen. Er schickte mir ab und zu eine SMS oder E-Mail mit irgendwelchen sinnlosen Smileys oder Hinweisen auf Konzerte und Ausstellungen, die ich einfach ignorierte.

Lebbe geht weiter, dachte ich bei mir und bastelte am Haken hinter dem Kapitel Yves.

Erkenntnis

Eigentlich war Busfahren ganz schön. Es war warm, man wurde nicht nass und konnte verträumt durch die Stadt fahren. Toll war auch, dass man etwas erhöht saß. War das schon Voyeurismus, dass ich gern in die beleuchteten Wohnungen meiner Mitmenschen guckte? Dass ich es genoss, unbeschadet durch den Regen zu fahren und mich für einen Moment in die Wohnstuben fremder Leute zu träumen? Jeder hatte eine andere Geschichte, ein anderes Leben, und ein Teil davon war schon aus der Art und Weise zu lesen, wie er seine Wohnung zu seinem Zuhause gemacht hatte.

Auch Pauls Wohnung erinnerte jetzt – nicht zuletzt wegen meines Streicheinsatzes – nicht mehr so sehr an eine Studentenbude.

Vielleicht war es auch ein weiterer Schritt ins seriöse Erwachsenendasein, dass er heute nicht zur Einweihungsparty geladen hatte, sondern nur ein paar wenige Freunde zu einem Willkommenstrunk in seine neuen Gemächer gebeten hatte. Oder wurde mein bester Freund allmählich spießig? Wir hatten nicht nur die Schuhe ausziehen müssen, Paul hatte sogar Puschen für uns! Musste ich mir Sorgen machen? Nun gut, das Wetter war wirklich scheußlich. Es war auch der Grund dafür, dass ich mein Rad bei Paul hatte stehen lassen.

Die Luft im Bus war feucht und roch nach nasser Kleidung. Besonders der Duft von nassen Regenmänteln war etwas, das ich gerne mochte. Ich dachte an den Parfümeur aus dem Internet. Verwendete er diesen Duft vielleicht auch schon? Schade, dass es nie zu einem Treffen gekommen war.

Eine dicke, alte Frau mir gegenüber zog immer wieder ihren Rotz hoch, in ihren roten Händen prall gefüllte Plastiktüten, deren Henkel sich in ihre Finger schnitten. Etwas weiter vorne kicherten zwei Mädchen, und schräg hinter der Frau hörte ein etwa zwanzigjähriger Typ mit riesigen Kopfhörern Musik, er wippte mit dem Kopf. Gerade wollten sich meine Augen weiter auf die Reise begeben, als sich unsere Blicke kreuzten.

Er lächelte. Anstatt sein Lächeln zu erwidern, guckte ich weg und fand mich gleichzeitig doof dabei. Man konnte sich doch wohl mal anlächeln! So oft wunderte ich mich darüber, dass wir Menschen hier alle zusammen auf diesem Erdenrund wohnten und wir dennoch mit den meisten überhaupt nichts zu tun haben wollten. Wie war das bei den Tieren? Die ignorierten ihre Artgenossen schließlich auch nicht, sondern begrüßten sie. Gut, man musste sich ja nicht gleich die Nase gegenseitig in den Po stecken, aber lächeln ging doch eigentlich immer.

Unauffällig ließ ich meinen Blick wieder über die Sitzreihen schweifen, um dann bei dem Typen anzuhalten, der jetzt seinerseits angestrengt aus dem Fenster blickte.

Sein Profil fand ich sofort sympathisch, erinnerte es doch an einen von Ottos Ottifanten, schon allein wegen der langen, sich nach unten gnubbelig ausdehnenden Nase und der aufgeworfenen Oberlippe. Ja, seine Lippen waren voll, besonders die obere, was ihm einen etwas trotzigen Ausdruck verlieh.

Als er unvermittelt den Kopf zu mir drehte, hielt ich

seinem Blick stand und versuchte mich an einem unverkrampften Lächeln. Schüchtern kam es jetzt von ihm zurück. Schüchternheit, Trotz und blutige Jugend – bedurfte es noch mehr, um hingerissen zu sein?, überlegte ich, während ich mir die Frage mit Blick auf seine blütenblauen, blitzenden Augen selbst beantwortete. Und mich gleich darauf für meine Mrs-Robinson-Gedanken tadelte. Dieser junge Mann – Typ Musikstudent – war bestimmt mehr als zehn Jahre jünger als ich.

Ich löste meinen Blick von ihm und widmete mich wieder den vorbeiziehenden Wohnungen, doch ich merkte, dass mein Herz seine Taktzahl erhöht hatte. Das war schon irgendwie aufregend, ich schien dem Studenten ja zu gefallen. Und er gefiel mir auch. Warum denn eigentlich nicht? Warum nicht mal jemanden kennenlernen, dem man über ein Jahrzehnt voraus war? Schließlich war ich ein neugieriger Mensch.

Als er, bei unserem nächsten Blickkontakt, die Kopfhörer abnahm und auffordernd auf den leeren Platz neben sich nickte, griff ich nach meiner Tasche und setzte mich neben ihn. Das Kichern der Mädchen hatte vorhin schon genauso geklungen, redete ich mir ein, als wir einander vorstellten.

*

»Liam? Wie der von dieser Band? Daran merkt man ja schon, dass das ein seeehr junger Mann war. Schöner Name. Und dann?«

Caro klebte an meinen Lippen. Wir hatten uns für Pizza entschieden, saßen in ihrer Küche und tranken Wein, während wir auf den Bringdienst warteten.

»Na ja, er hat gesagt, er sei vierundzwanzig. Sah allerdings noch jünger aus. Aber ist ja auch egal. Sportstudent.«

Caros »Oh!« kommentierte ich nur mit einem »Ich wusste, dass dir das gefallen würde« und fuhr fort: »Na ja, er hat mich gefragt, was ich noch machen würde an dem Abend.«

»Boah, der ging ja ran!«

»Hab ich gar nicht so gesehen. Gut, es war schon halb zwölf, aber Freitagabend, da kann man ja noch was vorhaben … Jedenfalls hab ich ihn gefragt, ob wir was trinken gehen wollen.«

»Und?«

»Er hat komisch rumgedruckst. Und dann sagte er, er wolle lieber ein bisschen spazieren gehen.«

Caro richtete sich auf. »Das hast du doch aber nicht gemacht!«

»Nein, nein«, ich winkte ab, »natürlich nicht. Ich hab ihm gesagt, dass ich das nicht möchte. Schließlich kannten wir uns überhaupt nicht. Ich hab ihm gesagt, dass ich ja nicht weiß, ob er nicht vielleicht ein Meuchelmörder ist, und dass ich deshalb lieber mit ihm wo hinwollte, wo andere Menschen und Licht sind.« Ich nahm einen Schluck. »Oh, der ist gut. Wo bloß die Pizza bleibt?«

Ich genoss es, die Geschichte ein bisschen in die Länge zu ziehen.

Caro merkte das und zeterte: »Hey, mach's nicht so spannend! Wie ging es dann weiter?«

»Na ja, er fand das anscheinend uncharmant, ließ sich aber überreden. Wobei er absolut nichts trinken wollte. Ich hab ihm gesagt, ich würde ihn einladen, ich dachte, armer Student und so, aber er wollte nicht. Also saß ich mit ihm da bei meinem kleinen Alster, und wir haben uns unterhalten. Wobei, die Unterhaltung war irgendwie seltsam. Er fand alles total toll, was ich gesagt habe, und war ziemlich unentspannt. Außerdem hat er mir ständig Komplimente gemacht: Du gefällst mir, du hast schöne Augen, blablabla …«

Ein lauter Seufzer von Caro unterbrach mich.

»Ach, Ann.« Sie schüttelte den Kopf.

»Ich dachte, vielleicht muss er noch auftauen, er kommt aus Wuppertal, hat er erzählt, und seine Mutter …«

Mit einer Handbewegung bedeutete mir Caro, zu schweigen.

»Ann.« Sie sah mich grinsend an. »Warst du mit ihm in der Kiste?«

»Nein! Natürlich nicht! Sag mal!« Ich war wirklich empört. »Ich kannte den doch überhaupt nicht!«

»Ja und? One-Night-Stands muss man auch nicht kennen!«

»Aber vielleicht sollte man wenigstens mal eine gewisse Zeit mit ihm in einem Raum verbracht haben? Geflirtet haben? Ich wollte den kennenlernen! Nummern tauschen, mal was unternehmen … Er wollte meine Nummer nicht«, sagte ich ratlos.

Caro nahm meine Hand. »Der wollte dich einfach nur abschleppen. Nur ins Bett mit dir. Sonst gar nichts. Du dachtest an Heirat, er an Sex. Mann, Ann.«

Ich stutzte. »Meinst du wirklich? Aber er hat doch gesagt, dass ich ihm gefalle!«

»Klar. Wer ficken will, muss freundlich sein – das ist doch nun wirklich ein alter Hut.«

»Du meinst, er wollte wirklich nur ins Bett mit mir? Im Bus kennengelernt und dann sofort in die Buntkarierten?« Ich überlegte. »Hm. Jetzt, wo du's sagst … Kann schon sein. Schließlich wollte er unbedingt zu mir. Wir waren ja in der Nähe meiner Wohnung ausgestiegen. Und ich wollte nicht. Ich geh doch nicht mit einem Wildfremden zu mir nach Hause! Den ich eine halbe Stunde vorher kennengelernt habe! So doll hab ich auch nicht die Pfanne heiß. Meinst du wirklich? Der wollte einfach nur ficken?«

»Hui, dieses Wort aus deinem Mund, das ist ungewöhnlich. Ja, ich fürchte tatsächlich, es verhält sich genau so.«

Wie konnte ich das nicht gemerkt haben? Ich war so geschmeichelt von der Tatsache, dass sich ein so junger Sportstudent für mich interessierte, dass mir das Offensichtliche nicht in den Sinn gekommen war. Aber es erschien mir auch bizarr. »Entschuldigung, ficken?« Wer ging denn da mit? Wenn ich mit ihm nun stundenlang getanzt hätte … Hm.

»Vielleicht kommt mir das auch so komisch vor, weil ich gar nicht in der Stimmung war. Weil mir das so völlig abwegig erschien, ich überhaupt nicht an so etwas dachte!«

»Ja. Du bist eben noch besetzt.«

»Wie meinst du das?«

»Du bist noch nicht frei. Du bist anscheinend immer noch nicht ganz über ihn hinweg, Deinen ›Yves Rocher‹. Der mit der Piemont-Kirsche.« Sie seufzte.

»Hey, ich weiß, dass ihr ihn alle nicht leiden konntet. Ihr hattet ja auch recht. Aber ich fand ihn wirklich richtig toll! Vor allem am Anfang. Und wenn ich auch sein Verhalten nach wie vor nicht verstehe, ja, ich glaube, es ist trotzdem o. k., dass es vorbei ist.«

Caro nahm mein Gesicht in ihre Hände, sah mir tief in die Augen und fragte: »Ist es das wirklich?«

Bevor ich ihr antworten konnte, klingelte es.

»Pizza!«, rief ich erleichtert und rannte in den Flur. Vollbeladen mit zwei riesigen heißen Pizzakartons kam ich zurück.

»Mhmmm«, machte Caro. »Soll ich Teller und Besteck holen?«

»Nee, sie sind geschnitten, und wir essen sie direkt aus dem Karton!«

Caro schnappte sich ein Stück und fragte kauend: »Und was ist eigentlich mit Tim?«

Dass sie sich das traute. Ich schluckte erst runter, bevor ich antwortete.

»Was soll mit ihm sein?«, fragte ich ruhig, obschon es mir etwas Mühe machte, locker zu wirken.

»Tim finden alle klasse.« Sie biss noch mal in die Pizza, wie um ihre Worte zu unterstreichen. Vielleicht dachte sie auch, ich verstünde sie besser, wenn sie mit vollem Mund sprach.

»Schön.« Ich merkte, wie in mir die Wut hochkochte.

»Und du magst ihn doch auch? Wir verstehen einfach nicht, wieso du Yves –«

Weiter kam sie nicht.

»Sag mal, kann ich das vielleicht für mich allein entscheiden? Ich sag dir doch auch nicht, wen du lieben sollst! Ich habe mich nun mal für Yves entschieden, ich habe mich in Yves verliebt und nicht in euren tollen Tim, und ich will nichts von Tim, auch wenn du noch so sehr versuchst, uns zu verkuppeln, begreif das endlich mal!«

Ich musste wohl ziemlich laut geworden sein, denn Caro schloss erst das Fenster und dann auch noch die Tür. Sie sah bleich aus.

»Hm. Hat Paul …?« Sie wusste, dass sie die Frage nicht zu Ende stellen musste.

»Das ist doch vollkommen unerheblich.« Ich atmete tief ein. »Caro, ich weiß ja, dass du es gar nicht böse gemeint hast, im Gegenteil, aber vielleicht hätte diese Beziehung zu Yves besser funktioniert und wäre heute sogar noch eine

Beziehung, wenn da nicht ständig immer und überall Tim aufgetaucht wäre. Wer weiß?«

Sie sah mich stirnrunzelnd an.

»Wie konnte dich Tim denn so irritieren, wenn alles so toll lief mit Yves? Das reimt sich übrigens, ›lief mit Yves‹.«

»Ach, Caro, echt jetzt.« Ich nahm mir noch ein Stück Pizza, legte es aber wieder zurück in den Karton. Mir war der Appetit vergangen. »Zum letzten Mal: Ich mag Tim, klar. Als Freund. Ausschließlich als guten Freund. Und mit Yves – das ist o. k., dass das vorbei ist.« Ich überlegte kurz. »Ja, ist es wirklich. Wir hatten ein paar wunderbare Wochen …« Ich stockte, als ich an unsere schönen gemeinsamen Wochenenden dachte, und fuhr dann fort: »Aber ich hab meinen Frieden mit ihm gemacht. Glaube ich. Trotzdem finde ich es richtig blöd, wenn meine beste Freundin solche Aktionen startet.«

»Du hast ja recht. Es tut mir leid. Und du meinst wirklich, ich hätte deine Beziehung zu Yves sabotiert?«

Ich schnaubte. »Was weiß ich, ist jetzt auch egal, vorbei ist vorbei, und er war ja nun wirklich etwas schwierig …«

»Es tut mir leid! Wir fanden eben alle, dass …« Sie hielt inne. »Entschuldige. Es ist egal, was wir fanden. Ich mach das wieder gut, Süße. Tut mir so leid!«

»Auf keinen Fall machst du was wieder gut!« Ich musste lachen.

Schließlich lachten wir beide, wenn ich auch das Gefühl hatte, dass unsere Freundschaft heute Abend einen mächtigen Knacks bekommen hatte.

Mein Herz, dein Herz

»Iff hab dir doch erpfählt, daff diefe Aufnahmeleiterin bei mir im Yoga iff.«

»Ausnahmeleiterin? Was ist denn das? Mit vollem Mund isst man nicht! Äh, spricht man nicht!«

Caro kaute zu Ende und schluckte. »Aufnahmeleiterin. Bei ›Lass dein Herz sprechen!‹. Zu lecker, deine Lasagne! Krieg ich noch ein Stück?«

»Gern!« Ich tat ihr noch ein Stück auf. »Ich könnte ruhig öfter mal für uns kochen, sonst sind wir ja immer bei dir.«

»Na ja, ich hab auch einen Balkon und du nicht … Aber was ich eigentlich erzählen wollte: Ich geh mit Björn da nächste Woche in die Sendung. Ich hab Karten. Von ihr!« Sie strahlte mich an, als wäre sie zwölf und hätte mir gerade davon erzählt, dass sie Backstagekarten für Justin Bieber bekommen hätte. »Das wird ein Mega-Event! Ich freu mich total darauf! Eine Karte schenke ich Björn zu unserem Einjährigen. Schon ein Jahr sind wir zusammen, und ich bereue keine Sekunde. Hach. Was für ein wunderbarer Mann!«

»Schön! Denkst du, er freut sich? Ich meine, ›Lass dein Herz sprechen!‹ ist ja wohl nicht gerade was für einen Mann. Das ist doch diese Show mit Sven Zwetschge?«

»Ja, genau. Ach, das wird für ihn bestimmt spannend. Live in einer Fernsehshow! Würde dich das nicht auch interessieren?«

»Och ja, warum nicht? Ist bestimmt mal ganz nett. Das ist schon eine gute Idee. Björn wird sich freuen. Ihr werdet viel Spaß haben.«

Caro strahlte. »Ja, bestimmt! Ist nächsten Donnerstag. Kannst du da?«

»Wieso, ist das live? Dann guck ich mir das natürlich an, kannst ja mal winken!«

Während sie antwortete, schob sie sich ein weiteres Stück Lasagne in den Mund, so dass ich sie nicht verstehen konnte. Nachdem sie runtergeschluckt hatte, fragte sie: »Hast du eigentlich von Yves noch was gehört?«

»Nee. Nachdem ich auf seine SMS nicht geantwortet hab, hat er sich auch nicht mehr gemeldet. Hm. Schon irgendwie schade«, sinnierte ich. Natürlich war er ein neunmalkluger Typ, aber ich war schon sehr in ihn verliebt gewesen. Na ja. Es war vorbei. Und das war gut so.

»Da fällt mir ein, ich hab ein paar Fotos von ihm gefunden, die Rosa Minster mir gemailt hatte. Ein paar sind zum Piepen, ich zeig sie dir gleich mal. Aber wie kommst du jetzt gerade auf Yves?«

Caro kicherte, worauf ich sie fragend ansah.

»Nichts, äh, ich meine, du hast ›zum Piepen‹ gesagt. Das finde ich köstlich.«

Mir blieb nur ein irritiertes: »Ah ja, lustig.«

*

Es war just an diesem Donnerstag, als Caro mich mittags in der Agentur anrief.

»Björn hat eine schlimme Halsentzündung und wahrscheinlich Fieber. Er kann auf keinen Fall mit. Möchtest DU nicht mitkommen in die Show?«

Ich hatte mich eigentlich auf einen ruhigen Abend gefreut, erst wollte ich ausführlich Sport machen, dann etwas Schönes kochen, oder eventuell auch eine Pizza kommen lassen, ja, darauf würde es wahrscheinlich hinauslaufen, und den Abend gemütlich vor dem Fernseher ausklingen lassen. Das war mein Plan. Und den teilte ich Caro auch mit.

»Ach Mensch, Ann-Schatz, du kannst mich jetzt nicht hängenlassen! Ich hab nun mal zugesagt, und ich will da auch hin, und Björn geht's wirklich mies, und du hast doch nichts anderes. Jetzt sei doch nicht so!«

»Ich will zum Sport. Ich habe mir das fest vorgenommen. Und wenn ich mir das mal freiwillig vornehme, dann muss ich das auch machen. Ohne Rücksicht auf Verluste. Ich muss das auf jeden Fall durchziehen. Apropos ziehen, was zieht man denn da an?«

»Also, du kommst mit?«, kreischte Caro. »Cool! Ich freu mich! Ich hol dich um achtzehn Uhr ab!«

»Um achtzehn Uhr? So früh? Da kann ich mich ja gar nicht mehr umziehen! Und du musst mich aus dem Büro abholen, und es muss wie ein Notfall aussehen, wir haben hier total viel zu tun, mein Schreibtisch quillt über, und –«

»Ganz genau, mein Fräulein.« Sabine stand hinter mir. »Jetzt ist mal Schluss mit den Privatgesprächen. Und wenn du um sechs fertig sein willst, musst du dich wirklich reinknien. Sag schön tschüs, ich will in einer halben Stunde die Kalkulation für das Meyer-Jahrestreffen auf meinem Schreibtisch haben. Und grüß Caro von mir!«

Ich seufzte. Mit Seitenblick auf Sabine verabschiedete ich mich von Caro: »Bis nachher, um sechs vor der Agentur. Ich warte draußen auf dich.«

Sabine schnappte sich den Hörer. »Wenn sie dann fertig ist! Tschühüs«, flötete sie und grinste mich an.

*

»Wenn Sie mit jemandem hier sind, mit dem Sie nicht gesehen werden wollen, dann setzen Sie sich jetzt schnell woanders hin, Sie könnten sonst Schwierigkeiten bekommen!«

Der Warm-Upper erntete einen Riesenlacher, und ein Mann tat tatsächlich so, als wolle er seinen Platz wechseln.

»Irgendwie scheint mir, ich habe diesen Spruch schon mal gehört«, flüsterte Caro mir zu.

»Nein, ich glaube, den hat er sich gerade eben ausgedacht«, gab ich zurück. »Zum Glück sind die hier alle nicht so gestylt, obwohl es mir natürlich lieber gewesen wäre, ich hätte mich noch etwas hübsch machen können …«

»Ach was, du siehst super aus! Nur ein bisschen Puder könntest du gebrauchen. Du glänzt so. Ich hab zum Glück welchen dabei, warte mal.« Und schon fuhrwerkte sie mit einem Pinsel in meinem Gesicht.

Ich lachte. »Hey, seit wann hast ausgerechnet du Schminkutensilien dabei? Und außerdem ist das doch wurscht, ob ich glänze.«

»Nein, das hier ist Fernsehen!«

»Ja, und? Die anderen sind doch auch nicht gepudert.«

»Pst! Es geht los!«

Und tatsächlich betrat soeben ein gutgelaunter Sven Zwetschge unter tosendem Applaus die Studiobühne. Von unseren Plätzen, direkt am Rand zum Mittelgang, konnten wir sehr gut sehen und hören.

»›Die Liebe ist ein seltsames Spiel, sie kommt und geht von einem zum andern‹, heißt es in einem alten Schlager. Das birgt ja gleichermaßen Schrecken und Chance in sich. Schrecken, wenn sie geht, Chance, wenn sie zu einem kommt. Und unser erster Gast hat beides schon einmal sehr eindringlich erlebt.«

»Mann, der ist ja heute geradezu poetisch«, flüsterte ich.

»Was heißt heute? Er ist immer toll! Und sieht er nicht sensationell aus? Live sogar noch besser als im Fernseher!«

»Oh, ich wusste gar nicht, dass du das guckst.«

»Manchmal. Ab und zu. Also, selten. Ich komm ja nicht dazu.« Caro klang, als würde sie das wirklich bedauern.

»Aha.«

»Jetzt kommt bestimmt gleich ihre alte Liebe, der Mann, den sie seit Jahren nicht gesehen hat! Boah, ist das romantisch!«

»Und was ist, wenn sie ihn gar nicht sehen möchte?«

»Natürlich will sie das. Mensch, Ann, sei doch nicht immer so unromantisch!«

Inzwischen hatte Herr Zwetschge eine dicke Frau in der Blüte ihres Lebens und einem unvorteilhaften Kleid auf das Sofa in der Mitte der Studiobühne geleitet. Sie hieß Geli und war anscheinend sehr aufgeregt. Während eines Einspielfilms wurde sie schnell von zwei Maskenbildnerinnen abgepudert und zurechtgezuppelt. Sie tat mir leid.

Sven Zwetschge erzählte von ihrem Eugen, den sie seit 25 Jahren nicht gesehen hatte, seit er aus Neumünster weggezogen war, aus beruflichen Gründen. Damals hatte sie nicht mitgehen wollen und schon lange den Kontakt verloren. Sie hatte einen anderen geheiratet, der inzwischen aber verstorben war. Warum sie sich damals von Eugen getrennt hatte, konnte sie beim besten Willen nicht beantworten.

»Na ja, wir waren jung …«, versuchte sie es gerade, worauf Sven Zwetschge nur schelmisch grinsend antwortete: »Na, so jung auch nicht mehr!«, was ihm einen Lacher im Publikum einbrachte.

»Sie haben bestimmt oft an Ihren Eugen gedacht und sich gewünscht, Sie wären bei ihm geblieben, hab ich recht?« Eindringlich nickte er sie an, während er fragte.

»Nun ja, ich, schon, also …«

»Tja, da ist es ihm hoffentlich nicht anders gegangen. Und hier ist Ihr Eugen!«

Ich war vollkommen überrascht von der Schnelligkeit, mit der der Moderator jetzt zur Sache kam. Caro deutete auf eine Person mit Headset, die mir schon vorhin aufgefallen war, weil sie so wild gestikulierte und anscheinend zwischen Regie und Moderator vermitteln musste.

»Das ist Tissi. Aus meiner Yoga-Klasse«, flüsterte sie mir zu.

Inzwischen waren Geli und Eugen in eine Umarmung verkeilt, von der man sich nicht sicher sein konnte, ob sie in beidseitigem Einvernehmen zustande gekommen war. Allerdings ließen sie sich auch nicht wieder los. Sie waren beide verkabelt, so dass man neben Stoffgeraschel und Schluchzern ab und zu auch ein geflüstertes Wort erhaschen konnte.

»… so gefehlt … all die Jahre … schöne Frisur … Granate im Bett …«

Ich schreckte auf. »Hat er gerade gesagt, sie war eine Granate im Bett?«

Caro grinste. »Hab ich auch verstanden!«

Sven Zwetschge hatte anscheinend nichts mitbekommen und moderierte fröhlich weiter: »Na, da seid ihr aber froh, dass ihr euch wiedergefunden habt, wie es scheint! Dann wollen wir euch mal mit eurem Glück alleine lassen!«

Eine Assistentin brachte einen riesigen Blumenstrauß, und unter lang anhaltendem Applaus wurden Eugen und Geli hinausgeführt.

Das Gesicht von Sven Zwetschge erschien wieder auf der Studioleinwand.

»Nun ja, diese Liebe scheint so gefestigt gewesen zu sein, dass sie anscheinend eine lange Zeit ohne Kontakt gut überstanden hat. Aber manchmal braucht man vielleicht eine kleine Pause voneinander, und plötzlich ist man sich sicher: Er oder sie ist es. So war es in unserem nächsten Fall.«

»O Gott, jetzt hat einer gemerkt, dass bald Weihnachten ist und er dann doch nicht so gern alleine sein will«, seufzte ich. »Das ist ja nervig.« Ich sah zu Caro. »Hey, seit wann kaust du Fingernägel? Du bist doch nicht etwa nervös?«

»Pssst, jetzt hör doch mal zu!« Caro deutete nach vorn.

»Manchmal merkt man eben erst, wenn die Person weg ist, dass sie das Wichtigste war, was man hatte«, sagte Sven Zwetschge gerade, und ich dachte noch: Na, dann ist es eben zu spät!, als ich den Moderator rufen hörte: »Und hier ist er: Yves Sennermann!«

Applaus. Ich reckte meinen Kopf vor, um besser sehen zu können, und zog ihn sofort wieder ein, denn auf der Bühne stand tatsächlich und sichtlich aufgeregt – Yves. Mein »Ich zeig dir das alles, kleines Dummerle«-Yves. Ich war so perplex, dass ich so bewegungslos die Bühne fixierte wie ein Jagdhund seine Beute.

Während er ihn etwas nach vorne schob, nahm Sven Zwetschge Yves in den Arm, fast so, als wolle er ihn beschützen.

»Sie haben bei einem Brunch über eine gemeinsame Bekannte eine Frau kennengelernt. Das ist ja nichts Ungewöhnliches.« Begeistert über seine, wie er wohl fand, irre witzige Formulierung sah er sich beifallheischend um. »Und Sie haben sich in sie verliebt. Auch das erstaunt uns nicht wirklich.«

Mir wurde etwas unwohl. Ich veränderte meine Sitzposition. Irgendwie war diese Studiobestuhlung unbequem. Ich guckte zu Caro. Die starrte geradeaus, als wäre sie beim Optiker in diesem schraubstockähnlichen Untersuchungsgerät gefangen und müsste die Buchstaben auf der Wand entziffern. Da waren aber keine Buchstaben. Da war nur Yves.

»Was macht der denn hier?«, fragte ich blöde. Und weiter: »Das ist doch Yves!«

Hatte Caro ihre Kontaktlinsen nicht drin?

»Mein Ex-Yves!«, erklärte ich ihr.

»Psst!«, zischte sie nur, ohne den Kopf auch nur einen Millimeter zu bewegen. »Hör zu!«

»Wir haben uns kennengelernt, und ich fand sie ganz schön toll. Sie ist dieser Typ Frau, in den ich mich einfach verlieben musste. Dennoch war ich mir plötzlich nicht mehr sicher. Ich habe, als es ernst wurde, den Schwanz eingezogen.« Irgendjemand im Publikum lachte. »Und dann, als mir klar wurde, ich will sie doch, da wollte sie nicht mehr.«

Zwetschge nickte bekümmert. »Das muss hart für Sie gewesen sein!«

»Ja, war es auch. Ich habe ihr SMS geschrieben, wollte mit ihr ins Konzert, aber sie hat einfach nicht reagiert.« Er klang geradezu empört.

Und ich dachte nur: SMS geschrieben! Hey – so hast du auch Schluss gemacht, du Arsch! Und dann wieder zu feige sein zum Anrufen, und wieder die SMS-Nummer … Was für ein Blödmann!

Ich musste laut gedacht haben, denn Caro sah mich böse an und zischte wieder: »Psst!«

Yves fuhr fort: »Und als ich dann ihre beste Freundin zufällig beim Yogakurs getroffen habe …«

Mir war schlecht. Zufällig beim Yogakurs. Lügner. Er ist da hingegangen, um an mich ranzukommen. Aaah – das bedeutete jetzt doch nicht etwa, dass ich gleich …

»Und diese beste Freundin ist heute Abend hier. Und nicht nur das, sehen Sie mal, wen sie mitgebracht hat!«

Das Scheinwerferlicht blendete mich so, dass ich das Mikro zuerst gar nicht sehen konnte. Wie durch eine Nebelwand nahm ich den fröhlichen Moderator neben mir wahr. Er schien mich etwas gefragt zu haben, denn Caro stieß mich unsanft in die Seite.

»Wie bitte?«, fragte ich und hoffte, dabei nicht allzu dämlich auszusehen. Cool Water, registrierte mein Geruchssinn umgehend. Der Duft von Sven Zwetschge war ja total achtziger. Ich hasste Cool Water. Es roch so scharf, ein bisschen wie Meeresbrise-Raumspray. Das hatte ich mal bei den Eltern meines Exfreundes Dominic benutzt, weil mein Pipi nach dem Genuss von Spargel so dermaßen gestunken hatte, dass ich die Toilette nicht in dem Zustand zurücklassen wollte. Ich hätte Sven Zwetschge eher in Richtung Égoïste eingeordnet: glatt, unnahbar, professionell freundlich und etwas künstlich.

Abermals spürte ich Caros Ellbogen in meinen Rippen. Ich schaute direkt in Zwetschges Gesicht.

»Ann, richtig?«, fragte er, wie es schien nicht zum ersten Mal.

»Ja.«

»Und den Herrn hier auf der Bühne, den kennen Sie doch? Yves?«

Er sprach langsam und bedächtig mit mir, als würde das irgendwas nützen. In meinem Kopf manifestierte sich nur ein Gedanke: Verrat. Caro hatte ihm geschrieben. Diesem Zwetschge. Yves musste mit ihr Kontakt aufgenommen haben, und ihr war nichts Besseres eingefallen, als diese grenzdebile Sendung anzuschreiben. Ausgerechnet diese Zwetschgen-Show. Diese geistige Kaffeefahrt ins Fremdschämland. Und ich war mittendrin. Auszusteigen war praktisch unmöglich, jedenfalls wenn ich mich nicht für mein restliches Dasein als schlechte Klaus-Kinski-Imitatorin auf irgendwelchen YouTube-Kanälen wiederfinden wollte. Rausschneiden, schoss es durch mein Hirn, na klar.

»Ist das live?«, fragte ich also, und Herr Zwetschge schien so begeistert und erleichtert, mir eine menschliche Regung entlockt zu haben, dass er eifrig nickte und sich beifallheischend im Studio umblickte.

»Ja, das ist live, und hier ist Ann, und Ann kommt jetzt mit mir auf die Bühne!«

Er zerrte mich unsanft von meinem mir jetzt doch plötzlich ganz liebgewonnenen Sitz, während Caro von hinten schob. Dabei redete er unablässig auf mich ein: »Sie haben bestimmt auch die ganze Zeit an Yves gedacht und sich gefragt, wie Sie wohl wieder zusammenkommen können, richtig? Ach, Sie können ja froh sein, so tolle Freunde zu haben.«

Ich würde mitspielen. Zwangsläufig. Ein bisschen. Es war schade um Caro. Sie war mir immer eine sehr gute Freundin gewesen. Traurig, eine so langjährige Freundschaft aufgeben zu müssen. Aber das ging wirklich zu weit. Yves, ausgerechnet Yves. Ich hatte ihn abgehakt, ich war mir sicher, dass das nur ein Strohfeuer für mich gewesen war, dass ich eigentlich auch schon die ganze Zeit gewusst hatte, dass er mit seiner besserwisserischen Art eigentlich gar nicht zu mir passte. Wie kam sie darauf, dass ich ihn wiederhaben wollte? Diesen Roger Willemsen für Arme?

Völlig ratlos war ich inzwischen nebst Moderator bei Yves angelangt. Ich streckte meine Hand aus, um sie ihm zu geben, aber Zwetschge schubste mich ein bisschen, so dass ich mich an meinem vermeintlichen Traumprinzen festhalten musste, was aus der richtigen Kameraeinstellung mit etwas Phantasie fast wie eine Umarmung aussehen konnte. Außerdem packte Yves jetzt zu und drückte mich an sich wie ein Teilzeitvater seine einzige Tochter nach deren Rückkehr vom vierwöchigen Urlaub mit der Mutter.

»Ich liebe dich!«, brüllte er mir überflüssigerweise ins Ohr.

Er schien sehr aufgeregt, sein Körper war ein einziger rasender Puls. Irgendjemand fand Männerschweiß antörnend, wer war das nur gewesen? Ich jedenfalls nicht. Oder fand man das vielleicht nur bei den Männchen, die man eh toll fand? Oder fand man sie toll, weil sie gut rochen? Ich musste das bei Gelegenheit mal nachlesen.

»Was ist mit dir?«, fragte er etwas leiser, und wahrscheinlich konnte tatsächlich nur ich das hören, weil inzwischen starker Applaus aufgebrandet war und ich mich sowieso in einer Art Schwitzkasten mit Yves befand.

»Du ... mit mir? Phhh, also, tja, ich, äh ...«

Was sollte ich denn jetzt sagen? Das hier war Fernsehen! Was sagte man in einer solch selten beschissenen Situation?

»Ich ... also, ich brauche etwas Zeit.«

Innerlich gratulierte ich mir. Genau das sagte man in dieser Situation. Wenn man eigentlich sagen wollte: Ich steh nicht auf dich. Ich will nichts von dir. ICH LIEBE DICH NICHT. Man konnte auch sagen: Wir haben uns zum falschen Zeitpunkt kennengelernt. Oder, wahlweise: Ich möchte zurzeit keine feste Beziehung. Wie oft hatte ich das schon gehört und selbst gesagt. Und es war immer gelogen. Wenn es passte, gab es keinen falschen Zeitpunkt. Und dann wollte man auch eine Beziehung, und zwar mit diesem Menschen, und zwar sofort und ohne groß darüber nachzudenken und Zeit ins Land gehen zu lassen. Außerdem war bei Yves und mir schon genug Zeit ins Land gegangen, Zeit, in der ich an ziemlich alles gedacht hatte, außer an Yves. Aber das konnte ich ihm jetzt nicht sagen. Das würde ich ihm nachher mitteilen. Wenn die Scheinwerfer ausgegangen waren. Und dann würde ich mit Caro reden. Ein letztes Mal.

Schwestern

»Es ist ein bisschen kalt für den Balkon, findest du nicht?«

Irrte ich mich, oder klang Caro tatsächlich ein wenig kleinlaut? Aber sie hatte ja auch allen Grund dazu.

»Ich möchte auf den Balkon, und deshalb gehen wir auf den Balkon. Ich lasse eben meine Jacke an. Es wird sowieso nicht lange dauern.«

»Was?«

»Unser Gespräch.« Ich zog ein Päckchen Zigaretten aus der Tasche.

Caro sah mich zweifelnd an. »Du rauchst? Seit wann?«

»Seit diesem beschissenen Abend in dieser beschissenen Sendung, den meine tolle Freundin mir eingebrockt hat. Vielen Dank noch mal!«

Ich zündete mir eine Zigarette an. Ekelhaft.

»Ich bin ja froh, dass du überhaupt mit mir sprichst«, sagte Caro mit gesenktem Blick. »Ich wusste gar nicht mehr, wie sich deine Stimme anhört.«

»Ich war mir auch nicht sicher, ob ich nach dieser oberpeinlichen Aktion deinerseits überhaupt jemals wieder mit dir reden sollte.«

»Es war gar nicht so peinlich, du kamst total sympathisch rüber …« So leise und lahm hatte ich sie noch nie gehört.

»Sympathisch? Mich erst da an meinem Platz stammeln lassen und nachher diesem Langweiler in die Arme zu schubsen? Was war das? Ich habe die Aufzeichnung von der Sendung gesehen. Es war furchtbar. Wie dieser Zwetschge dann Yves' Würgegriff ausgenutzt hat und einfach erzählt hat, ich sei total aus dem Häuschen und hätte Yves so vermisst und würde mich wie blöd freuen, und wahrscheinlich würden wir heiraten, und jetzt ließe er das junge Glück für sich. Und dann ist er einfach zum nächsten Programmpunkt übergegangen und hat uns da stehen lassen, ohne dass ich irgendwas zu meiner Verteidigung hätte sagen können. Es war erbärmlich und furchtbar und erniedrigend und schrecklich, und dann diese ganzen Nachrichten auf Facebook, wo sie mir alle gratulierten und schrieben, Yves sei ein ›sooo toller Mann‹ und ich hätte ja ›so glücklich ausgesehen‹ – ich könnte kotzen!«

Meine Zigarette war während meines Sermons ausgegangen, und ich zündete sie erneut an. Ich war eben keine Profiraucherin.

»Ann, es tut mir so leid. Ich dachte, er fehlt dir, du warst so down nach der Trennung, und wenn ich dich nach ihm gefragt habe, hast du immer abgelenkt … Und neulich, bei unserem Gespräch, als du mir die Verkupplungsversuche mit Tim vorgeworfen hast, da wurdest du ganz melancholisch und hast mir Fotos von Yves gezeigt … Und da dachte ich, vielleicht ist ja doch Yves dein Mann. Und dann hat er mich gefragt, was er tun sollte, er war so verzweifelt, und ich hatte gerade zuvor mit Tissi gesprochen, und die hat mir erzählt, dass das immer so toll läuft mit den Paaren bei denen in der Sendung, da dachte ich …« Sie stockte kurz, bevor sie zögernd sagte: »Ihr wart doch so verliebt, Yves und du.«

Caro sah mich flehend an.

»Ja, das stimmt. Besonders in den ersten Wochen. Aber alle fanden ihn schlimm. Und ich habe nach der Trennung auch bald gemerkt, dass er nicht der Richtige für mich war. Und du, als meine ehemals beste Freundin, hättest das wirklich wissen müssen.«

Caro sah mich mit wässrigen Augen an und sagte wie in einem kitschigen Samstagabendfilm: »Ann, ich flehe dich an, du kannst doch unsere Freundschaft nicht so mir nichts, dir nichts über Bord werfen.«

»Wer hat das denn getan? Das hättest du dir früher überlegen sollen! Erst diese Verkuppelei wie im Mittelalter und jetzt das!«, fauchte ich und stand auf. Die Zigarette schmiss ich vom Balkon, ich war nicht zum Rauchen geboren. »Es wäre mir lieb, wenn du mich nicht anrufen würdest. Oder mailen. Ich will auch keine SMS oder Kontakt bei What's App. Auch kein Fax oder Grüße durch Dritte.« Hatte ich etwas vergessen? »Du brauchst mir auch nichts in den Himmel schreiben zu lassen. Skype mich nicht an. Stups mich nicht bei Facebook. Keine Brieftaube. Keine Nachrichten auf Xing. Klingele nicht bei mir. Es ist aus und vorbei.«

Ich ging zur Tür.

»Ach ja, und keine Post. Also, analog jetzt.«

Ich sah sie verächtlich an, knallte die Tür hinter mir zu und wartete bis zur nächsten Häuserecke, bis ich meinen Tränen freien Lauf ließ.

*

Das Doofe war: Caro hielt sich daran. Die nächsten Wochen waren hart. Mir wurde erst jetzt so richtig bewusst, welch feste Größe sie immer in meinem Leben gewesen war.

»Aber du wolltest doch wirklich keinen Kontakt mehr, nach dieser Aktion. Es ist toll, dass sie das respektiert. Das kann nicht jeder. Viele würden dann wieder mit SMS anfangen und unter einem Vorwand um ein Treffen betteln. Sie macht, was du dir von ihr gewünscht hast. Das ist toll!«

»Ja. Du hast recht.«

Ich saß mit Paul im Wolkenkuckucksheim und trank mein drittes Alster. Das würde eine unruhige Nacht werden. Am besten ließ ich das Licht auf dem Klo gleich an.

»Und wenn du wieder mit ihr reden willst, rufst du sie einfach an.«

»Ich glaube nicht, dass ich das kann. Wenn sie mich jetzt nicht hassen würde, hätte sie sich doch gemeldet! Sie ist bestimmt froh, dass es mich nicht mehr gibt in ihrem Leben. So hat sie auch mehr Zeit für Björn. Außerdem will ich gar nichts mehr mit ihr zu tun haben. Auch wegen dieser Verkuppel-Geschichte.«

»Deswegen hat Caro auch ein richtig schlechtes Gewissen. Sie hat mir neulich erzählt, dass sie sich die Mitschuld am Ende deiner Beziehung mit Yves gibt. Weil sie Tim immer ermutigt hat, dazwischenzugrätschen.«

»Ach, weißt du, das ist mir eigentlich auch egal. Es ist jetzt, wie es ist.«

Paul zog die Augenbrauen hoch, schlug mit der flachen Hand auf den Tisch und sagte aufmunternd: »Schön. Dann jammer nicht rum. Wie sieht's aus, gehst du mit mir auf das Knyphausen-Konzert?«

Ich stieg auf das neue Gesprächsthema ein, dachte aber gleichzeitig über Caro nach. Natürlich hatte ich meinen Stolz. Und ich hatte diese Kuppelsendung wirklich furchtbar gefunden und auch, dass sie mir unbedingt Tim schmackhaft machen wollte. Ein netter Typ, aber nicht mehr. Aber trotz all ihrer Fehltritte war eine zwanzigjährige Freundschaft mit Caro ein kostbares Gut, und sie fehlte mir, verdammt noch mal. Gut, ich traf mich jetzt häufiger mit Paul, war ein-, zweimal mit Sabine essen gewesen und hatte mich ein paarmal mit meinen schwulen Nachbarn René und Moritz getroffen, aber das war alles nichts gegen einen ausführlichen Klönschnack mit meiner Caro. Mit Tim würde ich sicherlich irgendwann mal wieder reden, aber das Schreckliche war, dass mir das viel wahrscheinlicher vorkam, als jemals wieder etwas mit Caro zu tun zu haben.

*

Immer wieder erwischte ich mich in der nächsten Zeit dabei, dass ich zum Telefon greifen und Caro anrufen wollte. Es gab einfach so viele Dinge, zu denen ich gern ihre Meinung gehört hätte. Ob ich nun die grüne Wildledertasche kaufen sollte, weil sie so gut zu meinen graugrünen Stiefeln passte, allerdings nur dazu, oder lieber die schwarze, die sechzig Euro billiger war und eigentlich zu allem passte? Sollte ich den Kellner im Kaffeeladen, der immer so nett zu mir war, einfach mal fragen, ob wir einen Kaffee trinken wollten, oder war das eine blöde Idee, schon allein, weil er Kaffee vielleicht nicht mehr sehen konnte? Und was war eigentlich mit meiner Frisur? Sollte ich mir doch einen Pony schneiden lassen? Das waren nur einige der wichtigen Fragen, auf die mir nur Caro eine Antwort geben konnte. Ein großes Problem war natürlich auch: tanzen gehen – mit wem?

Als mir eines Samstagabends die Decke auf den Kopf fiel, hielt ich es nicht mehr aus. Heute würde ich zum allerersten Mal alleine tanzen gehen. Egal. Man tanzte ja sowieso alleine, also konnte ich auch von vornherein ohne Begleitung hingehen.

Sollte ich davor noch irgendwo etwas trinken? Schließlich begannen die meisten Tanzveranstaltungen erst gegen

Mitternacht, und wenn ich mir vornähme, dann erst loszugehen, wäre ich vielleicht schon auf der Couch eingeschlafen. Also: vorglühen. Mich alleine an die Bar setzen.

Ich hatte oft Männer gesehen, die alleine am Tresen ihr Bierchen tranken. In neunzig Prozent aller Filme, die ich je gesehen hatte, saß irgendwann irgendwo ein Mann alleine am Tresen. Er saß einfach da, er brauchte keine Gesellschaft, selbst mit dem Barkeeper redete er frühestens nach dem zehnten Bier. Aber saßen auch Frauen alleine am Tresen? Und was machten sie da? Sah das nicht bedürftig aus? Musste man sich dann nicht zwangsläufig besaufen? Aber dann konnte ich das mit dem Tanzen vergessen. Konnte ich mir wenigstens ein Buch mitnehmen? Allerdings hatte ich noch nie eine Frau in einer Bar mit einem Buch gesehen. Nicht abends. Und Frauen, die tagsüber in einer Bar saßen, machten das sehr wahrscheinlich aus beruflichen Gründen.

Es war schwierig. Rauchen fiel auch aus. Früher war das gegangen, da konnte man rauchend dasitzen, man hatte was in den Händen. Gut, vereinzelt gab es ja noch Raucherkneipen. Allerdings hatte ich keine Lust auf den Gestank. Und die ganze Zeit mit dem Handy rumspielen?

Wieso machte ich mir eigentlich solche Gedanken? Es war weiß Gott ganz normal, dass eine erwachsene Frau in einer Bar alleine ein Bier oder ein Glas Wein trank. Nur für mich war es nicht normal. Also vielleicht doch gleich tanzen. Zu Hause schon mal etwas trinken, während ich mich aufhübschte, und dann los. Das konnte doch nicht so schwer sein. Aber was sollte ich anziehen? Den Jeans-Minirock? Das schwarze Kleid? Ich stand vor meinem Kleiderschrank und seufzte. Klamotten aussuchen machte allein keinen Spaß. Die Uhr zeigte zehn nach neun. Mit Caro wäre das jetzt ganz einfach.

Sie fehlte mir. Sehr. Schon die ganze Zeit. Eigentlich vermisste ich sie wie verrückt, und eigentlich war es doch gar nicht so schlimm, was sie gemacht hatte. Ja, es war unangenehm in dieser Sendung und es hatten mich weiß Gott einige Leute darauf angesprochen, aber sie wollte mir ja damit nichts Böses. Und Leute verkuppelt, von denen ich dachte, dass sie zusammenpassten, das hatte ich auch schon versucht. Mit ähnlichem Erfolg wie Caro, aber das stand auf einem anderen Blatt. Wir hatten schon so viel zusammen erlebt und durchgemacht – mir stiegen die Tränen in die Augen, als ich zum Telefon griff und Caros Nummer wählte.

»Ann! Endlich!«

Ich hörte sie regelrecht durchs Telefon strahlen.

»Caro, ich, es, äh …«

Das war doch schwerer, als ich gedacht hatte, aber meine allerbeste Freundin kam mir zu Hilfe: »Toll, dass du dich endlich meldest! Ich vermisse dich so! Wollen wir uns treffen? Jetzt?«

»So gerne, meine Caro! Ich vermiss dich nämlich auch wie blöd!«

Jetzt merkte ich, wie meine Augen feucht wurden. Unsere Freundschaft war gerettet. Wir würden noch mal über alles reden. Und dann würden wir tanzen. Zu zweit.

Geschenke

»Und? Freust du dich?«

Paul kaute nervös auf seiner Unterlippe, während er sich zu mir runterbeugte. Caro und Björn standen engumschlungen ein paar Schritte hinter ihm und guckten so erwartungsvoll wie Eltern in amerikanischen Spielfilmen, die ihrer Tochter zum Highschool-Abschluss einen Pick-up geschenkt haben. War bei mir ja so ähnlich, nur feierten wir nicht mein Abitur, sondern »nur« meinen 34. Geburtstag. Und über einen Pick-up hätte ich mich wahrscheinlich sogar gefreut, denn den hätte ich getrost verkaufen können, schon allein aus Umweltschutzgründen. Aber das hier, das war … das war …

»Das ist nicht so eine Resteficken-Singlereise«, kam Caro mir zuvor. »Das sind lauter gebildete Menschen. Und Mallorca ist nur an den schlimmen Stellen schlimm. An den anderen ist die Insel wunderschön!«

Sabine erschien mit einem Becher Erdbeerbowle und fragte in die Runde: »Und? Freut sie sich?«

Ich war froh, dass ich saß, als ich den Umschlag geöffnet hatte, den meine »Freunde« einem kleinen Keramikfrosch – »Wegen Froschkönig, du verstehst?« – auf den Rücken geklebt hatten. Ich schloss für einen Moment die Augen und versuchte, mich an eine schöne, lustige Begebenheit zu erinnern, um dann Lee-Strasberg-mäßig diesen Gesichtsausdruck, vermischt mit etwas Dankbarkeitsgefühl, für die aktuelle Situation verwenden zu können.

»Das ist total nett von euch«, begann ich lahm und bemühte mich krampfhaft, meine Mundwinkel nach oben zu stemmen, um mich dann zusammenzureißen und noch monotoner fortzufahren: »Ich meine, ja, nett. Das kann ich aber unmöglich annehmen, das ist doch viel zu teuer. Eine SINGLEREISE, super. Und dann noch nach Mallorca, toll. Ich freue mich. Wirklich.«

Gott sei Dank würde ich nie im Leben in die Verlegenheit kommen, mich für irgendeine Rolle in egal was für einem Film bewerben zu müssen, denn mit einer Vorstellung dieser Qualität würde ich vermutlich jeden Regisseur mindestens in die Trunkenheit, wenn nicht gleich ins Jenseits befördern.

»Hey, es ist ja keine Saison, und dein Nachbar und sein Freund sind ja auch mit im Boot.«

»Nach Mallorca? Ich dachte, da flieg ich hin!«

»Nein, bei dem Geschenk, Spaßvogel.« Paul schien verärgert. »Wir haben gedacht, wir machen dir eine Freude. Und ich finde Caros Idee ja auch total gut.«

Ich horchte auf. »Caro? Deine Idee? Ich dachte, du kenntest mich besser!«

Meinem kurzen Entzücken über die formvollendete Verwendung dieses Konjunktivs folgte umgehend das Entsetzen über die Tatsache, dass Caro ernsthaft eine Reise mit notgeilen Übriggebliebenen für mich in Betracht zog. Einmal mehr fühlte ich mich von meiner besten Freundin nicht wirklich verstanden.

»Wer jammert denn immer rum, dass sie niemanden hat? Wer liegt mir in den Ohren, dass sie nicht weiß, mit wem sie in den Urlaub fahren soll? Und wer hat keine Lust, mit mir und Björni nach Griechenland zu kommen?

Hä? Das wird bestimmt total super! Ist zwar nur eine Woche, aber vielleicht ist dein Mr Right ja dabei, und ihr fahrt dann noch mal hin, alleine.«

Sie zwinkerte mir zu. Irgendwie wurde mir in letzter Zeit zu viel von den falschen Personen zugezwinkert.

»Ich hab deinen Urlaub schon eingetragen«, meinte Sabine trocken und holte sich noch ein Glas Erdbeerbowle. Ich hatte Sabine in Verdacht, diese Reise zu Sonderkonditionen bekommen zu haben, denn schließlich hatte sie kürzlich erst den zehnten Geburtstag dieses Reiseveranstalters ausgerichtet. Am Ende war das vielleicht sogar ihre Reise gewesen, und sie hatte sie gönnerhaft an mich abgegeben.

»Kann ich denn wenigstens jemanden mitnehmen, Paul zum Beispiel?«

»Schatz, überleg mal. Warum könnte die Reise ›Singlereise‹ heißen? Was haben die sich dabei wohl gedacht?« Paul schüttelte den Kopf. »Außerdem habe ich erst im August Urlaub. Nee, nee, da fährst du mal schön alleine. Mallorca im Frühling – ein Traum!«

»Ein Alptraum, ja. Ich hasse euch!« Ich musste lachen. Es war ja schon irgendwie nett, wie meine Freunde sich um mich sorgten. »Na gut. Ich guck mir das mal an. Ein bisschen Sonne jetzt im April kann nicht schaden. Aber wer versteckt mir denn dann an Ostern etwas?«

»Ich bin mir sicher, du wirst da einige Eier suchen können, die Mann-Frau-Quote ist eins zu eins bei diesen Reisen, darauf hab ich geachtet.«

Caro strahlte mich an, und ich lächelte gequält.

Singlereise

Der große, hagere Mann mit dem sehr mitgenommenen »Sunbeam Travel«-Schild schien einfach alle Passagiere unseres Fluges auf Verdacht anzulächeln.

Und ich war anscheinend die Einzige, die wirklich zu ihm wollte, wobei »wollte« ja relativ war. Ich hatte mich entschieden, das Beste aus dieser Reise zu machen. Schließlich war ich ein freier Mensch und konnte mich ja jederzeit abseilen, und, bei Gott, das würde oft sein. Drei dicke Bücher hatte ich mir mit- und vorgenommen, zum Schlafen und Essen würde ich mir Zeit nehmen und den Hotelpool ausführlich benutzen, hoffentlich war er ordentlich beheizt. Auf andere Menschen, gemeinsame Ausflüge und erst recht auf peinliche Vorstellungsrunden hatte ich überhaupt keinen Bock.

»Du bist heute die Einzige, die mit dem Flug gekommen ist, die anderen sind entweder schon da oder kommen später. Ich fahr dich jetzt ins Hotel.«

Claus, mein Abholer, hatte meinen Koffer mit den Worten »Boah, ist der schwer! Hast du dein Hantelset dabei?« in den Kofferraum gehievt. Ein Spaßvogel, dieser Claus. Ich betrachtete ihn von der Seite. Er schien um die vierzig zu sein, vielleicht auch älter, wobei »um die vierzig« ja auch Spielraum nach oben ließ. War fünfzig in gewisser Weise nicht auch noch »um die vierzig«? Gerade heutzutage, wo fünfzig ja das neue Vierzig und vierzig das neue Dreißig war. Single oder nicht, das war bei Claus eigentlich keine Frage, denn er gehörte mit seinem grimmigen Gesichtsausdruck und dem zotteligen Drei-Jahre-Bart nun wirklich nicht zu meiner Zielgruppe. Dennoch interessierte es mich. Ob er wohl einer unserer Bespaßer war? Der die lustigen Single-Spielchen wie Luftballontanz und Reise nach Jordanien – oder wie hieß dieses Spiel mit den wenigen Stühlen – organisierte?

»Der Falco und die Jule haben für heute Abend das erste Treffen anberaumt. Das sind eure Ansprechpartner in den nächsten Tagen. Ich bin nur der Fahrer. Und: Nein, ich bin kein Single. Ich habe einen festen Freund, seit dreizehn Jahren.«

Erschrocken starrte ich geradeaus. Der Name »Sunbeam Travel« klang zwar etwas esoterisch, aber von gedankenlesenden Fahrern hatte nichts im Internet gestanden. Verdammt, ich hätte das nicht nur überfliegen dürfen. In die Materie einarbeiten hätte ich mich sollen. Am Ende war das ein Mentalisten-Camp oder von Scientology. Begriffe wie »Gehirnwäsche« und »Psychofolter« schossen in mein Hirn, und ich nahm mir vor, in der nächsten Woche auf keinen Fall Pillen oder Pilze zu mir zu nehmen, egal, wer sie mir wie sehr auch immer aufdrängen würde. Dazu kam, dass mir seine Homosexualität entgangen war. Da war ich wohl aus der Übung. Das konnte ja heiter werden.

Ich musste sehr verängstigt geguckt haben, denn schon hörte ich Claus sagen: »Ich werde das andauernd gefragt. Von allen. So, da wären wir.«

Das Hotel hatte vier Sterne, was in manchen Ländern ja auch einfach die Zahl der Himmelskörper, die man durch das undichte Dach sehen konnte, benennen konnte, hier aber schienen sie tatsächlich für einen gewissen Standard zu sprechen. In meinem Zimmer checkte ich sofort die wirklich wichtigen Dinge und war zufrieden: Die Batterien in der Fernbedienung schienen frisch zu sein, das Kopfkissen hatte genau die richtige Konsistenz, die Matratze war nicht zu weich, und die Lüftung im Bad war an den Lichtschalter gekoppelt, so dass sie aufhörte, laut zu brummen, wenn man das Bad verließ. Sehr gut. Ich hasste es, mich nachts im Dunkeln ins Bad schleichen zu müssen, damit das Frischluftgebläse es nicht mitbekam und nicht, wenn ich schon längst wieder im Bett lag, noch gefühlte Stunden lautstark weiterpustete.

Ich sah auf die Uhr. Es war halb fünf. Um sechs gab es meinen Unterlagen zufolge ein »Welcome Meeting«, also ein Willkommenstreffen mit »Welcome Drink«, also einem Willkommensgetränk, und danach ein »gemeinsames Abendessen«. Komisch, das stand auf Deutsch da. Vielleicht hatten die Verfasser der Broschüre nicht gewusst, was »gemeinsam« auf Englisch hieß. Nun, wahrscheinlich würde ich das Treffen aus Versehen verpassen und stattdessen mal den Weg zum Strand erkunden. Ich hatte nämlich so gar keine Lust auf »Ich bin Ann, vierunddreißig Jahre alt und arbeite in Hamburg in einer Eventagentur. Ich glaube, ich war mal in einer glücklichen Beziehung, aber das ist so lange her, dass ich mich nicht mehr daran erinnere. Meine Hobbys sind Sport und Freunde treffen.« Dann noch irgendwas Skurriles anfügen, wie: »In meiner Freizeit häkele ich aus alten PET-Flaschen Fleecepullis«, damit die anderen Gelegenheit hatten, anzuknüpfen: »Echt? Fleecepullis? Das stelle ich mir total schwer vor. Hast du dir das selbst beigebracht?«

Ein Klingelgeräusch wie von einem Telefon unterbrach meine Tagträume. Und: Es war ein Telefon. Genauer gesagt, das Telefon auf meinem Zimmer.

»Ann Winkler?«

»Hallo, Ann, hier ist Jule. O. k., wenn wir uns duzen?«

Oje. Wir hatten uns jetzt schon alle ganz doll lieb, obwohl wir uns gar nicht kannten. Na ja, ich wollte mal nicht so sein.

»Klar, kein Problem!«

»Cool! Ich hoffe, du hattest eine gute Anreise und bist zufrieden mit deinem Zimmer.«

Da sie am Ende des Satzes nicht mit der Stimme hochgegangen war, erwartete ich, dass sie weitersprach, und sagte nichts. Aber sie schwieg auch, anscheinend wollte sie eine Antwort auf ihre nicht wirklich gestellte Frage, also sagte ich, meinerseits fragend: »Ja?«

Das verunsicherte sie wiederum: »Ich meine, Claus hat dich doch abgeholt? Und mit deinem Zimmer ist alles cool?«

»Ja, ja, alles gut.«

»Cool. Wir treffen uns um achtzehn Uhr im Restaurant, da geb ich euch auch eure Frühstücksvoucher« – sie hätte ja auch »Gutscheine« sagen können –, »und alles andere bequatschen wir dann. Wir sind total gespannt auf dich!«

»Ich auch auf euch, danke!«, log ich. Scheiße. Wenn ich da nicht hinging, müsste ich morgen mein Frühstück selbst bezahlen. Und überhaupt: Waren die jetzt auf mich speziell »total gespannt«, oder sagte sie das jedem? Vermutlich. Na gut. Dann würde ich mir eben mal meine Gutscheine abholen. Ich konnte es ja kurz machen.

*

»Cool«, stellte Jule zufrieden fest. Ich hingegen sollte während dieser Woche feststellen, dass es kaum etwas gab, was Jule nicht »cool« fand. Sie war klein, schätzungsweise Anfang zwanzig, hatte riesige blaue Augen und eine Figur, die man als gut bezeichnen konnte, wenn man auf große Brüste, gebärfreudige Becken und stämmige Waden stand. Obwohl sie gern kicherte, schien sie nicht dem Klischee des dummen Blondchens zu entsprechen, sondern eher eine toughe, zielstrebige Frau zu sein, die es einfach cool fand, alles cool zu finden.

»Dann sind wir ja fast vollzählig. Zwei kommen morgen noch nach, aber wir fangen trotzdem schon mal an. Cool. Ich bin Jule, Freunde nennen mich Ju. Das ist Falco, und wir sind in der nächsten Woche eure Ansprechpartner für alles, was ihr auf dem Herzen habt und uns erzählen mögt.«

Sie zeigte auf Falco, einen braungebrannten Sonnyboy im rosa Polohemd zur weißen Jeans. Selbstverständlich hatte er seinen Kragen hochgestellt, einfach, um sich schon gleich bei mir unbeliebt zu machen.

»Wir werden es uns schon nett machen, keine Sorge!« Er grinste.

Wir waren eine Gruppe von zehn Frauen und zehn Männern. Von den Mädels kannten sich einige anscheinend schon, bei den Jungs schienen nur zwei zusammen angereist zu sein. Ich sah sie mir genauer an. Im Übrigen taten das alle. Schließlich war die einzig offensichtliche Gemeinsamkeit, die wir alle miteinander hatten, dass wir Singles waren. Und schließlich wollte jeder hier jemanden auftun, der das änderte. Wenigstens für diese Woche. Alle Anwesenden versuchten also so unauffällig wie möglich, die anderen auf ihre Lebensabschnittsgefährten-Tauglichkeit hin zu überprüfen, und gleichzeitig beim eigenen Geschlecht zu sondieren, wer eventuell größere Chancen als man selbst haben könnte. Es war schrecklich, und ich machte mit.

Allerdings war ich auch schnell fertig. Es kam auf den

ersten Blick eigentlich nur einer für mich in Frage. Er trug umgekrempelte Jeans-Shorts, ein Che-Guevara-T-Shirt und ein Lederarmband, hatte mittelblonde, sehr kurze Haare, war drahtig und nicht sehr groß und hatte einen Dreitagebart. Er wirkte entspannt und schien sich über diese ganze Singlegeschichte zu amüsieren, was ich sympathisch fand. Ich checkte die Frauen. Gab es eine, die mir bei ihm in die Quere kommen konnte?

Die meisten Frauen buchte ich selbstgerecht unter »Tussi« ab, die Perlenohrringdichte war sehr hoch, Pferdeschwänze dominierten die Frisurenauswahl, und auch hier neigte man zum hochgestellten Polohemdkragen. Ob das aristokratisch wirken sollte? Zwei der Frauen fielen mir positiv auf, die eine war etwas rundlich, was ihr gut stand, sie hatte ein bildhübsches Gesicht und einen offenen, neugierigen Blick, war vorteilhaft gekleidet und hatte wunderschöne, glänzende Locken. Die andere war lang und schlank, hatte eine strubbelige Kurzhaarfrisur und trug ein Kleid, das ich bei H&M auch schon in der Hand gehabt, dann aber wieder weggelegt hatte, weil ich mir einmal geschworen hatte, dort nie etwas Gemustertes zu kaufen, da alle Frauen auf der Welt es sofort wiedererkennen würden. Was ja eigentlich egal war, wie ich jetzt fand, denn das Kleid stand dieser Singlefrau hervorragend. Sie lachte laut und dreckig, was mir sehr gut gefiel. Mit diesen Frauen würde ich Che auch teilen. Zur Not.

Ich setzte ein fröhliches Lächeln auf, ging auf die Strubbelfrau zu und sagte mit pseudo-erotischem Tonfall: »Na, so alleine hier?«

Sie sah mich irritiert an. »Mei, dös is doch a Hetero-Veranstaltung, hob i docht?«

»Entschuldige, ich hab einen Scherz gemacht«, versuchte ich mich zu rechtfertigen, »weil wir doch alle alleine hier sind. Ich wollte dich weiß Gott nicht anbaggern!«

Dass ich das jetzt auch noch erklären musste. Das war ja ein trüber Haufen. Wie hatte ich mich so täuschen können? Sie guckte mich noch mal verständnislos an, schüttelte den Kopf und ging. Auweia. Übermut tut selten gut, rügte ich mich.

Die Schönhaarige lachte mich an. »Hi! Ich bin Claudi. Und: ja, ich bin auch alleine hier. Wie heißt du?«

»Ann«, sagte ich dankbar, doch bevor ich weiterreden konnte, hörte ich: »Cool. Einige von euch fangen schon an, sich mit den anderen bekannt zu machen, wie ich sehe. Aber dazu gibt's ja eigentlich unsere großartige«, sie hob ihre Stimme, »Vorstellungsrunde! Tätäääää! Auf die habt ihr euch bestimmt schon gefreut!«

Gelächter. Ein dicker Typ mit Nikolausbart brummelte genervt: »Sehr witzig.« So sammelte er bestimmt schon gleich Pluspunkte beim anderen Geschlecht.

»Cool. Also, Falco und ich haben uns ja schon vorgestellt, ich sag nur kurz noch was zu uns: Ich komme aus Köln, bin achtundzwanzig und studiere Kulturmanagement. Dieses Reisen-Ding mache ich seit drei Jahren nebenher, und es macht mir irre viel Spaß. Cool. Und Fred«, sie kicherte, »äh, Falco soll sich selbst vorstellen.«

Er strahlte wie ein Allianzvertreter kurz nach dem Verkauf einer Risikolebensversicherung.

»Mmhja, also, Jule hat es ja schon gesagt, ich heiße Falco, ich bin vierunddreißig und eigentlich Projektmanager, arbeite aber seit sieben Jahren ausschließlich als Reisebegleiter und Animateur bei Sunbeam Travel. Dafür habe ich auch diverse Fortbildungen und Praktikas im Bereich Entertainment-Management gemacht.«

Aaah! PraktikAS! Vermutlich stöberte er auch gern in

Atlassen, während er LKWs überholte und dabei Solis sang.

»Cool. Und jetzt sind wir irre neugierig, wer ihr seid. Hm, ich schlage vor, wir gehen alphabetisch vor. Hubert Ammer, wo bist du?«

Ein kleiner Typ im Anzug stand auf und wurde rot.

»Ja, äh, hi, ich bin Hubert, aber meine Freunde sagen Hubi zu mir. Und gute Bekannte auch. Ich bin, äh, fünfunddreißig und arbeite in der IT-Branche ... Hm, und ja, ich interessiere mich für Oldtimer.«

»Cool, ich hoffe, damit meinst du nur die Autos!« Jule kicherte. »Schließlich haben wir schon geschaut, dass wir alle hier etwa gleich alt sind. Also, zwischen dreißig und vierzig. Danke, Hubert. Esmeralda Berben, wo steckst du? Total cooler Name übrigens.«

Ein Single nach dem anderen erhob sich und erzählte mal mehr, mal weniger über sich. Es war eine Arzthelferin dabei, viele Kaufmänner und -frauen, ein Apotheker, der Projektmanager, eine Übersetzerin und zwei Lehrer. Und alle beteuerten, wie sehr sie sich auf die Tage hier freuten. Dann stand mein Boyfriend to be auf und sagte: »Hi, Leute. Total strange irgendwie, hier die Veranstaltung. Ich hab die Reise gewonnen, und wenn's mir nicht gefällt, mache ich vorzeitig den langen Schuh. Also, gebt euch Mühe!«

Er grinste ein Perlhuhn mit Dolly-Buster-Oberweite anzüglich an, was diese leicht errötend zu Boden blicken ließ.

»O. k.«, fuhr mein seit seiner Mundöffnung zum Exfavoriten mutierter Schöner fort. »Wie gesagt, mein Name ist Olli Krause, und ich komme aus Hamburg. Ich mach, was ansteht, das muss erst mal genügen. Außerdem bin ich weltweit bei fast jedem Triathlon dabei, aber ich denke, das sieht man. O. k., bevor ich mich hier festquatsche, der Nächste bitte!«

Ich musste ihn mit offenem Mund angestarrt haben, denn ich hörte ein leises Klappgeräusch, als ich jetzt schlucken musste. Wie konnte man so sein? Arroganz gepaart mit Dummheit, Überheblichkeit und mangelndem Taktgefühl. Respekt. Das alles in einer Person. Schade um die hübsche Verpackung!

»Ann, das bist du? Cool.«

Ah, ich war dran.

»Ja, hi, ich bin Ann, und ich hab die Reise geschenkt bekommen …« Im selben Moment, in dem ich das gesagt hatte, fiel mir auf, wie sehr es nach Entschuldigung klang, und deshalb setzte ich schnell hinzu: »Von sehr guten Freunden. Ein tolles Geschenk.«

»O ja, das ist cool!«, freute sich Jule.

»Äh ja, ich bin vierunddreißig Jahre alt und arbeite in einer Eventagentur. Und ich bin sehr gespannt auf diese Woche. Ich war noch nie …« Ich zögerte. Eigentlich wollte ich sagen »auf einer dieser armseligen Singleveranstaltungen, weil ich es nicht nötig habe«, entschied mich dann aber dafür, mich nicht gleich ins Aus zu katapultieren, und sagte: »… auf Mallorca.«

Ein gedrungener Typ mit muskulösen Oberarmen, schütterem Haar und schönen braunen Augen sah mich immer wieder interessiert an, während sich noch die anderen vorstellten. Als zwei Kellnerinnen mit Tabletts voller Prosecco hereinkamen, nahm er zwei davon und kam auf mich zu.

Jule rief gutgelaunt: »Na, da haben wir ja wieder einen fröhlich-bunten Haufen toller People zusammen! Cool. Ich freu mich. Prost, auf eine tolle Woche!« Sie hob ihr Glas, und alle taten es ihr nach.

Der Herr, der mir den Prosecco gebracht hatte, zwinkerte mir zu. »Salute, Anne, wie man hier in Spanien sagt. Wie ich heiße, weißt du ja.«

»Ann ohne e. Salute. Entschuldige, ich hab mir deinen Namen nicht gemerkt … Sören?«

»Fast. Toby heiße ich. Auch ohne ›e‹. Mann, das war vielleicht anstrengend im Verlag die letzte Zeit … Ich weiß gar nicht, was alle immer haben mit Kurzarbeit und so. Bei uns läuft's super. Ich werde meinem Chef mal sagen, er soll die Auflage erhöhen. Seit ich da bin, haben wir drei neue Anzeigenkunden gekriegt. Irgendjemand muss den Laden ja mal auf Vordermann bringen.« Er lachte.

Jule klopfte an ihr Glas. Ich bedeutete Toby mit gezwungenem Lächeln, dass sie wohl etwas sagen wollte.

»Cool. Wie ich sehe, braucht ihr uns schon gar nicht mehr fürs Kennenlernen.« Sie kicherte. »Aber für die Schüchternen unter euch haben wir uns ein paar Ausflüge und Aktionen ausgedacht.«

Falco übernahm. »Ja, wir machen für die Sportskanonen unter euch eine Mountainbiketour, wir haben einen Tapas-Abend mit einem original spanischen Koch geplant, wo ihr einige Rezepte lernt und euch hoffentlich anstrengt, weil ihr eure eigenen Kreationen dann auch essen müsst. Es gibt eine Sightseeing-Tour im Bus über einen Teil der Insel, Tanzabende und natürlich jede Menge Zeit, um zu zweit romantisch am Strand zu liegen … Hab ich was vergessen, Ju?«

»Ja, hast du! Cool. Wir machen eine Weinprobe auf einem mallorquinischen Weingut, und wer mag, kann einen Tauchkurs absolvieren. Ihr seht, wir haben viel vor mit euch. Aber jetzt gehen wir erst mal essen. Wir haben euch so an den Tischen platziert, wie wir denken, dass es passen könnte, und wollen euch bitten, das auch zu respektieren.«

»Respektieren« fand ich in dem Zusammenhang ein

bisschen geschwollen, schließlich ging es hier nicht um Menschenrechte oder wenigstens jemandes Hausfrieden.

Erleichtert stellte ich fest, dass Claudi direkt neben mir saß. Aus dem Augenwinkel bemerkte ich, dass Toby schnell ein Tischkärtchen umgetauscht hatte und so auch an meinem Tisch Platz nehmen konnte. Na prima. Er schien seine Selbstbeweihräucherung auch gleich fortführen zu wollen, denn er setzte sich, das Gesicht schmerzverzerrt, neben mich und erklärte: »Hab total Muskelkater.« Er sah mich auffordernd an.

Ich tat ihm widerwillig den Gefallen und fragte: »Wovon?«

»Zweiundvierzig Kilometer. In anderthalb Stunden. Ich hab ja läuten hören, Werner hat auch Probleme ...« Er grinste.

»Welcher Werner? Was für Probleme? Zweiundvierzig Kilometer was? Marathon?« Ich war irritiert. Falls das noch eine Unterhaltung werden sollte, müsste der Typ vielleicht erst mal seine Medikamente nehmen.

»Mountainbiken. Und Jörg.«

»Jörg? Willst du mir erzählen, du hast mit drei Freunden eine Mountainbike-Tour gemacht?«

Er grinste abermals, nun aber süffisant. »Also, zweiundvierzig Kilometer ist ja normal an einem Vormittag ... für mich. Aber Jörg gehört das M4 in Düsseldorf. Eine der größten Discos Europas. Ich kenn total viele Leute aus der Veranstaltungsbranche. Bin da auch immer bei VIP-Partys eingeladen. Immens langweilig, so eine besoffene Jeanette Biedermann.«

Während Toby sprach, sah er nach vorne, er suchte meinen Blickkontakt erst am Ende des Satzes. Und es hatte etwas Pathologisches, wie er immer wohlgefällig vor sich hin nickte.

»Wieso ›aber Jörg gehört das M4‹? Ich verstehe nicht, was du mir sagen möchtest.« Ich wurde ärgerlich. Was wollte dieser Poser?

»Na ja. Ist nicht schlimm, wenn du das nicht kennst. Spricht für dich. Ich mag Frauen, die nicht auf solche Schickimicki-Veranstaltungen stehen.«

Das Klingeln meines Handys rettete ihn vor einem beherzten »Du hast sie doch nicht alle!« meinerseits. Ich warf ihm wenigstens einen bösen Blick zu und rannte nach draußen. Caro.

»Hi! Danke fürs Anrufen!«, keuchte ich ins Telefon.

»Hi, hab ich dich mal wieder gerettet? Vor dem bösen, bösen Mann?«

»Puh, ja. Wir essen zwar gleich, aber das muss ich dir kurz erzählen: Wenn er nicht krank ist, dann ist er zumindest total kommunikationsgestört. Oder ist das auch eine Krankheit? Er mag ›Frauen, die nicht auf Schickimicki-Veranstaltungen stehen‹! Toll! Das ist mir doch egal, was der mag oder nicht mag. Der ist total durchgeknallt! Echt. Nur am Posen. Aber völlig zusammenhangslos. Zweiundvierzig Kilometer läuft er in anderthalb Stunden, soll er doch! Mir doch egal. Und sein ›Verlag‹ könnte ohne ihn gar nicht existieren! Und er kennt nur tolle Leute! Ich fass es nicht, was für ein Angeber! Wie kommt er darauf, dass das einer Frau gefallen könnte?«

»Jetzt mal ganz ruhig, einmal durchatmen. Es ist also schon gleich wieder anstrengend mit die Männers?«

»Ja. Also, mit dem einen. Und noch einem anderen. Und andere hab ich noch nicht kennengelernt. Und will ich vielleicht auch gar nicht. Weil … die sind wieder alle –«

»Lass mich raten: blöd? Ann, mein Herz, mach nicht deine alten Fehler. Lass dich mal ein. Du bist heute erst angekommen.«

»Ja, du hast ja recht. Nur, meine beiden Zielgruppenerstkontakte waren schon wieder so ernüchternd …«

»O. k. Jetzt geh mal essen. Lass uns später noch mal telefonieren. Björn und ich … Ach, das erzähl ich dir dann.«

»Hey, was ist? Hochzeit? Kind? Beides? Du kannst nicht einfach anfangen und mich dann auf später vertrösten. Los, was ist?«

Caro lachte. »Nein, keine Hochzeit, und schwanger bin ich auch nicht. Glaub ich. Wir telefonieren später! Bis dann!«

Sie hatte aufgelegt. Wenn ich auch keinen Bock hatte, zu dem gestörten Haufen zurückzugehen, so hoffte ich doch, wenigstens bis zu unserem Telefonat später noch eindrucksvolles Material für Caro sammeln zu können.

Böses Erwachen

Ich sah auf die Uhr. Halb neun. Jetzt aber schnell, ich wollte ja noch frühstücken, bevor die Sightseeing-Tour losging. Eine halbe Stunde später hatte ich geduscht, war in Jeans und T-Shirt geschlüpft und sah mich im Frühstücksraum um.

»Hallo! Na, gut geschlafen?« Claudi kam mir mit einem Glas Saft entgegen. »Setz dich zu uns, wir sind dahinten am Fenster!«

»Gern. Ja, ich hab geschlafen wie ein Stein. Und komisch geträumt. Dass meine beste Freundin mit ihrem Freund zusammenziehen will …« Noch während ich das sagte, erinnerte ich mich an das Telefonat mit Caro. Es war gar kein Traum gewesen. Toll. Caro würde jetzt endgültig nur noch in der ersten Person Plural existieren. Wie die ganzen Verpartnerten, die einen auf die Frage »Wie geht's dir?« so vorwurfsvoll ansahen, als hätte man sie auf ihre Erektionsprobleme angesprochen, und einen verbesserten: »UNS geht's gut.« So wie ich mich ärgerte, dass es meine Lieblingstomatensoße nur im Familieneimer gab und ich also entweder nur mit Freunden Spaghetti essen konnte oder den Soßenrest so lange im Kühlschrank aufbewahren musste, bis er vergammelt war und ich ihn entsorgen konnte. War ich auch so gewesen? Damals? Mit Dominic? Wir, uns, unser? Mal sehen, ob unsere Freundschaft das aushielt … Und ihre Beziehung.

Ich bestellte bei der Kellnerin ein Kännchen Tee und folgte Claudi mit einer Schale Müsli in der Hand an ihren Tisch. Dort saßen der Brummbär von gestern, er hieß Kai, Manuela und Jördis, zwei der Perlhühner, die ganz in Ordnung zu sein schienen, und außerdem ein Manuel, dessen dunkelbraune Augen mit extrem langen Wimpern mir erst jetzt auffielen. Als er mich angrinste, tauchten zwei entzückende Wangengrübchen in seinem Gesicht auf.

»Hi! Ann, stimmt's? Ich bin Manuel, falls du dich nicht mehr erinnerst.«

»Doch, komischerweise hab ich mir fast alle Namen merken können. Aber wir haben ja auch Kennlern-Spielchen zur Genüge gemacht.«

»Ja!« Jördis kicherte. »Am schlimmsten fand ich das mit den Luftballons, auf denen unsere Namen standen … Ich kam mir vor wie im Kindergarten!«

»Und die Musik war zum Davonlaufen. Zum Glück gab's leckeres Bier, sonst wäre ich gleich wieder weg gewesen …«

»Dafür hast du aber lange ausgehalten, Manuel! Und: Wir sind hier auf Mallorca, da gibt's eben Ballermannmusik!« Claudi strahlte Manuel an, dieser aber sah mir lange in die Augen, bevor er sich zu mir beugte und flüsterte: »Warum warst du eigentlich so schnell weg? Schade.«

Hui, da hatte ich doch für einen Moment vergessen, dass wir zum Balzen hier waren. Ich hatte mich tatsächlich gestern nach den albernen Spielen zurückgezogen und nicht mehr am fröhlichen »Ausklingen« des Abends beteiligt, sondern lieber mit Caro telefoniert. Sie suchte jetzt tatsächlich mit Björn eine Wohnung. Na ja, das war ja Gott sei Dank nicht so einfach in Hamburg.

»Es geht mich ja nichts an, aber ich hab dich gerade was gefragt … Warum bist du so schnell abgehauen?«

»Oh, entschuldige, ich bin wohl etwas abgeschweift mit meinen Gedanken. Ich hab gestern noch mit meiner besten Freundin telefoniert. Sie …« Ich merkte, dass meine Stimme brüchig wurde. »Sie zieht mit ihrem Freund zusammen.« Ich musste schlucken. Schlimmer konnte sich nicht mal die Nationalelf nach ihrem verpassten Einzug ins WM-Finale gefühlt haben.

»So, Ihr Tee.«

Die Kellnerin stellte eine winzige Kanne auf den Tisch, was mich sofort aufschrecken ließ, denn jetzt hieß es handeln. Die richtige Portionierung war die Sache der meisten Kellnerinnen nicht. Und richtig: Ein überdimensionierter Teesack hatte schon beinahe alles Wasser aufgesogen und ließ sich kaum aus dem Puppenstuben-Gefäßchen pulen. Schwarzer Tee im Espresso-Kostüm war die Folge.

Wütend fragte ich Manuel, ohne eine Antwort zu erwarten: »Lernt man das denn eigentlich nicht auf der Hotelfachschule? Überall wird gespart, warum nicht am Tee? Schade um den schönen Darjeeling, der hätte für ein ganzes Schwimmbad gereicht.«

»Am Warmbadetag«, fügte Manuel hinzu.

Ich musste lachen und bestellte mir noch eine Kanne heißes Wasser.

»Mein bester Freund hat letzten Monat geheiratet. Das war auch hart für mich. Aber Sandra ist eine tolle Frau, und die beiden passen super zusammen. Als er sie kennengelernt hat, hab ich das so gesehen, dass ich nicht meinen Freund verloren, sondern eine neue Freundin dazugewonnen habe. Und die hat ja auch wieder Freundinnen, hab ich gedacht.« Er grinste. »Leider war aber für mich keine dabei, sonst wäre ich nicht hier. Und hätte dich nicht kennengelernt! Was vermutlich schade gewesen wäre …«

Ich sah verlegen zu Boden. »Hm. Das wird sich rausstellen, die Woche hat ja erst angefangen …«

War das jetzt von mir zurückgeflirtet? Ich war mir unsicher. Vielleicht sollte ich noch etwas Nettes sagen. Aber was war etwas Nettes? Etwas unverbindlich Nettes. Verlegen drehte ich an meinem Marienkäferring.

»Niedlich«, sagte Manuel und zeigte auf den Ring.

»Ach der, der ist aus dem Kaugummiautomaten«, sagte ich, machte den Ring ab und steckte ihn in die Tasche. Wie blöd, mit so einem Kinderring auf eine Singlereise zu gehen. Das machte ja nicht gerade einen sehr erwachsenen Eindruck.

Claudi riss mich aus meinen Gedanken: »Mensch, Leute, in zehn Minuten fährt der Bus! Macht mal hinne!«

Ich sah mich um. Es waren schon fast alle weg.

»Ich hole schnell meine Sachen, wir sehen uns im Bus«, sagte ich zu Manuel. Das musste an Nettigkeit erst mal reichen.

*

Wo war nur die verflixte Kamera? Ich sah auf die Uhr. Es war zehn. Ich musste los. Zwar war ich sicher, dass ich sie eingepackt hatte, aber dann hätte sie ja auch irgendwo sein müssen. Normalerweise würde ich mir jetzt beim Universum wünschen, dass es mir beim Suchen helfe, aber ich hatte keine Zeit. Dann eben ohne Kamera. Ich packte Tasche, Jacke und Zimmerschlüssel und hoffte, dass sie noch nicht ohne mich losgefahren waren. Es schienen bereits alle an Bord zu sein, denn die Türen vom Bus waren schon geschlossen, aber als der Fahrer mich sah, öffnete er sie erneut.

Ich bin doch nicht die Letzte, dachte ich erfreut, als

ich jemanden auf den Bus zurennen hörte. Während ich die letzte Stufe nahm, drehte ich mich um und wäre fast ins Leere getreten, denn wer jetzt ebenso verblüfft wie ich hinter mir stand, war: Tim.

Es schienen Minuten zu vergehen, bis wir gleichzeitig zu sprechen anfingen. »Hi, du hier?«, sagten wir synchron und starrten einander an, bis der Busfahrer uns aufforderte, weiterzugehen.

»Sie können Ihre Angelegenheiten bestimmt auch während der Fahrt klären. Dahinten sind sicher noch zwei Plätze frei.«

Mist, ich war vor Tim und musste jetzt also bestimmen, wohin ich mich setzte. Manuel hatte mir natürlich einen Platz freigehalten, aber als ich an seiner Reihe vorbeikam, hob ich nur entschuldigend die Schultern und deutete mit dem Kopf hinter mich. Verdammt, warum fühlte ich mich diesem Menschen jetzt schon verpflichtet? Ich kannte den doch eigentlich gar nicht. Und überhaupt: Wieso empfand ich die Situation als so unangenehm? Warum machte Tim eine Singlereise? Was war mit Marie? Oder war das etwa auch wieder eine Aktion von Caro? Ich musste sie unbedingt anrufen und fragen.

Ich ließ mich auf einen Fensterplatz sinken, Tim setzte sich neben mich.

»Ich hab diese Reise geschenkt bekommen. Ich mach das nicht aus Spaß. Und du?«, zischte ich.

»Ich auch nicht! Ich bin aus beruflichen Gründen hier. Ich arbeite an einer Reportage über Singlereisen.«

»Aha, dann nimmst du wohl gleich an mehreren teil? Und, musste man dich lange bitten, bis du dich einverstanden erklärt hast? Oder war das sogar deine Idee, dieses Thema?« Das klang vorwurfsvoller, als ich eigentlich wollte.

»Ja, es war meine Idee. Schließlich bin ich selbst Single. Ich wollte das Angenehme mit dem Nützlichen verbinden. Es sind ja auch einige nette Frauen dabei. Und du.«

Entschlossen, diese Gemeinheit zu überhören, bemerkte ich: »Ja, auch die Männer sind nicht zu verachten. Da vorne hat mir jemand einen Platz freigehalten. Da geh ich jetzt hin.«

Entschlossen stand ich auf, sah aber gleich, dass sich Claudi inzwischen neben Manuel gesetzt hatte.

»Äh, ich bleib doch, ich wollte dich nämlich noch was fragen«, sagte ich blöde. »Warum hast du eigentlich nicht auf meine Geburtstagseinladung reagiert?«

»Warum sollte ich? Du hast dich doch auf meine Anrufe und SMS auch nicht gemeldet. Außerdem habe ich die Sendung gesehen.« Er betonte das so, wie 1968 die Menschen wohl von der ersten Mondlandung im TV gesprochen hatten. »Du schienst ganz schön verknallt in diesen Typen zu sein.«

Ich unterbrach ihn: »Oh, verdammt, für die Sendung kann ich nichts. Und Yves und ich, wir sind nicht mehr zusammen. Sonst wäre ich ja wohl auch kaum hier.«

Er seufzte. »Wie dem auch sei – anscheinend hattest du ja kein Interesse an meiner Person. Ich habe nicht verstanden, weshalb ich dann plötzlich mit dir Geburtstag feiern sollte.«

Er hatte ja recht. Ich war so mit der Trennung von Yves und der Funkstille mit Caro beschäftigt gewesen und außerdem sauer auf Tim, dass ich ihn weitestgehend ignoriert hatte. Und jetzt merkte ich, dass es mir überhaupt nicht in den Kram passte, dass er hier war. Auf einer Singlereise. Auf der Suche nach einer Frau. Bei mir war das etwas anderes. Aber er, Tim, sollte nicht suchen. Was, wenn er jemanden fand? Doch warum war mir der

Gedanke so unangenehm? Wahrscheinlich nur, weil ich nicht noch jemanden im Bekanntenkreis haben wollte, der glücklich liiert war, während ich immer noch allein durch die Welt irrlichterte. Ja, das war es wohl. Neid. Keine Eifersucht. Das war etwas völlig anderes. Wenn ich ihn in der nächsten Woche so in Beschlag nehmen würde, dass er gar keine Chance hatte, jemand anderes kennenzulernen? Das war ein guter Plan. Bis auf die Tatsache, dass ich dann auch nicht die Gelegenheit hatte, mich beim anderen Geschlecht umzutun. Aber außer Manuel war sowieso kein interessanter Typ dabei, und mit dem konnte ich ja Nummern tauschen und ihn dann zu Hause treffen. Ja, so wurde ein Schuh draus.

Zufrieden sah ich Tim an. »Ich freu mich jedenfalls, dass wir uns hier treffen! Toll!« Ich knuffte ihn in die Seite. »Wir werden eine Menge Spaß haben!«

Er blickte unsicher und sagte mit einer leicht verärgerten Stimme, die ich sonst nur von Günther Netzer kannte, wenn er gerade wieder von Gerhard Delling auf den Arm genommen worden war: »Wenn du meinst. Sehen wir mal.«

Sightseeing

»Hey, alle mal herhören: Wir haben Zuwachs bekommen! Das ist Tim, ein guter Bekannter von mir aus Hamburg! Echt ein netter Typ, ihr werdet ihn mögen. Wenn ihr irgendwas über ihn wissen wollt, wendet euch vertrauensvoll an mich.«

Ich strahlte. Was so ein kleiner Begrüßungsprosecco in der Sonne doch bewirken konnte. Ich fühlte mich viel offener, viel lockerer. Vielleicht sollte ich auch Reiseleiterin werden?

»Und Tim, jetzt stelle ich dir die Damen und Herren mal vor: Also, das sind Ju und Falco, aber das weißt du ja sicher schon, Jördis, Claudi, Katrin, Manuel …«

Tim schien das alles etwas peinlich zu sein, aber er gab artig jedem die Hand, bis wir an eine Frau kamen, die ich noch nicht kannte. Vielleicht eine spanische Fremdenführerin? Im Bus war sie mir nicht aufgefallen, doch jetzt hier auf dem Marktplatz von Palma war sie wirklich eine Ausnahmeerscheinung. Sie war eine Mischung aus Gisele Bündchen, Bar Refaeli und der jungen Brigitte Bardot. Groß, schlank, mit langen blonden Haaren und Beinen, für die einen Vergleich zu suchen müßig gewesen wäre, denn dieses Paar war bestimmt Gottes Prototyp für schöne Frauenbeine. Ihr Lachen war umwerfend, sie war kaum geschminkt und trug Jeans und ein weißes T-Shirt, was ihre Formen exzellent zur Geltung brachte. Wozu war diese Frau auf einer Singlereise? Stephen Hawking ging ja auch nicht zur Physiknachhilfe.

Diese Traumgestalt streckte mir mit »Hallo, ich bin Nadine!« die Hand entgegen, bevor sie Tim ein Küsschen links und rechts gab. »Ach, Tim, dich begrüße ich gern auch noch mal. Hmm, du duftest aber!«

Tim strahlte sie an. »Ja, ich bin eben noch schnell unter die Dusche gehüpft.«

»O. k., Ann, vielen Dank für deine Vorstellungsrunde! Ihr habt jetzt zwei Stunden Zeit, shoppen zu gehen und Palma zu erkunden. Wir treffen uns dann um halb eins wieder hier. Cool. Viel Spaß!«

Ich nahm Tim beiseite.

»Unter die Dusche gehüpft!«, äffte ich ihn nach. »Seit wann bist du denn ein Frosch? Und überhaupt, woher kennt ihr euch eigentlich, Miss World und du?«

Tim sah mich verwundert an. »Was ist denn mit dir los? Claus hat uns eben beide vom Flughafen abgeholt, da haben wir schon ein paar Takte miteinander geredet. Nadine ist Journalistin bei einer Onlineredaktion. Eine interessante Frau.«

Ich zwang mich zu einer Art Lächeln und nickte in Richtung Manuel, Claudi und Jördis, die sich über einen Stadtplan beugten. »Komm, wir schließen uns denen an.«

Ich zog Tim mit mir, und bevor er sich dagegen wehren konnte, hatte ich schon »Hey, wie wär's erst mal mit einem Besuch der Kathedrale?« gerufen, was alle gut fanden und mit einem »Kennt ihr euch hier aus? Toll! Ja, lasst uns zusammen gehen« quittierten.

Mit Genugtuung bemerkte ich, dass Tim und ich schon als Einheit wahrgenommen wurden. Dieser jedoch rief in Richtung Traumfrau: »Nadine, komm doch mit!«

»Gern, wenn ich nicht störe …« Sie guckte Tim mit einem Seitenblick auf mich belustigt an. Ich hoffte, er würde sagen: »Ach stimmt, du hast recht. Ich möchte viel lieber mit Ann allein gehen.«

In dem Moment machte Tims Handy ein Geräusch.

»Eine SMS«, stellte er fest und las stirnrunzelnd. Ich war überaus interessiert zu erfahren, wer ihm wohl eine Nachricht geschickt hatte, hatte aber keinerlei Ahnung, wie ich das unplump herausfinden konnte, also beschloss ich, dass es mir gleichgültig war. Ich bemerkte noch für mich, dass es wohl etwas Wichtiges sein musste, denn selbst als sich Miss World an seine Seite gesellte, schaute er nur kurz auf, um dann sofort an seiner Antwort weiterzutippen.

»Marie«, sagte er erklärend. »Sie ist so in Dennis verknallt. Du weißt, unser Schlagzeuger. Ich soll sie verkuppeln. Das nervt.«

»Ah«, machte ich beiläufig, um zu verbergen, dass ich mich diebisch über diese Neuigkeiten freute.

*

Das Schlimme war: Nadine war richtig sympathisch. Sie schien sich aus ihrer Schönheit gar nichts zu machen, war eher ein Typ zum Pferdestehlen, oder viel eher zum Pferdeleihen, denn sie machte so einen grundehrlichen Eindruck, dass sie die Tiere nach einem beherzten Ausritt über die – in unserem Fall – mallorquinischen Wiesen bestimmt zurückbringen würde. Sie war lustig, kannte versaute Witze, die selbst ich noch nicht gehört hatte, und war blöderweise dennoch zu schlau und charmant, um als vulgär zu gelten.

Tim schien hingerissen von ihr. Er strahlte sie an, wie mich noch nie ein Mann angesehen hatte. Das waren mindestens 400 Watt. Flutlicht war das Produkt eines altersschwachen Glühwürmchens dagegen. Also hielt ich mich an Manuel und kam mir nur einen Sekundenbruchteil lang schäbig vor, weil ich ihn für meine Zwecke instrumentalisierte. Während wir durch Palmas enge Gassen schlenderten, hakte ich mich bei ihm unter und versuchte meinerseits, ihn so auffällig wie möglich anzuhimmeln, was anscheinend wiederum Claudi dazu veranlasste, wütend vorneweg zu stapfen.

»Hey, wo willst du denn hin?«, rief denn auch Manuel.

»Ich such mir ein Klo!«

In dem Moment, da das Wort fiel, musste ich auch. Bestimmt war meine Blase nicht voller als vor einer Minute, aber jetzt, als jemand den kostbaren Namen des süßen Ortes der Erleichterung ausgesprochen hatte, bemerkte ich umgehend die scheinbare Dringlichkeit der Lage.

»Warte, ich komm mit!«, rief ich und ließ Manuel frei, nicht ohne ihn vorher noch mit einem, wie ich mir einbildete, verführerischen Augenaufschlag zu verwöhnen.

Schnell hatte ich sie eingeholt.

»Was hast du denn so ein Tempo drauf?«, keuchte ich.

»Ich muss eben dringend.« Sie klang verbittert.

»Ich glaub, da vorne ist ein Hotel. Da können wir rein. Mädchen müssen halt immer zusammen auf Klo«, kicherte ich.

»Ich hatte eigentlich auch gedacht, Frauen würden zusammenhalten. Aber davon hast du anscheinend noch nichts gehört«, erwiderte sie ärgerlich.

»Hä?« Ich war verdutzt. Was waren denn das für pseudofeministische Schullandheim-Anwandlungen? »Was ist denn los?«

»Was los ist? Wenn du heiß auf Tim bist, warum musst du dann mit Manuel rummachen?«

Ich verschluckte mich fast an meiner Spucke.

»Tim? Tim und ich, wir sind Freunde, nichts weiter. Und Manuel, Gott, ja, er ist süß, und irgendwie steht er anscheinend auf mich, und ich finde ihn auch … sehr nett.«

»Nett ist die kleine Schwester von Scheiße«, ließ sie mich wissen, ein Spruch, den ich schon allein grammatikalisch noch nie hatte einordnen können, und überhaupt, wieso Schwester? Wieso war das Negative mal wieder weiblich?

»Du, das finde ich jetzt aber nicht o.k. Was kann ich denn dafür, dass Manuel mich anscheinend nett … mag und dich vielleicht nicht so?« Meine Sozialpädagogensprechweise schien mir der Situation angemessen, und es fühlte sich gar nicht so schlecht an, sich so auszudrücken. Sollte ich öfter mal machen. Das katapultierte mich direkt in meine Studienzeit zurück. »Total, so ein Stück weit, irgendwie …«, nuschelte ich vor mich hin und steckte beide Hände in meine imaginäre lila Latzhose. Da hatte ich wohl echt was verpasst.

»ICH mag Manuel, und wenn du da nicht reingegrätscht wärst, dann … dann –«

»Wärt ihr schon Couple of the Year, oder was? Mädchen, da gehören immer noch zwei dazu! Ich hab ihn doch nicht gefesselt oder betrunken und gefügig gemacht – obwohl, ich hab mein Lieblingsparfum aufgelegt, ja, das schon, falls du das meinst.«

»Du weißt genau, was ich meine! Außerdem willst du nur Tim eifersüchtig machen, dir liegt doch gar nichts an Manuel!«

Abgesehen von der Tatsache, dass sie natürlich den Nagel auf den Kopf getroffen hatte, voll auf die Zwölf sozusagen, ins Schwärzeste, wenn man so wollte, wollte ich mir von einer Fremden nicht vorschreiben lassen, mit wem ich flirten durfte und mit wem nicht. Außerdem ging sie das überhaupt nichts an, ob ich für Tim irgendetwas empfand. Es war mir gerade so egal, was Claudi von mir dachte.

»Ob blond, ob Henna, ich liebe alle Männa«, dichtete ich, entzückt von meinem Einfallsreichtum. »Ich meine, hallo, das hier ist Mallorza.« Ich sah sie auffordernd an, das musste sie doch verstehen, tat sie aber anscheinend nicht, also fuhr ich fort: »Wir sind keine sechzehn mehr, ich bitte dich, Claudi, wir haben uns gestern Abend das erste Mal gesehen, lass uns mit dem Streiten warten, bis wir uns so gut kennen, dass wir uns mit intimen Details RICHTIG verletzen können ... Da, ich geh jetzt auf genau dieses Klo, kommst du mit?«

Ich stürmte in das Hotel, Claudi mir dicht auf den Fersen. Komisch, eigentlich war sie mir ja ganz sympathisch gewesen, aber ich hatte einfach keine Lust auf diese Kinderkacke. Natürlich verhielt ich mich selbst nicht wie 34, ich konnte aber nicht so recht einordnen, woran das lag, und von einer Halbfremden auf mein bescheuertes Verhalten hingewiesen zu werden, war das Letzte, womit ich mir den Urlaub versauen lassen wollte. Das sollte mal schön Tim besorgen.

*

Natürlich war ich mit Caro am Ohr abends im Bett ganz kleinlaut.

»Die ist so toll. Und schlank. Und viel größer als ich. Und –«

»Du sollst dich nicht vergleichen! DU bist toll! Und du hast so viel ...«, sie zögerte, was mich stutzig machte, »Charme, du bist so ein liebenswerter Mensch, was sollen immer diese Äußerlichkeiten!«

»Aber Typen stehen auf Modelfrauen! Und Tim steht total auf diese Nadine. Du solltest mal sehen, wie er sie anguckt. Wie Sarkozy seine Frau. Also, die zweite.«

»Auch so von unten nach oben?«

»Nein, verdammt, ich meinte natürlich den Ausdruck. Schwer verliebt scheint er zu sein.«

»Ja und? Dazu sind diese Singlereisen doch da, um sich zu verlieben. Und Tim war doch nie eine Option, dachte ich. Warum stört dich das denn jetzt plötzlich?«

Als ich an meinem Marienkäferring drehen wollte, wie immer, wenn ich verlegen war oder nachdenken musste, merkte ich, dass er nicht da war. Klar, ich hatte ihn ja abgenommen und in die Hosentasche gesteckt. An der Stelle am Finger war nur ein schmaler, heller Streifen. Obschon sich Tims Ring in irgendeiner Hosentasche befand, war er irgendwie doch noch da an meiner Hand.

Ich hörte Caro am anderen Ende der Leitung atmen. Ich wusste, dass sie es wusste. Wahrscheinlich hatte sie es sogar noch vor mir gewusst, beziehungsweise war ihr bewusst gewesen, was ich nicht hatte zulassen können. Tim bedeutete mir sehr viel mehr, als ich mir selbst eingestand. Ein bisschen kam ich mir vor wie in einem dieser Groschenromane. Wie die Krankenschwester, die die ganze Zeit nur Augen für den Herrn Professor hatte und die Liebe des Stalljungen – Moment, anderes Genre: Krankenpflegers erst bemerkte, als der sich in die vollbusige Lernschwester Mandy verliebte. Warum fiel mir jetzt erst auf, was für ein großartiger Typ Tim eigentlich war? Jetzt, da ich ihn verloren hatte? Oder fand ich nur mal wieder einen toll, weil er kein Interesse an mir hatte?

»Woher weiß Tim eigentlich, dass du bei dieser Singlereise mitmachst?« Caro schien wirklich erstaunt.

»Das wollte ich dich fragen. Hast du keine Idee?«

»Nein! Ich gebe zu, es gab eine Zeit, da wollte ich euch verkuppeln, aber –«

»Aber das jetzt, das ist nicht dein Werk?«

»Nein! Ganz bestimmt nicht. Ich schwöre es! Nach dem Theater, das du damals gemacht hast! Meinst du, ich bin bescheuert?«

Hm. Sie klang so überzeugend, dass ich ihr glaubte. Und dennoch war Tim hier, mit mir. War das doch das Schicksal?

Und Manuel?

»Und Manuel?«, sprach Caro meinen Gedanken aus. »Was ist der für ein Typ? Wäre der nichts für dich?«

»Doch, wenn Tim nicht wäre, wäre er toll.«

»Also ist er zweite Wahl?«

»Psst, nicht so laut!« Ich sah mich um, obwohl ich alleine in meinem Bett in meinem Einzelzimmer lag und Caro ja nur am Telefon war. »Er ist sehr nett. Ja, ich weiß schon, das mit der Schwester. Aber er ist ein feiner Kerl.«

Den Ausdruck mochte ich. Oder sagte man das nur über Hunde? Nein, man sagte »feiner Hund!«, vorausgesetzt, der Vierbeiner hatte sich entsprechend verhalten. Ein »feiner Kerl« konnte auch eine Frau sein. Wenn sie sich entsprechend verhielt. Integer, großherzig und gerecht. Bestimmt war Manuel das alles. Aber Tim auch.

»Tim ist auch ein feiner Kerl. Aber nicht nur das, er ist auch …«

»Sexy?«

»O ja!«, entfuhr es mir mit einem Seufzer, der einer Vuvuzela hätte Konkurrenz machen können. »Ich mag seine Arme. Die sind so stark. Und seine Augen, er hat echt richtig hübsche, liebe Augen. Und wenn er lacht, und er lacht viel mit dieser Schnepfe, das klingt ein bisschen wie eines dieser Glockenspiele, die manche Städte in ihrem Rathaus haben, und man möchte unten stehen und zu ihm raufgucken und warten, was passiert, wenn das Türchen aufgeht. Im übertragenen Sinn natürlich.«

Ich hörte Caro durchs Telefon nicken.

»Natürlich«, sagte sie ernst.

Weinprobe

Der Tag am Strand war herrlich. Es war ungewöhnlich warm für diese Jahreszeit. Manchmal hat die Erderwärmung auch was Gutes, dachte ich. Ins Wasser trauten sich aber nur die ganz Harten, Toby natürlich und Eike, ein Sport- und Bio-Lehrer aus Dortmund. Ich stand immerhin bis zu den Knien im Meer und genoss die salzige Luft und die Sicht bis zum Horizont.

Manuel stellte sich neben mich.

»Na, kleine Meerjungfrau?« Er lächelte mich zärtlich an, und gerade noch rechtzeitig, bevor er mir den Arm um die Schultern legen konnte, hatte ich mich gebückt und ihn lachend etwas nassgespritzt.

Ogottogott, dachte ich, das läuft hier in eine Richtung, die ich gar nicht so toll finde. »Kleine Meerjungfrau.« Aaah! Hatte ich einen Schwanz? Und Schuppen? Meinen kindischen Angriff nahm Manuel zum Anlass, mich fest zu umklammern und so zu tun, als wolle er mich ins Wasser schubsen.

»Hoppla, ganz schnell passiert das, und du kannst beim Miss-Wet-Jeanshose-Wettbewerb mitmachen!«, rief er lachend, während ich um mein Gleichgewicht rang.

Aus dem Augenwinkel sah ich Tim, der uns vom Strand aus beobachtete, während er eine Nachricht in sein Handy tippte. Schrieb er an seiner Reportage? Ich hatte ihn nie wieder alleine erwischt, er war immer in Begleitung von

Nadine oder den anderen, ja er schien mir geradezu aus dem Weg zu gehen.

»Ist gut jetzt, Manuel«, sagte ich und versuchte mich aus seiner Umklammerung zu winden. »Ich geh wieder an Land!«

»Versuch's doch!« Er zog mich noch näher an sich heran.

Och nö. Darauf hatte ich jetzt gar keinen Bock. Auf diese postpubertären Bubeleien. Sollte ich jetzt lachend mit wehendem Haar an den Strand laufen, er hinter mir her, um dann zu stolpern und ihm die Gelegenheit zu geben, auf mich zu fallen, was dann in einer endlosen Knutscherei enden würde, bis der Regisseur »Cut!« rief? Ich entschied mich für die zickige Variante.

»Lass. Mich. Los«, sagte ich bestimmt, und die Ernsthaftigkeit der Lage wurde ihm anscheinend bewusst, denn er lockerte umgehend seinen Griff, allerdings nicht, ohne mich fragend anzusehen.

»Entschuldige, war doch nur Spaß ...«

»Das fand der Kannibale von Rotenburg bestimmt auch!«, fauchte ich und machte mich auf den Weg zurück zu den anderen.

In Tims Gesicht meinte ich ein amüsiertes Grinsen zu entdecken. Als ich direkt auf ihn zustratzte, kehrte er mir scheinbar beiläufig den Rücken zu und schlenderte in Richtung Nadine, die gerade dabei war, eine Sandburg zu bauen. Ich wurde schneller und rannte ihm regelrecht nach.

»Na?«, keuchte ich, eine Frage, die ich immer schon verabscheut hatte, weil mir selbst nicht klar war, was man darauf antworten sollte. Er wusste, wie es funktionierte, und antwortete mit einem ebensolchen »Na?«.

»Hast du schon was geschrieben? Über diese Reise, meine ich?«

»Worüber auch sonst?«

Er sah mich viel zu lange an. So lange, dass ich seinem Blick nicht standhalten konnte und mein Herz um sich zu schlagen schien wie ein winziger Vogel im Netz. Eine in diesem Moment unfassbar schöne Muschel interessierte mich über die Maßen.

»Guck mal, eine Mupfel!«, scherzte ich, um Lockerheit bemüht. Aber meine »Urmel aus dem Eis«-Imitation ließ ihn kalt, er blickte mich weiterhin ernsthaft an.

»Du siehst schön aus.«

Ich schluckte. »Ich bin ja gerade auch sehr gut durchblutet. Im Gesicht, meine ich. Also, das sollte keine Anspielung sein. Also, auf etwas … Sexuelles. Meine ich. Weißt du? Ich bin schnell gelaufen. Aus dem Wasser. Hierher. Deshalb bin ich eventuell etwas rot.«

Verdammt, das war doch nur Tim! Wieso faselte ich so einen Müll?

»Schön.«

Er lächelte.

»Was jetzt genau?«

»Hier. Hier ist es schön.«

»Mhm. Es ist April, und wir stehen hier im T-Shirt, das ist nicht zu fassen!« Allmählich hatte ich mich wieder unter Kontrolle. Puh, das wurde aber auch Zeit.

»Ja, das auch. Ach so, und um auf deine Frage zurückzukommen: Ja, ich hab schon ein bisschen geschrieben. Aber man kommt ja nicht zu so viel.«

»Mhm. Man wird etwas in Beschlag genommen.« Ich konnte mir nicht verkneifen, dabei zu Nadine zu gucken.

»Wie läuft's mit Manuel?«

Schlagartig war mein Allegretto-Puls wieder am Start.

»Oh, Manuel … Ja, der, der ist ja … Und mit Nadine?« Verdammt, das kam etwas zu spitz von meiner Seite.

»Nadine ist toll.« Er winkte ihr, und sie winkte strahlend zurück. »Aber …« Er stockte.

Ich sah ihn hoffnungsvoll an. Sag es. Sag es. Bitte, dachte ich. Dass du mich willst. Dass dir nichts liegt an der schönsten Frau der Welt. Dass dir Modelfrauen eher Angst machen und du lieber eine Frau mit Reiterhosen-Oberschenkeln, einem Bäuchlein und einer Körpergröße von weit unter eins achtzig haben möchtest.

Gerade, als er fortfahren wollte, hörten wir Ju trompeten: »Hey Leute, in fünfunddreißig Minuten ist Abfahrt zur Weinprobe, cool. Wer sich also noch umziehen möchte …«

»O. k., gehen wir.« Tim schien richtiggehend erleichtert über die Unterbrechung zu sein.

*

»Du musst den Wein ausspucken! Sonst bist du ja gleich betrunken!« Jördis war sich ganz sicher. »Also bitte, man verkostet ja bestimmt zehn Weine an so einem Abend. ICH kann die nicht alle runterschlucken.«

Eike, der anscheinend einer ihrer größten Fans geworden war, sagte: »Jördis hat recht. Gerade ihr Frauen solltet vorsichtig sein, Frauen vertragen weniger als Männer.«

»Quatsch, Jördis schluckt einfach nicht gern!«

Ich sah Manuel verwundert an. So ein Spruch aus seinem Mund? Das hätte doch eher zu Toby gepasst. Dieser schloss sich ihm aber nur mit einem »Hö, hö, hö« an und fügte noch hinzu: »Probier's doch mal aus, Eike!«

Was für ein Kindergarten. Wir standen zwischen den riesigen Eichenfässern, ich befand mich neben Tim und Manuel. Nadine schien sich heute mal für Toby zu begeistern. Für diesen Proll? Verstehen konnte ich nicht, warum sie ihn gegen Tim eingetauscht hatte, aber dieser verhielt sich geradezu abweisend ihr gegenüber. Was war denn da los?

Manuel hatte sich anscheinend in den Kopf gesetzt, einen auf dicke Hose zu machen: »Also, wenn wir nur zehn Weine verkosten, werde ich meine Gläser aber auch austrinken. Wäre doch schade drum. Außerdem war ich schon lange nicht mehr richtig breit.«

»Und das ist hier die richtige Gelegenheit, sich mal wieder ordentlich abzuschießen, oder wie?« Ich schüttelte den Kopf. Es war vielleicht mit achtzehn eine Ruhmestat gewesen, sich bis zum völligen Verlust der Muttersprache zulaufen zu lassen, aber dass erwachsene Männer das heutzutage noch als eine besondere Leistung erachteten, konnte ich partout nicht verstehen.

Nach dem vierten Wein hatten wir schon alle rote Bäckchen, denn sie schmeckten so gut, dass wir es wirklich nicht übers Herz brachten, sie auszuspucken. Allerdings bekamen wir ja immer nur einen kleinen Schluck eingeschenkt, so dass die Gefahr eines Rausches tatsächlich gering war. Dennoch merkte ich, dass ich glühte.

»Süß siehst du aus.« Tim strich mir schnell eine Strähne aus dem Gesicht. Die Stelle an meiner Wange, wo seine Finger ganz sacht die Haut berührt hatten, prickelte wie verrückt, und obwohl es sich bestimmt nur um eine Fläche von einem Quadratmillimeter handelte, konzentrierte sich mein ganzes Bewusstsein plötzlich nur noch auf diesen Punkt.

»Und wieder sehr gut durchblutet!« Sein Mund war dicht an meinem Ohr, zu dicht, um nicht den Verstand zu verlieren. Meine Güte, was war denn nur mit mir los? Ich konnte jedes einzelne Härchen an meinem Ohr spüren, das sich seinem warmen Atem gebeugt hatte.

»Für mich nichts mehr, danke, gracias.« Ich legte die Hand über mein Glas. Ich musste jetzt versuchen, cool zu bleiben.

Manuel schien die Spannung zwischen Tim und mir bemerkt zu haben, kein Wunder, ein Elektrizitätswerk war ja auch ein Scheiß dagegen. Ich fühlte mich, als könne ich eine Stadt wie New York allein mit meiner Energie über mehrere Jahre versorgen.

»Dann eben doch Claudi«, seufzte Manuel leise und stellte sich neben sie, was diese mit einem entzückten Lachen quittierte.

»Hast du das gehört? Das ist doch völlig daneben!« Ich schüttelte den Kopf und wartete auf Tims Antwort, während der Winzer den nächsten Wein erklärte. Kalkhaltiger Boden, ganz alte Traubensorte … Es war mir eigentlich vollkommen egal. Er hätte von mir aus alles erzählen können, die Lottozahlen der nächsten Monate hätte er vorhersagen können oder das streng geheime Rezept meines Lieblingsschokoladenkuchens von Sweet Dreams verraten – ich hätte nicht hingehört. Denn neben mir stand Tim.

»Tja. Und nun? Traurig?«, fragte er mich mit hochgezogenen Augenbrauen.

»Worüber?«

»Na, dass Manuel aufgegeben hat.«

»Hat er?«

Wir sahen uns an und versanken ineinander. So konnte das nicht weitergehen. Ich fürchtete, zu explodieren.

»Ich muss hier raus. Kommst du mit?«

Ich nahm seine Hand und ging auf den Ausgang zu. Er folgte mir. Noch auf der letzten Stufe drehte ich mich zu ihm, packte seinen Kopf und küsste ihn.

»Hey, nicht so wild!«, sagte er mit sanfter Stimme und

drückte seine leicht geöffneten, weichen Lippen wieder auf die meinen. Küssend ineinander verschlungen betraten wir den efeuumrankten Innenhof des Weingutes.

»Konntest du schon immer so gut küssen? Warum hab ich das bloß nie ausprobiert?«

»Ja, das frage ich mich schon lange«, antwortete er, und wir küssten weiter. Eigentlich hatte ich so viele Fragen an ihn: Was war mit Nadine, war das mit Marie wirklich zu Ende, und ja, was war das mit uns, nur ein Urlaubsflirt oder der Auftakt zu einer phantastischen Beziehung? Aber ich wollte diesen herrlichen Moment nicht mit pseudo-rationalen Einwänden zerstören, sondern ihn einfach genießen. Es war ja auch besser, bei Medikamenten nicht den Beipackzettel mit all den Nebenwirkungen durchzulesen, sondern sich einfach zu freuen, dass die Beschwerden nachließen.

Irgendwann mussten die anderen gekommen sein. Und irgendwie mussten Tim und ich in den Bus gelangt und zum Hotel zurückgefahren sein, denn schließlich stiegen wir jetzt eng umschlungen aus. Ob die anderen irgendwelche Bemerkungen machten, ob es Tag oder Nacht war, es war mir alles egal. Ich war hier mit Tim, und nichts anderes zählte.

Irgendjemand rief: »Kommt ihr noch mit an die Bar?«, und andere antworteten. Tim sah mich an, er sah ein bisschen aus wie Goofy, total entrückt. Wahrscheinlich guckte ich ähnlich dämlich aus der Wäsche.

»Und nun?«, fragte er leise.

Wir hatten uns ins schummrige Treppenhaus verdrückt, die anderen hörten wir nicht mehr. Statt einer Antwort küsste ich ihn.

»Welche Zimmernummer hast du?«, fragte er.

»Ich weiß es nicht mehr. Wirklich, sie ist mir gerade

entfallen«, sagte ich ratlos. Gott sei Dank hatte er ja auch ein Zimmer in diesem Hotel.

»Ich weiß meine noch …«, sagte er, während seine Zunge sich fordernd zwischen meine Lippen drängte. »Mein Zimmer ist im ersten Stock, da können wir auch die Treppe nehmen.«

»Mir egal«, stöhnte ich, denn das war es mir wirklich. Irgendjemand musste mir mein Gehirn ausgelutscht und stattdessen rosafarbene Paradiescreme in den Schädel gepumpt haben. Wir küssten uns, und ich musste mich an ihm festhalten, weil auf meine Beine kein Verlass mehr war.

»Also, gehen wir zu mir. Wenn du das möchtest.«

»Ich möchte dich auf jeden Fall nicht mehr loslassen. Ich zerfließe ohne dich.«

Er lächelte. »Das sah mir gestern noch ganz anders aus.«

Wir stolperten mehr, als dass wir gingen, denn es war uns unmöglich, voneinander zu lassen.

Nur noch spärlich bekleidet, erreichten wir sein Zimmer. Wäre ich bei klarem Verstand gewesen, so hätte ich bestimmt bewundert, wie Tim den Schlüssel ins Schloss steckte und uns durch die Türe schob, ohne mich loszulassen.

Im weichen Licht der Nachttischlampe sah er noch besser aus als sowieso schon, bemerkte ich, als wir einen Moment aufhörten, uns zu küssen. In seinem Blick meinte ich ein Staunen über das, was mit uns gerade passierte, zu lesen. Mir ging es genauso. Wie elektrostatisch aufgeladen fühlte ich mich zu ihm hingezogen, ich wollte, dass nichts mehr zwischen uns war, nur Haut, und ich zerrte an seiner Jeans.

Er bedeutete mir, dass ich die Arme heben sollte, und als ich es tat, zog er mir schnell das T-Shirt über den Kopf.

Ich hatte einen »guten« BH an, einen schwarzen mit Spitze, noch nicht so alt und eine perfekte Brust formend, bemerkte ich erleichtert. Ich trug sogar den passenden Slip dazu, erinnerte ich mich – als hätte ich es geahnt. Andererseits war Tim das wahrscheinlich herzlich egal. Er schubste mich aufs Bett und knöpfte meine Jeansshorts auf. Als ich eine Brücke machte, um ihm das Herunterziehen der Hose zu erleichtern, küsste er mich unterhalb des Bauchnabels, und seine feuchten Lippen auf meiner Haut machten mich fast wahnsinnig.

Schnell streifte auch er Jeans und T-Shirt ab, und endlich konnte ich seinen warmen, trainierten Körper an meinem spüren, er schmiegte sich an mich, als gehöre er dorthin.

Wohlige Schauer durchfuhren mich, als er mich hinterm Ohr küsste und dann den Hals hinab, während seine Hände, genau wie meine, ihren Weg nach unten fanden. Was für ein Hintern! Er hatte einen knackigen Kugelpo, so appetitlich, am liebsten hätte ich hineingebissen. Das ließ ich aber sein und griff nur beherzt zu.

Als ich meinen Kopf zur Seite drehte, erschrak ich derart, dass ich zusammenzuckte. Ich lag Auge in Auge mit dem Altkanzler. Helmut Kohl musste alles gesehen haben. Seine Biographie stand direkt vor mir auf Tims Nachttisch, und der Einheitskanzler sah mir streng ins Gesicht. Kurz war ich vollkommen raus aus diesem umwerfenden Gefühlsrausch. Wieso stand dieses Buch aufrecht? Ich musste es hinlegen, sonst konnte ich nicht weitermachen. Hatten Kohl und seine neue, junge Frau auch Sex? Und wenn ja, dann wie? Das waren Gedanken und Bilder, die ich gerade überhaupt nicht haben wollte. Wenn ich den linken Arm ausstreckte – mein Gott, war es schön, Tim zu küssen ... Ich konnte den Gedanken nicht zu Ende führen, denn schon packte er meine beiden Arme, nahm sie in eine Hand und drückte sie über meinem Kopf aufs Bett.

Auch wenn mir die Praktiken in »Shades of Grey« fremd waren, so konnte ich in diesem Moment doch verstehen, wie man es genießen konnte, jemandem ausgeliefert zu sein. Tim konnte alles mit mir machen, was er wollte. Und das machte er auch. Und zwar so gut, dass mir unser Altkanzler ziemlich schnell ziemlich egal wurde und ich nur noch genoss.

Tim so nah bei mir zu spüren, war wunderschön, und wir passten perfekt zusammen, wir schwangen uns im selben Rhythmus in die Höhe, um dann gleichzeitig wieder zu fallen. Es war phantastisch, und Helmut Kohl lernte eine Menge in dieser Nacht.

The Day After

»Spinnst du? Es ist gerade mal acht!« Caro gähnte am anderen Ende der Leitung. »Und warum sprichst du so leise?«

»Ich kann nicht schlafen! Ich hab extra bis acht gewartet, um dich anzurufen«, flüsterte ich. »Er schläft nebenan, ich bin im Bad!«

»Wer? Ich dachte, du hättest ein Einzelzimmer. Im Übrigen kann ich auch nicht schlafen, wenn ich telefoniere.« Sie gähnte erneut.

»Tim.«

»Tim?« Sie verschluckte sich und fing an zu husten. »Du, ihr, er, ich dachte …« Sie röchelte. »Ich hab vergessen, was ich dachte. Jetzt bin ich wach. Und was ist mit dieser Nadine? Du meinst, ihr wart im Bett? Tim und du?« Sie schniefte. »Ihr habt also …?«

»Ja. Und es war wunderschön, wunderwunderschön, er ist wundervoll, es war toll, er ist einfach großartig!« Nachdem ich mich kurz meiner Volljährigkeit vergewissert hatte, ließ ich die schönsten Passagen der letzten Nacht vor meinem geistigen Auge Revue passieren, und ein wohliger Schauer durchfuhr meinen mit Glückshormonen vollgepumpten Körper.

»Aber mit Gummi?«

Caros Frage schreckte mich auf.

»Was?«

»Na, du wirst ja wohl nicht ohne Gummi mit ihm geschlafen haben.« Als ich nicht sofort reagierte, fuhr sie fort: »Pariser. Lümmeltüte. Verhüterli. Kondohom.«

»Ich weiß, was ein Gummi ist, ich bin … äh, Anfang dreißig, glaub ich …«

»Also?«

»Also was?«

»War der Teilkörpertaucheranzug mit im Spiel? Du kennst den Typen kaum. Nur weil man nichts mehr über Aids hört, heißt das nicht, dass es das nicht mehr gibt. Im Gegenteil. Und andere Sachen. Filzläuse. Sackratten. Sisyphus, ach nee, das war der mit dem Stein …«

»Moment, natürlich hatten wir ein Kondom.«

Es war mir etwas unangenehm, mit Caro diese Details auszukaspern, aber andererseits war es ja Caro.

»Wer wir?«

»Hä?« Ich verstand nicht, worauf sie hinauswollte. »Tim und ich. Wir haben hier kein Rudelbumsen gemacht, falls du das wissen willst. Ich hab keine Ahnung, ob der Preis das gerechtfertigt hätte, die Reise war schließlich ein Geschenk …«

»Ich meine, wer hatte das Kondom? Du? Oder er?«

Ich zögerte. Worauf wollte sie hinaus?

»Er … Wieso?«

»Wo?«

»Wie wo? Über dem Pimmel, wo sonst?« Ich musste giggeln. Ich hatte »Pimmel« gesagt.

»Schatz«, sie seufzte, »hatte er es neben dem Bett oder in der Hosentasche?«

»Wo ist da der Unterschied?«

»Denk mal drüber nach.«

»Er ist wundervoll! Er ist so lieb und zärtlich und riecht gut und alles … und er hatte es in der Hosentasche. In seinem Portemonnaie.«

»Er hatte ein Kondom im Portemonnaie!«

»Was willst du damit … Ach, du meinst, er wollte IRGENDJEMANDEN abschleppen?«

»Hast du denn Kondome mit auf die Reise genommen?«

»Nö, wieso?«

»Siehste.«

»Ann?«, tönte eine verschlafene Stimme aus dem Zimmer.

»Ich muss Schluss machen, er ist wach. Aber das heißt doch gar nichts.«

»Warst du rasiert?«

»Ann? Kommst du noch mal ins Bett? Ich vermisse dich. Du bist so weit weg …«

»Hä? Was ist das für eine Frage? Ja, ich war rasiert, so einigermaßen.«

»Du warst also auch auf alle Eventualitäten eingestellt. Dann kannst du ihm auch nicht vorwerfen, dass er Kondome im Geldbeutel hatte!«

»Das tu ich doch gar nicht, du hast damit angefangen!«

»Ann? Mit wem redest du da?«

»Ich muss aufhören. Bis bald.«

Ich legte auf und ging zurück zu Tim. Er sah so niedlich aus, so verschlafen.

»Komm, meine Süße, es ist noch viel zu früh zum Aufstehen.« Er zog mich ins Bett und schmiegte sich an mich. »Außerdem siehst du verdammt scharf aus.«

»Das merke ich!«

Ich küsste ihn, und sein morgendlich giftiger Atem war mir egal, schließlich roch ich vermutlich auch nicht anders, und mir schwanden sowieso schon wieder die Sinne.

*

»Ich muss diese Reportage noch zu Ende schreiben, meine Süße.« Tim küsste mich in den Nacken.

»Ich weiß, und ich kann dir ja dabei helfen. Dafür müssen wir wirklich nicht hierbleiben. Ein einsames Hotel für die letzten drei Tage, nur du und ich. Niemand, der anzüglich grinst, wenn wir zum Frühstück kommen, keine beleidigten Claudis oder Manuels, nur du und ich und ein riesiges Doppelbett ...«

Ich zog ihn zu mir und sah ihn mit großen Mädchenaugen an, wie Männer das gern haben.

»Warum ... hast du eigentlich Kondome im Geldbeutel?«

Er küsste mich. »Weil ich irgendjemanden flachlegen wollte, ganz egal, wen. Blöd, dass es jetzt ausgerechnet meine Traumfrau erwischt hat ... O.k., lass uns hier abhauen. Ich hab auf der Hinfahrt vom Flughafen eine kleine Ferienhaussiedlung gesehen, das fänd ich nicht schlecht. Da könnten wir uns auch mal was kochen.«

»Du hast doch nicht etwa Hunger?«

»Doch. Ich fress dich jetzt!« Er fiel über mich her und kitzelte mich, und ich musste mir den Bauch halten vor Lachen.

Es schien mir ewig her zu sein, dass ich wirklich richtig glücklich verliebt gewesen war, ich wusste gar nicht mehr, wie ich so lange auf dieses herrliche Gefühl hatte verzichten können. Hunger hatte ich fast keinen mehr, und ich bekam weiche Knie, wenn er mich nur ansah. Wir waren drei Tage ununterbrochen zusammen, und schlafen fand ich überflüssig, weil ich die Zeit lieber damit verbracht hätte, in seine smaragdgrünen Augen zu sehen oder sein Golden-Retriever-farbenes Haar zu verwuscheln. Mir war nie aufgefallen, wie makellos schön er war: Mich störte nichts an ihm, ich liebte seine leichten O-Beine und die

Kerbe im Kinn, er war mir nicht zu dünn oder zu groß – er war einfach perfekt.

*

»Komm, lass uns schnell noch einen Strandspaziergang machen, das Taxi kommt erst in einer Dreiviertelstunde.« Tim zog mich hoch und gab mir einen Kuss.

»Gut, verabschieden wir uns vom Meer.«

Ich war traurig. Die schöne Zeit war jetzt wohl endgültig vorbei. Eigentlich war ich mir sicher, dass wir unsere Liebe in den Alltag hinüberretten würden, aber ich war gespannt, wie das werden würde.

Hand in Hand gingen wir schweigend nebeneinander her. Es war ein bewölkter Tag, aber auch ohne Sonne hatte das Meer eine faszinierende Anziehungskraft.

»Tja, dann hat uns morgen schon der Alltag wieder. Puh, ich muss richtig ranklotzen in den nächsten Tagen. Dieses Juni-Special muss in zwei Wochen fertig sein. Zusätzlich zu meiner eigentlichen Sendung.«

Tim kratzte sich am Kopf. Was war das? Wollte er mich schon mal vorwarnen, dass er in Hamburg wenig Zeit für mich haben würde?

»Ich hab die Tage mit dir hier sehr genossen«, fuhr er fort, und ich sah ihn ängstlich an. Kam jetzt ein »aber«? Es hätte mich nicht gewundert, schließlich war das mit ihm zu schön, um wahr zu sein. Und: Er war ein Mann. Als Frau wusste man nie, was kam.

Tim sah mich an.

»Du bist die tollste Frau, die man sich vorstellen kann.«

Er küsste mich.

Ja und? Was wollte er?

»Was willst du mir sagen? Stimmt irgendwas nicht?« Ich wurde unruhig.

»Nein, wieso?« Er schien ehrlich verblüfft.

»Ich meine, wieso sagst du, es war schön mit mir und dass ich so toll bin?«

Er guckte mich verwirrt an und sagte mit schräggelegtem Kopf: »Weil ich das so empfinde? Weil ich glücklich bin? Jetzt und hier mit dir? Deshalb vielleicht?«

»Ach so.« Ich bückte mich nach einer Muschel und hob sie auf. »Und was in Hamburg sein wird, weißt du noch nicht?«

Er schien meine Anspielung nicht zu verstehen, denn er nahm mein Gesicht in beide Hände und sah mich ganz ernst an.

»Was möchtest du wissen? Was ist los? Ich verstehe dich nicht!« Er küsste mich.

»Ach, nichts.«

Ich durfte ihn jetzt nicht nerven mit meiner eigenen Unsicherheit. Wieso sollte es auch anders werden, nur weil wir bald wieder Alltag hatten? Tim war ja nun wirklich nicht der Typ, der eine Frau nach der anderen flachlegte. Aber eine Frage brannte mir unter den Nägeln, also fragte ich ihn.

»Warum hast du eigentlich ständig mit Marie telefoniert?«

Er blickte mich mit großen Augen an. »Phh, weil ich ein großes Herz habe? Weil ich ihr helfen wollte? Irgendwie sind wir ja doch befreundet. Und ihr werdet euch ja vielleicht auch gut verstehen.« Er küsste mich.

Anscheinend war er wirklich mein Mr Right, und ich hatte endlich das bekommen, was ich verdient hatte. Dann sollte ich das auch einfach annehmen. Weg mit den Zweifeln, schalt ich mich selbst.

»Also können wir jetzt auch unseren Facebook-Status ändern?«

Er grinste. »Hab ich schon längst gemacht!«

*

Wir zogen unsere Rollkoffer Richtung Taxistand.

»Das ist so praktisch mit diesen Rollen! Ich frage mich, warum die Menschheit erst so spät darauf gekommen ist, Koffer mit Rädern zu erfinden. Da gibt es schon seit Hunderten von Jahren Kofferräume auf Rädern, aber die Koffer selbst musste man schleppen.«

Tim lächelte. »Du bist süß!«

»Und übrigens mag ich es in Filmen nicht, wenn die nichts in die Koffer tun. Wahrscheinlich sagen die Schauspieler zur Requisite: ›Tut da bitte nichts rein, das ist mir zu schwer, ich hab Rücken.‹ Und dann spielen die so schlecht, dass man genau merkt, dass da nichts im Koffer ist. Das ärgert mich.«

Jetzt musste er lachen.

»Stimmt, ich hab mich auch manchmal gewundert, wenn die solche Seemannskisten mit einer Hand ins Auto werfen. Oh, guck mal, es regnet.«

Wir hatten den Taxistand erreicht. Unsicher trat ich von einem Bein auf das andere. Am liebsten hätte ich Tim gefragt, ob er mit zu mir nach Hause kam. Andererseits konnte ich gut verstehen, wenn er lieber zu sich wollte. Aber mich jetzt von ihm zu trennen, würde mir schwerfallen. Mit zu ihm wollte ich allerdings auch nicht.

Er hielt mir die Autotür auf. »Bitte sehr, die Dame!«

Unsicher lächelte ich ihn an. »Und du?«

»Ich dachte, vielleicht fährt erst mal jeder zu sich nach Hause, und ich komm dann später noch bei dir vorbei, wir kochen was zusammen, und ich bringe meine Zahnbürste mit … Was meinst du?«

Ich strahlte. Dass es so etwas noch gab. Einen Mann, der mich verstand. Der wusste, was ich wollte, ohne dass ich es sagen musste. Unfassbar, mein Glück.

»Ich liebe dich«, sagte er, bevor er mich sanft ins Taxi schob.